코로나와
잠수복

CORONA TO SENSUIFUKU

ⓒ Hideo Okuda, 2020
All rights reserved.
Original Japanese edition published by Kobunsha Co., Ltd. in 2020
Korean translation rights arranged with Kobunsha Co., Ltd.
through Eric Yang Agency, Inc., Seoul.

코로나와 잠수복

오쿠다 히데오

김진아 옮김

북로드

목차

바
닷
가
의

집

1

여름 내내 가족과 떨어져 살게 됐다.

무라카미 고지는 49세의 소설가로, 두 살 연상의 아내와 대학생 딸, 아들이 있다. 도쿄 세타가와의 단독주택에서 사는데, 16평짜리 반지하 방을 서재로 쓰면서 하루의 절반은 집 안에서만 시간을 보낸다. 하지만 어떤 사정으로 인해 아내와 별거하고 싶어서 집을 나오고 말았다. 그 사정이란 바로 아내의 외도였다.

광고 회사 영업직으로 일하는 아내 요코가 단골 거래처의 유부남과 불륜을 저질렀다. 그걸 알았을 때 고지는 힘이 빠져 주저앉을 정도로 충격을 받아 한동안 넋을 놓은 상태였다. 요코는 순순히 사과하고 당장 불륜 관계도 끝내겠다고 했지만, 그래도 분노로 끓는 속은 가라앉지 않았다. 아내를 집에서 쫓아내지 못했던 건 그저 고지의 약한 마음과 자식들이 보는 앞이기 때문이리라. 고지가 제일 먼저 머릿속으로 떠올렸던 생각이 바로 '딸과 아들이 이 사실을 알면 절대로 안 된다'였기 때문에, 적(아내)의 입장에서 보자면 그야말로 모든 일이 제 속셈대로 흘러간 꼴이다.

집에 있으면 서먹하기만 하고 가끔은 날카롭기만 한 부부 사이를 아이들이 알아차리는 건 그저 시간문제였으니 둘 중 누군가가 집을 나가는 수밖에 없다. 그럴 경우, 작가라는 시간과 장소도 구애받지 않는 직업을 가진 고지가 적임자라는 건 말할 것도 없다. 또 남의 눈에 비치기에도 아내의 부재는 영 보기 좋지 않으니 그 점에서 있어서도 고지가 집을 떠나는 게 당연하다.

대학교 3학년에 취업 준비로 정신없이 바쁜 딸 유카와, 대학교 1학년이고 나중에 음악 밴드 활동으로 먹고살겠다는 철딱서니 없는 소리만 해대는 아들 고스케에게는 '아빠는 중요한 장편 소설을 집중해서 써야 하니까 한동안 혼자 지내겠다'고 전해두었다. 유카는 "흐음", 고스케는 "아, 그래?"라며 두 아이 모두 별다른 반응도 보이지 않았다. 오히려 그 무관심이 도움이 되어 고지는 그나마 가벼운 발걸음으로 집을 나왔다. 나 홀로 생활은 20년 만에 처음이었다. 하도 오래간만이어서 나가노 촌구석에서 도쿄로 상경했을 때를 떠올리며 감회에 젖을 정도였다. 어쩐지 인생을 다시 시작하는 기분이었다.

피난처로 고른 곳은 가나가와현의 하야마마치였다. 기왕이면 바다가 보이는 단독주택이 좋다는 사치스러운 희망을 품고(자신한테는 그럴 권리가 있다는 생각이 들었다), 쇼난 지역의 부동산 업체를 돌면서 임대 별장을 찾아다녔다.

그러다 한 부동산에서 국회의원 스즈키 무네오를 연상시키는 초로의 점주가 "손님, 그렇다면 아주 좋은 집이 있습니다"라고 침을 튀겨가면서 추천해준 곳이 바로 하야마마치의 황실 별저 근처이자, 잇시키 해안에서 걸어 1분 정도 걸리는 곳에 있는 아주 희귀한 물건(物件)이었다.

"전화선도, 광케이블도 깔려 있지 않아요. 그 뭐라더라, 인터넷 와이파이던가? 그런 환경이 아니어서 그냥 빈 집으로 놔뒀는데, 손님은 어차피 혼자서 9월까지만 지내실 거죠? 그럼 여기가 딱 좋을 겁니다. 사실 대형 부동산 업체에 이미 매각된 곳이어서 가을이 되면 철거할 집이거든요. 하지만 여름 한때나마 누군가가 잠시 빌린다면 집주인도 큰 불만이 없을 거예요. 손님, 어떠세요? 집세는 깎아드리리다. 어때요? 테이블도, 소파도 제법 좋은 가구가 다 갖춰져 있답니다. 물론 낡긴 했지만요. 전기, 수도도 다 되고요. 가스는 프로판입니다. 빌리시겠다면 바로 준비하겠습니다. 가전제품은 없지만 그렇다고 몸만 덩그러니 들어가 살 수는 없지 않겠어요? 그러니 저렴한 냉장고라도 하나 사면 될 거고, 딱히 에어컨까지 살 필요는 없을 겁니다. 방충망을 치고 창문을 열어두면 아주 시원한 바닷바람이 들어올 테니까. 건강에 얼마나 좋다고요. 손님은 작가 선생님이세요? 그거참 대단하군요. 아니, 제가 책을 좋아하거든요. 예전에는 전쟁 소설 같은 걸 자주 읽었답니다. 허허, 이거 참 작가 선생님께 딱 어울리는 집 아닙니까? 그렇죠?"

반박은 허용하지 않겠다는 식으로 설명을 쏟아내는 점주의 공세에, 고지는 그럼 한번 구경만 해보겠다고 안내를 부탁했다. 그랬더니 마치 과거로 시간 여행을 한 것처럼 아주 고전적인 2층짜리 일본 가옥에 넓은 정원, 말랐지만 연못까지 있는 걸 보고 고지는 이런 건물이 아직도 남아 있었나 하고 가벼운 충격을 받았다.

"예전에는 도쿄의 어느 부잣집 별장이었지요. 정확히는 모르겠지만 지은 지 90년 정도 된 것으로 알고 있습니다. 전쟁 중에는 일가의 피난처였고요. 그 후, 버블 경제 시절에 어느 리조트 회사가 매입해서 경영자의 별장으로 사용됐죠. 그런데 거품이 싹 빠지고 나면 이런 집이 바로 부채 덩어리가 되는 거 아니겠습니까? 전매가 이어지다가 가끔 공동명의도 한번 생기고, 한때는 누가 땅 주인인지 알 수 없는 상태도 됐지만, 제가 그 부분을 다 깔끔히 정리해서 바로 얼마 전에 대형 부동산 업체에 팔아넘겼죠. 허허, 요즘 시대에 이런 물건 없습니다. 무려 황실 별저 근처잖아요. 일왕께서 해안을 산책하실 정도인걸요. 그거야 뭐 경호원들이 다닥다닥 붙어 있긴 하지만, 그래도 우리 같은 서민들한테 가볍게 인사도 해주시죠. 참 좋으신 분이에요. 아, 맞다. 그리고 그 정치인 있잖아요, 이시하라 신타로. 그 양반도 가끔 산책하더군요. 그 사람은 아예 은퇴를 했나, 누굴 거느리지도 않고 혼자서…….”

“빌리겠습니다.”

고지는 바로 결정했다. 이곳저곳 많이 낡긴 했지만 어차피 잠시만 머물 집이다. 불편하긴 해도 가을까지 참으면 될 일이다. 그보다 이런 넓은 집에 살 기회는 앞으로 없다. 서양식 서재에는 큼지막한 나무 책상과 의자도 있어서, 마치 어서 오라고 손짓이라도 하는 것만 같았다.

“9월 말까지 기한이니까 전세 보증금과 복비는 필요 없어요. 하는 김에 좀 더 서비스를 해드리죠. 창고에 자전거나 서핑 보드 같은 게 남아 있는데 마음대로 쓰셔도 됩니다. 주말에는 장마도 끝난다고 하니 손님도 서핑 같은 걸 해보시는 게 어떠세요? 기왕이면 이 바닷가 주택 생활을 만끽하시면 좋을 것 같습니다.”

점주가 두 팔을 활짝 벌리며 마치 쇼의 시작이라도 되는 것처럼 말하기에 고지는 오래간만에 마음이 편해지는 것을 느꼈다. 지금은 아내를 완전히 잊고 싶다. 파도 소리를 듣기만 해도 그 소망이 바로 이루어질 것만 같은 기분이 들었다.

고지는 일단 트렁크 한 개 정도의 여벌 옷과 침구, 노트북만 가지고 바닷가 집의 생활을 시작했다. 근처 가전제품 판매점에서 소형 냉장고와 라디오를 마련해 최소한의 문화적 생활을 확보했다. 라디오에서 흘러나오는 지역 FM 방송국의 경쾌한 웨스트 코스트 사운드 음악을 듣고 있노라면 자연히 기분이 들썩였다.

우선 집이 어떤지 알기 위해서 방을 하나씩 점검했다. 세어보니 1층과 2층 모두 합쳐서 방이 열 개나 된다는 사실에 깜짝 놀랐다. 10년 이상이나 사람이 살지 않은 집이라 전체적으로 곰팡내가 심하고 습기로 축축하기까지 했다. 고지는 집안 곳곳의 창문을 열면서 환기를 시켰다. 그것만으로 건물 기둥 하나하나가 기지개를 쭉 켜며 깨어나는 것처럼 느껴져서, 집도 하나의 생물임을 실감했다. 목조 건물이라면 더더욱 그렇다.

이어서 창고를 뒤졌더니 더는 쓰지 않는 생활용품이 줄줄이 나와서 약간의 보물찾기라도 하는 기분이었다. 나무 상자안에서 냄비와 식기를 발견했을 때는 저도 모르게 "잘됐다!" 하고 소리쳤고, 대야와 빨래판을 찾았을 때는 손빨래를 하라는 하늘의 계시를 느꼈다. 선풍기를 찾아냈을 때는 제대로 작동하는지 확인한 후, 눈을 감은 채 신께 감사를 올렸다. 그 외에도 축 늘어진 건강기구나 미용기구 등, 대체 누가 살았느냐고 헤살을 놓고 싶은 그런 물건도 나와서 고지는 하루 종일 지루할 틈이 없었다. 오래된 저택 탐험은 그것만으로도 충분한 오락거리였다.

첫날은 그런 식으로 저물고, 저녁으로는 슈퍼에서 산 먹거리를 늘어놓고 서양식 거실에서 맥주를 마셨다. 가죽 소파는 표면이 거칠거칠해서 앉는 느낌이 영 좋지 않았지만, 쿠션은 살아 있었다. 여기에 가족용 왁스를 바르면 좀 부드러워지지 않을까 하는 생각이 들어, 내일 바로 대형 마트에 가서 사 오자고 결심했다. 왁스를 살 거면 목제품용도 필요하다. 복도와 마루방은 그냥 물걸레질까지 해서 말렸는데도 여전히 색이 칙칙했다. 아마 기름을 먹이면 광택이 되살아날 것이다. 2개월 반의 체류에 불과하지만 그사이만이라도 쾌적하게 지내고 싶다.

고지는 수첩에 필요한 물건들을 메모하기 시작했다. 청소 도구, 세제, 타월, 슬리퍼…… 이곳저곳의 전구가 다 닳은 상태여서 그것도 사서 교체해야 한다. 라디오에서 롤링 스톤즈의 〈You Got The Silver〉가 흘러나왔다. 키이스 리처드가 나른한 목소리로 노래한다. 작은 모노럴 라디오로 음악을 들으니, 이건 이것대로 색다른 정취가 느껴졌다. 집 서재에는 몇백만 엔이나 하는 오디오 장치가 있지만, 그걸로 듣는 것보다 이게 더 마음에 스몄다.

테이블에 발을 턱 걸친 채로 닭 꼬치구이를 집어 들었다. 혼자 있으니 예의를 차리느라 남의 눈치를 볼 필요도 없다. 뿡 하고 방귀도 뀌었다. 소리가 천장까지 가볍게 울린다. 맥주 두 캔을 마시고, 위스키로 바꿨다.

아내 요코는 뭘 하고 있을까 하는 생각이 들었다. 남편이 집을 나갔으니 조금은 당혹스러워하고 있을까. 아니, 그럴 여자가 아니다. 일을 통해 알게 된 두 살 연상의 아내는 예전부터 고지보다 정신적 우위를 점했다. 딱히 성격이 드센 것도 아니고 언제나 부드러웠지만, 요코는 언제나 여유만만했고 고지를 두려워하는 낌새도 없었다. 외도를 들켰을 때도 솔직히 사과는 했지만, 진심으로 초조해하는 기색도 없었고, 오히려 당황스러워했던 건 고지였다. 차라리 어설프게나마 변명이라도 하면 그나마 인간미가 있었을 것을, 태연하게 잘못을 인정한 그 태도는 깨끗해서라기보다 그저 고지를 얕보았기 때문이리라. 지금 요코는 평소처럼 식사를 하고, 욕조에 느긋하게 몸을 담그고 있을 게 뻔하다. 그 생각을 하니 신경이 하나씩 욱신거렸다. 배신을 당한 쪽이 더 가슴 아파하고 있으니, 성격이란 건 참 불공평하다.

물로 희석한 위스키를 다섯 잔 마시고 나니 머리가 어지러웠다. 이제 어느 방에서 잘까 고민하다가 문득 바람이 잘 통하는 2층이 생각났지만, 화장실 문제도 있고 해서 바로 옆 13평짜리 다다미방에 침낭을 폈다. 다다미는 흠 난 곳 없이 아직도 푸릇푸릇한 향이 났다. 침대가 아니라서 그런지 등골이 쭉 펴지는 게 기분 좋았다.

눈을 감았더니 3분 만에 졸음이 쏟아졌다. 고지는 의식이 스러지는 중, 집 안 곳곳의 기둥이 삐걱대는 소리를 들었다. 이건 꿈인가, 아니면 실제로 소리가 나는 것일까. 정말로 나는 소리라면, 아마도 집도 오래간만에 사람을 들여 되살아난 모양이다. 삐걱삐걱, 끼익끼익. 그 소리는 잠에 빠지기 전까지 계속 이어졌다.

다음 날은 아침부터 정원에서 풀 베기를 했다. 창고에는 낫, 괭이, 삽도 있어서 직접 마당 정리를 해보겠다는 마음이 들었다. 풀이 마구잡이로 자란 정원은 외관상 별로 좋지 않고, 모기도 잘 생기기 때문이다.

하늘은 쾌청하고 햇볕이 쏟아지고 있었다. 라디오의 일기예보에서는 이제 간토 지역도 장마가 슬슬 끝나간단다. 에어컨이 없어서 올해 여름은 몸으로 절절히 계절을 느끼는 시기가 될 것 같다.

머리에 타월을 뒤집어쓰고, 반바지에 러닝 차림으로 작업에 돌입했다. 그러자 5분도 채 안 돼서 구슬 같은 땀방울이 샘솟고 숨이 턱턱 차올랐다. 최근 몇 년 동안 제대로 운동도 하지 않아서 그런지, 고지에게는 풀 베기조차 중노동이다. 그렇지만 상쾌했다. 태양 아래에서 땀투성이가 되다니 이게 몇 년 만의 일인지.

괭이로 풀을 뿌리까지 갈아엎고 흙을 털어 정원 한구석에 쌓아둔다. 그런 단순 작업이 어쩐지 묘하게 재미있어서 고지는 시간도 잊고 풀 베기에 열중했다. 소설 집필과는 달리 손을 움직이면 제대로 성과가 눈에 직접 보이는 재미가 쏠쏠했다. 정신을 차리고 보니 어느덧 두 시간 이상이나 작업에 빠져 있어서, 벌써 정원의 절반 정도가 깔끔해졌다.

페트병에 담긴 물을 마시고 한숨 돌린다. 그때 등 뒤에서 시선이 느껴졌다. 깜짝 놀라서 뒤를 돌아봤다. 2층의 활짝 열린 창문에 눈길이 갔다. 당연하게도 아무도 없었다. 기분 탓이라 여기며 다시 작업을 재개했다.

몇 분 후, 또다시 시선을 느꼈다. 고지는 뒤를 돌아봤다. 2층 창문의 커튼이 바람에 흩날리고 있을 뿐이었다. 착각이라고 치부하기에는 역시 누군가가 지켜보는 느낌이 너무나도 생생했다.

이것도 기분 탓이라고 여기기로 했다. 이 집에 누가 있을 턱이 없다.

오후에는 대형 마트에서 왁스를 사 와, 마루와 기둥을 닦았다. 그러자 원래부터 좋은 목재여서 그런지 점차 빛을 되찾으면서 관록 있는 모양새를 드러내기 시작했다. 그리고 집 곳곳에서 삐걱삐걱, 끼익끼익 하는 소리가 울리면서 그야말로 집 그 자체가 다시 살아 숨 쉬는 느낌이 들었다. 어쩐지 소생을 위한 의식이라도 치르는 것 같았다.

그래서 더더욱 청소가 질리지 않았다. 내일은 집 어디를 손볼까 하는 생각만 한다. 원고 집필은 나중으로 미루면 된다. 지금은 한 달에 장편 소설 한 편만 완성하면 되기에 딱히 마감에 쫓기는 상황도 아니었다. 고지는 유명한 문학상도 탄 적이 있는 중견 작가였다. 글을 대량 생산해야 할 시기는 벌써 지났다.

밤에는 또 슈퍼마켓에 가서 먹을 것을 사 와 그걸 먹으면서 맥주를 마셨다. 라디오 지방 FM 방송국에서 앤드류 골드의 〈Lonely Boy〉를 내보내자, 그리움에 가슴마저 들떴다. 혼자 보내는 밤이 이렇게나 자유롭다니.

하루 종일 몸을 움직인 탓에 10시가 넘자 바로 눈꺼풀이 무거워졌다. 굳이 졸음을 참을 이유도 없어서 바로 옆 일본식 방에 놓인 침낭 속으로 파고들었다. 1분도 되지 않아 의식이 아득해졌다.

그때 2층 복도를 누군가가 뛰는 소리가 들렸다. 탁탁탁. 고지는 어린아이 발소리 같다고 생각했다. 걷는 리듬이 딱 어린아이의 보폭이다.

환청인가. 이미 꿈속에 빠져든 것일까. 고지는 생각할 틈도 없이 잠의 늪으로 빠졌다.

2

고지는 일주일 정도 집 수선을 하느라 바빴다. 오전에는 정원을 다듬고, 오후부터는 집 안 곳곳을 수리했다. 느슨해진 문의 경첩을 다시 꽉 끼우고, 창문의 덧문 레일에 기름을 칠해 매끄럽게 만들기도 했다. 아무리 작은 것이라도 손을 대면 집은 신사가 옷매무새를 갖춰 입는 것처럼 의연한 자태를 드러내서, 고지는 역시 집은 소중히 다뤄야 함을 새삼스럽게 실감했다.

그 사이, 몇 번이나 어린아이의 발소리를 들었다. 고지가 잠들기를 기다렸다는 듯 2층 복도를 탁탁탁 하고 소리 내어 달리곤 했던 것이다. 그럴 때마다 어디서 소리가 나는지 알아내려고 눈을 뜨려고 했지만, 아무리 애를 써도 잠기운을 이기지 못해서 꿈이라고 여길 수밖에 없었다.

한편 원고 집필은 아예 하지도 않았다. 손에 잡히지 않았다. 서재에 놓인 앤티크 책상에 앉으면 어쩐지 대단한 문호라도 된 듯한 기분에 사로잡혔지만, 막상 정적에 몸을 맡기면 머릿속에는 아내의 외도만 떠올라서 도저히 소설을 쓸 마음이 들지 않았다. 아무리 몸을 놀려도 역시 고지의 머릿속을 가장 크게 점하고 있는 것은 그 사실뿐이었다.

남편이 집을 떠난 지 일주일이 지났는데 왜 아내는 아무 연락도 하지 않는지. 말로 하기 어렵다면 문자 메시지로 전해도 된다. 그런데도 아무 말도 하지 않다니. 대개 집을 나간 사람은 연락을 취하지 않는다. 그렇다면 아내가 먼저 연락하려고 애를 써야 하는데 태연하게 감감무소식이다. 사나흘이라면 그럴 수도 있다. 그러나 일주일이나 지나고 나니 남편이 있든 말든 상관도 안 하고 살겠다는 뜻으로 받아들이는 것도 당연한 일이다. 그렇게 생각하니 속에서 화가 부글부글 끓어올랐다.

서재에 있어도 속앓이만 할 뿐이어서 고지는 바닷가를 산책하기로 했다. 학교도 여름방학에 들어가서 쇼난은 젊은이들로 넘치고 있었지만, 잇시키 해안은 황실 별저와 가까워서 그런지 전체적으로 조용한 동네 해변에 가까웠다. 시끄러운 음악이 흘러나오지 않는 것만으로도 49세 중년은 안도감을 느꼈다.

저택의 토담과 울타리 사이에 낀 골목길을 따라 해변으로 걸어가니, 흰 모래사장과 푸른 하늘이 골목길 출구의 폭만큼 세로로 가늘게 딱 잘린 모습이 마치 엽서와 같아 마음이 편안해졌다. 그 집의 옛 주인은 이런 사치스러운 여름을 즐겼던 것인가.

바닷가로 나가자 180도 파노라마처럼 푸른 하늘이 고지를 맞이했다. 모래사장에서 산산이 부서지는 햇살도 강렬해서 선글라스를 쓰지 않으면 바로 시야가 부옇게 보일 지경이었다.

비치 샌들을 신어도 발바닥이 뜨거워서 고지는 파도가 치는 가장자리를 걸었다. 은은하게 몰려오는 파도 소리가 기분 좋다. 남쪽을 보니 바위터가 있고, 거기서 물안경을 쓴 아이들이 물놀이에 푹 빠져 있다. 떠들썩한 목소리에 이끌려 그곳으로 가보니 햇살에 새카맣게 그을린 아이들이 바위게를 잡으며 놀고 있었다.

"얘들아, 너희 이 동네 아이들이니?" 고지가 물었다.

"네, ×× 초등학교 다녀요." 한 명이 천진하게 대답했다.

아이들이 나무젓가락 끝에 연줄을 끼워 오징어를 미끼로 삼아 바위게를 낚고 있다.

"오오, 그렇게 잡는 거구나."

"아저씨는 그런 것도 몰라요?"

"나는 나가노현이 고향이어서 바다 없는 곳에서 자랐거

든."

"흐음, 참 유감이네요."

어른스러운 척하는 아이의 말에 고지는 쓴웃음을 지었다.

"그런 말은 어디서 배웠니?"

"우리 아빠가 자주 하는 말인걸요."

"하하, 그렇구나."

아이와 나누는 대화가 참으로 신선했다. 자신의 딸과 아들도 한때는 이랬다는 것을 떠올리며 세월의 흐름을 느꼈다.

아이들이 전혀 경계심을 보이지 않자, 고지도 그 놀이에 끼어들었다. 쪼그리고 앉아 바위게를 찾는다. 가만히 들여다보니 이곳저곳에서 전체 길이 5센티미터 정도의 바위게가 굼실거리고 있다. 가만히 손을 뻗어 게 등딱지를 잡는다.

"봐, 난 맨손으로 잡았다."

아이들에게 게를 들어 보여준 순간, 고지는 집게발에 손가락을 꼬집혀서 게를 공중에 내던지고 말았다.

"아야야야."

얼굴을 찌푸리며 손가락을 흔들어댔다. 아이들이 터뜨리는 웃음소리와 함께 더욱 분위기가 화기애애해졌다.

고지는 바위게 잡기를 포기하고 바위터에서 바다 쪽으로 내려갔다. 무릎까지 물에 담그고 바닷속을 들여다본다. 잇시키 해안의 바닷물은 참으로 맑아서 작은 물고기가 헤엄치는 것까지 다 보였다. 물고기를 살짝 떠올리려고 두 손을 바닷물 속에 담갔다. 허리를 굽힌 채 기회를 엿보고 있는데, 갑자기 "워!" 하는 소리와 함께 뒤에서 아이가 고지의 몸에 매달렸다.

곧바로 균형을 잃고 바닷물 속에 머리가 풍덩 빠졌다. 온몸이 쫄딱 젖고 말았다. 그걸 본 아이가 깔깔 웃는다.

"이 녀석, 뭐 하는 거냐!"

고지는 화가 나서 꾸짖었다. 아무리 어린아이지만 장난이 지나치다.

"아저씨야말로 뭐 하는 거예요? 혼자 넘어지기나 하고."

"거짓말하지 마. 누가 날 밀었잖아."

"아무도 안 그랬어요. 우린 아예 바닷물에 들어가지도 않았는걸요?"

그러고 보니 그렇다. 바닷물 속에 빠지자마자 바로 일어났지만 근처에는 아무도 없었기 때문이다.

마치 여우에게 홀리기라도 한 것처럼 고지는 바위터로 올라갔다. 분명 웬 아이가 덥석 안긴 느낌이 등에 남아 있었다. 그때 "워!" 하는 남자아이의 목소리도 들었다.

기분 탓인가. 아니면 환청인가. 어떻게 판단해야 좋을지 모르겠다. 일단 그곳을 떠나기로 했다. 바지까지 다 젖어서 빨리 옷을 갈아입고 싶었다.

아이들과 헤어져서 집으로 향했다. 모래사장을 지나 골목길로 들어서자 저쪽에서 양산을 쓴 노부인이 걸어왔다. 기다랗고 하얀 플리츠 스커트가 산들바람에 흔들린다. 그야말로 미치코 왕비 같은 자태다.

노부인은 고지를 보더니 깜짝 놀란 듯 걸음을 멈췄다. 고지의 오른편 허리 언저리 즈음에 마치 누군가가 있는 것처럼 응시한다.

고지는 오른쪽으로 몸을 돌려봤다. 물론 누가 있을 리가 없다. 스쳐 지나갈 때 노부인이 인사했다.

"안녕하세요. 많이 덥죠?"

"안녕하세요. 정말 덥네요."

"이 동네 사세요?"

"아니요, 도쿄에서 왔습니다. 여름 동안만 잠시 저 집을 빌렸거든요."

고지가 바로 앞에 있는 민가를 가리켰다. 그러자 노부인은 뭔가 이해했다는 듯 고개를 끄덕이더니 "아아, 야마사키 씨 집 말이죠?"라고 말했다.

"야마사키 씨요?"

"네, 당신이 지금 사는 집의 주인이요. 벌써 30년 전의 일이지만……. 저는 저쪽 집에 산답니다." 노부인이 바로 앞에 토담이 둘린 집 쪽으로 시선을 던졌다. "하지만 이제 남의 손에 넘어가서 가을에는 철거될 예정이랍니다. 어떻게 됐나 궁금해서 가끔 이렇게 산책하는 길에 살펴보러 오죠."

고지도 그 방향을 봤다. 지금 빌린 집과 비슷할 정도로 큰 저택이었다.

"그렇군요. 참 아쉽네요. 유서 있는 일본 가옥이 철거되다니."

"어쩔 수 없지요. 시대가 시대니까요."

노부인이 꾸벅 인사를 하고 걸어간다. 품위 넘치는 향이 순간 확 풍겼다.

집으로 돌아와서 샤워를 했다. 매일 샤워로 씻고 끝내서 욕조를 쓴 적은 없다. 그때 물 트는 소리에 섞여 아이가 복도를 뛰는 소리가 들렸다. 탁탁탁. 깜짝 놀라 샤워기를 잠그고 귀를 기울였다. 2층이 아니라 1층에서 난 소리 같았다.

아무 소리도 들리지 않아서 다시 뜨거운 물을 틀고 샤워를 시작했다. 탁탁탁. 또 소리가 났다. 분명 1층이다. 샤워를 잠그고 가만히 숨을 죽였다. 집 안은 정적에 휩싸여, 저 멀리서 해수욕을 나온 사람들의 들뜬 목소리가 희미하게 들릴 뿐이었다.

"누가 있어요?"

고지는 가볍게 소리 높여 물었다. 물론 진심으로 한 행동은 아니었다. 그때 분명 누군가가 복도에서 흠칫거리는 기척이 났다. 여섯 살 정도 되는 남자아이다. 어떻게 그걸 알았는지, 자신도 도저히 설명할 길이 없었다.

고지는 타월을 허리에 감고 욕실을 나왔다. 곧바로 현관까지 1층 복도를 따라 걸었다. 아이의 기척은 사라진 후였다. 그러자 사라지면 사라진 대로 이제까지의 일들이 환청이 아닌가 하는 생각이 들어 더욱 머리가 혼란스러워졌다. 바로 머릿속에 떠오른 것은 자신이 정신적으로 이상해진 것이 아닌가 하는 의심이었다.

고지는 아무 의욕도 생기지 않아 낮부터 캔 맥주를 땄다. 소파에 몸을 푹 묻고 목을 축였다. 라디오의 지역 FM 방송국에서는 부커 T의 〈Jamaica Song〉이 경쾌하게 흘러나온다. 테이블 위에 발을 얹은 채 생각에 잠겼다.

작가가 되기 전 카피라이터 시절, 가벼운 공황장애에 걸린 적이 있다. 누군가를 만나는 것 자체가 고통스러워서 미팅은 가능한 피했다. 회의 시작 전에는 심한 가슴 두근거림과 현기증에 시달려서 졸도한 적도 있었다. 작가가 된 이유도 혼자할 수 있는 일이 없을까 하는 마음에 절박한 심정으로 소설을 쓰기 시작했기 때문이다. 그런 경험이 있어서 자신의 정신상태에 자신이 없다.

물론 누구나 짐작할 수 있는 원인도 생각해 보았다. 유령이다. 척 봐도 사연이 있을 것만 같은 오래된 저택과 가을이 되면 철거될 운명. 누가 봐도 상황적으로 유령이 출몰할 것만 같은 집이다. 다만 고지에게는 영적 능력도 없고, 심령 현상에 대해서도 전혀 관심이 없었다. 이제까지 지극히 합리주의자로 살아왔다.

오래간만에 신경을 깊이 신경 써서 그런지, 고지는 메말라가는 기분에 사로잡혔다. 설령 그렇다고 해도 심각하게 여기고 싶지 않았다. 자식들은 이제 다 컸고, 집 대출금도 다 갚았다. 이제 신경증에 시달릴 정도의 압박감도 없다.

탁탁탁. 또 복도를 달리는 소리가 났다.

"뛰지 마라."

고지가 학교 선생님 같은 어조로 외쳤다. 소리가 딱 멈췄다.

"집 안에서는 뛰지 마라. 알았지?"

이어서 말하자 이번에는 아이가 문 바로 앞까지 다가오는 기척이 느껴졌다. 두 사람 모두 아무런 긴장감이 없었다. 오히려 대답이 들려올 것만 같은 분위기였다.

"이 아저씨는 지금 낮잠 좀 잘 테니까 조용히 하렴."

맥주를 다 마시고 눈을 감았다. 아이의 기색은 서서히 문에서 멀어졌다.

3

이사한 지 2주일이 지나려 한다. 매일 손질해서 그런지 집은 완전히 생기를 되찾아 30년 정도는 회춘한 것만 같았다. 보면 볼수록 위엄이 넘치는 저택이어서, 고지는 세상만 잘 만났다면 문화재 지정이라도 해야 하는 거 아닌가 하는 상상까지 했다. 한 번은 상점가에서 그 부동산 업체 점주를 만났기에, "그 집 정말로 철거하는 건가요?"라고 물었다. 그랬더니 "맞아요. 사실 연안 도로보다 바닷가 쪽이 노른자 땅이 아닙니까? 2년 후에는 저층 리조트 맨션이 세워질 예정입니다. 물론 그 구역이 전쟁 전부터 오래된 저택이 늘어서 있어서 귀중하다는 건 다 알아요. 하지만 아무도 상속세를 못 내니까 기업 손에 넘어가는 것도 어쩔 수 없죠. 안 그런가요? 전쟁 후의 일본 정치는 부유층의 존재를 용납하지 않는 편이잖아요. 저는 그런 건 좀 문제라고 보는데 말이죠"라고 속사포처럼 쏘아대는 바람에 고지는 아무런 반론도 못 하고 그냥 물러설 수밖에 없었다. 안타깝지만 일개 작가가 그 집을 유지할 방법도 없으니 포기할 수밖에 없다.

요코는 여전히 연락조차 하지 않았다. 아무리 그래도 2주일이나 방치하다니 좀처럼 이해할 수가 없어서 고지는 아내가 어떤 생각인지 마냥 불안하기만 했다.

우선 짐작되는 건 요코가 이혼을 각오하고 있는 게 아닐까 하는 점이다. 아내의 성격이라면 그러고도 남는다. 원래부터 애원까지 해가며 뭔가에 매달리지 않는 여자다. 언제나 맵시 있게 여유로운 웃음만 짓는다. 그러면서 계산은 철저하다. 이번 외도도 이혼 제안은 자신이 절대로 먼저 하지 않을 것이다. 그저 고지가 먼저 말을 꺼내길 기다릴 뿐이다. 그리고 '당신이 먼저 하자고 했으니까'라면서 이혼 조정에서 유리하게 작용할 점만 얻으려 할 게 분명하다. 그렇게 막상 이혼하게 되면 집을 나가게 되는 건 요코가 아니라 고지다. 그 광경이 대번에 눈앞에 그려졌다. 아마 '당신, 돈 많잖아'라는 말이나 하면서 남편을 내쫓을 거다.

고지는 상상만 해도 끔찍하다는 듯 몸을 떨었다. 요코는 그런 여자다. 최종적으로는 협박조로 나올 게 뻔하다.

다만 그래 봬도 의외로 소심한 구석도 있다. 맨션에서 살던 시절, 위층 아이가 뛰어다니는 소리가 하도 시끄러워서 육아 휴직 중 매일 집에 있던 요코가 노이로제에 걸릴 뻔한 적이 있었기 때문이다. 자신이 주의를 주며 직접 따질 용기는 없어서 혼자 끙끙거리는 모습을 보다 못해 고지가 위층에 가서 사정을 말했더니, 다행히도 이해심이 있는 사람이어서 금방 일이 수습됐다. 그때 요코는 정말 연약한 여자 그 자체였는데…….

아니, 그렇지 않다. 그건 남편에게 귀찮은 일을 떠맡기기 위한 연기였는지도 모른다. 지금 돌이켜보니 그런 생각이 든다. 요코는 자신이 하기 힘든 말을 남에게 대신 시키는 경향이 있다. 그게 바로 그녀의 처세술이다.

고지는 방정맞게 무릎만 계속 떨어댔다. 신경이 예민해져서 도무지 진정할 수가 없었다.

그런 생각만 하고 있으니 당연히 일이 손에 잡히지 않아, 이 바닷가 집에 온 이후로 원고를 단 한 장도 쓰지 못했다. 거실 소파에 뒹굴며 지역 FM 방송만 들을 뿐이다. 오늘도 로버트 존의 〈The Lion Sleeps Tonight〉이 흘러나오자 같이 "리리리리" 하고 음을 따라 노래했다. 그리고 별 뜻 없이 밖에 눈길을 주자 대문 근처에 양산을 쓴 부인이 서 있는 게 보였다.

"실례합니다." 저 멀리서 소리 높여 부른다.

"아, 네." 고지는 황급히 일어나 툇마루 쪽으로 나갔다. 자세히 보니 얼마 전에 골목길에서 인사를 나눴던 노부인이었다.

"무슨 일이시죠?"

고지가 물었다. 노부인은 저택 부지 안으로 몇 걸음 들어오더니 "초인종을 몇 번이나 눌렀는데요" 하고 말했다.

"아아, 죄송합니다. 저거 망가졌어요. 어차피 아무도 안 오는 곳이라."

"들어가도 될까요? 아아, 저는 이 근방에 사는 사람인데……."

"기억하고 있습니다. 네, 들어오세요."

고지가 들어오라고 권하자 노부인은 양산을 접으며 천천히 걸어 들어왔다. 얼마 전만 해도 신경조차 쓰지 않았지만, 잘 보니 여든은 훌쩍 넘은 나이로 보였다.

"덥네요. 에어컨도 있나요?"

"아니요, 없어요. 하지만 문을 열어두면 바람이 잘 들어오거든요."

"그렇군요. 옛날 집이고 여름용으로 만들어진 곳이니까요."

노부인은 손에 작은 종이 가방을 들고 있다가 쑥 내밀었다.

"도쿄에 갔다가 만쥬를 좀 사 왔거든요. 좀 드시라고 가져왔답니다."

"정말 감사합니다."

고지는 고마워서 어쩔 줄 몰라 했다. 툇마루에 방석을 깔고 자리를 권했다.

"이 집에 아직 불단이 남아 있나요?" 노부인이 물었다.

"네, 저 안쪽 방에 있어요."

"어머, 다행이네요. 몇 번이나 주인이 바뀌어서 이제 없는 줄 알았어요. 이제 오봉 명절이기도 하고, 이것 좀 불단에 바치도록 해요."

노부인이 흰 이를 드러냈다. 나이가 많이 들었지만 젊은 시절에는 상당한 미인이 아니었을까 싶을 정도의 미소였다.

"하지만 이 집이 깜짝 놀랄 정도로 깔끔해졌네요. 대문 너머로 집이 변할 때마다 기뻤거든요."

"그렇군요. 얼마 전에 야마사키 씨라는 예전 집주인 이름을 말씀하셨는데, 어떤 분이셨나요?"

고지가 물었다.

"제국 대학의 교수였죠. 자세한 건 잘 모르겠지만, 대단한 경제학 학자였대요."

"그렇군요. 그래서 그런 멋진 서재가 있었네요."

"참 성품이 좋은 교수님이었어요. 놀러 가면 자주 사탕도 줬고…… 물론 어릴 때 이야기랍니다. 여기 집 아이들과 여름방학이 되면 매일 같이 놀았으니까요."

"아아, 그렇군요. 그럼 전쟁 전 이야기겠네요."

"그렇지요. 아마 1935년 즈음의 일이었을 거예요."

노부인이 아득한 눈빛을 보였다. 고지는 문득 생각이 나서 물어봤다.

"이 집에 남자아이는 없었나요?"

고지의 물음에 노부인의 표정이 순간적으로 굳어졌다.

"네, 있었어요. 남자아이 둘과 여자아이 둘, 사 남매가 얼마나 떠들썩했는지."

"그랬군요."

"왜 그런 걸 묻죠?" 하는 노부인.

"아니, 그냥요. 그냥 궁금해서……."

"그래요."

서로 마주 보며 웃었다. 노부인은 옛 화족이 아닐까 싶을 정도로 품위가 넘쳤다. 고지는 그녀와 다소 친해진 기분이 들어 발소리 이야기를 했다.

"사실 이 집에 온 이후로, 남자아이 발소리가 자꾸 들려서요."

"네?"

"죄송합니다. 제가 이상한 말을 했네요. 딱히 유령이 나온다는 이야기가 아니고, 그냥 제 기분 탓인 것 같은데 아이가 복도를 뛰는 소리가 자주 들리거든요."

"어머나, 그렇군요."

의아해할 줄만 알았는데 노부인은 등을 곧게 펴며 오히려 안도한 표정을 지었다. 그리고 "당신 귀에는 들리는 모양이네요"라고 말했다.

"네?" 이번에는 고지가 말문이 막혔다.

"그렇다면 됐어요. 혹시 보이기도 하나요?"

"아니요. 저어, 모습은 보이지 않지만……. 그게 무슨 말씀이세요? 역시 이 집에 나오는 건가요?"

"나오다니, 듣기 불편하게."

노부인은 재미있다는 듯 웃었다. 그리고 한숨을 폭 내쉬더니 옛이야기를 시작했다.

"전쟁 중의 일인데, 다케시라고 이 집 둘째 아들이 있었답니다. 저보다 한 살 많았으니까 1937년생이겠네요. 여름이 되면 서로의 가족이 이 하야마초의 별장에 와서 함께 한 철을 보내는데, 우리는 집도 가깝고 애들끼리 나이도 엇비슷하니까 가족처럼 어울려서 매일 산과 들로 놀러 다녔죠. 바위 터에서 바위게를 잡고, 산과 들을 뛰어다니고요. 그 시절에는 관광객은 전혀 없어서 이곳도 참 조용했답니다. 하긴 전쟁 중이어서 온 나라가 조용히 살아서 그런 것도 있었지만요……. 그런 중, 1943년 여름에 다케시가 녹슨 못에 찔려 다치고 말았어요. 응급 처치는 했지만 그날 밤부터 열이 높아지더니……. 부모님이 크게 걱정하며 근방의 의사를 부르려고 했지만, 하필이면 그때 병원이 휴가 중이었죠. 그래서 일단 해열제를 먹여 재웠지만 조금도 열이 내리지 않자, 이제 정말 위험한 거 아니냐며 가마쿠라에 있는 병원까지 얼른 데리고 갔어요. 알고 보니 파상풍을 앓아서 이틀 후에는 허망하게 세상을 뜨고 말았죠."

노부인의 이야기에 고지는 얼굴을 일그러뜨렸다. 어린아이가 죽는 이야기는 언제 들어도 가슴이 아프다. 그리고 남자

아이의 발걸음 소리를 떠올렸다. 역시 그건 유령의 짓이었던 가.

"부모님은 자책했답니다. 빨리 병원에만 데리고 갔더라면 아들은 죽지 않았을 거라고……. 저는 겨우 여섯 살이어서 잘 이해도 못 했고 기억도 흐릿하지만, 도쿄에서 열린 장례식에 참석해서 마지막에 관이 나갈 때 펑펑 운 건 아직도 생생하답니다. 이제 다케시와 같이 놀 수 없다면서……. 그 후에도 야마사키 씨의 집과 교류는 있었지만, 부모님이 돌아가신 후부터는 점점 소원해져서 지금은 그 남매들이 어떻게 됐는지 모르죠."

"그랬군요……."

고지는 신기하게도 따듯한 기분이 들었다. 유령이라면 그것도 좋다. 적어도 환청보다는 훨씬 낫다.

"얼마 전에 저 골목길에서 마주쳤을 때 저한테는 보였어요. 당신 옆을 나란히 걷고 있는 다케시가요."

"그래요?"

"순간적이었죠. 그래서 제가 잘못 본 것일지도 몰라요. 하지만 저도 슬슬 하늘로 갈 나이가 다 돼서 그런지 별일을 다 겪곤 한답니다. 죽은 남편이 베개 머리맡에 나타나서 옛날에 저지른 외도를 사과하기도 하고요. 호호호, 이상하죠?"

"아니, 그렇지 않습니다……."

"아무튼 다케시가 즐거워 보여서 저도 기뻤어요. 오래간만에 같이 놀 상대가 생겨서 다케시도 기뻐하는 게 아닐까요?"

"그런가요……."

고지는 반신반의하면서도, 모든 일이 유령 때문이었다면 그럴 수도 있겠다는 생각이 들었다. 잇시키 해안의 바위터에 있을 때, 뒤에서 누가 덥석 안긴 것도 다케시의 장난이었을지도 모른다.

"가을에는 이 집을 헐게 될 거고, 다케시의 여름도 이제 정말로 마지막이겠네요. 많이 놀아주세요."

노부인은 그렇게 말하고 집을 떠났다. 고지는 마치 꿈이라도 꾸는 기분으로 그녀의 뒷모습을 배웅했다. 품위 있게 살포시 걷는 노부인. 양산이 여름 햇살에 비쳐 현기증이 날 정도로 새하얗게 빛났다.

바로 불단에 가서 방금 받은 만쥬를 바쳤다.

"다케시, 이거 먹어도 돼."

합장을 하면서 혼잣말을 하자 "와아아" 하는 어린아이의 기뻐하는 목소리가 들렸다. 깜짝 놀라 고개를 들자 검게 빛나는 천장 판자밖에 보이지 않았다.

고지는 노부인의 말을 믿기로 했다. 원래 현실주의자고, 영혼 따위는 믿지도 않지만 여름 한철의 추억이라고 생각하면 그리 나쁘지 않은 경험이다. 그리고 악령도 아니고 겨우 일곱 살의 남자아이다. 그렇게 다른 곳에 정신을 돌려도 좋을 것이다.

"가을까지 잘 부탁해."

천장에 대고 말했지만, 아무 대답도 없었다.

4

8월에 들어서자, 바로 담당 편집자가 원고 상황을 보러 찾아왔다. 바닷가의 집에 오고 난 후로 처음 맞는, 도쿄에서 온 손님이다. 아직 20대 독신남인 가와사키는 고지가 거주하는 집을 신기하다는 듯 둘러보더니 "이런 건물이 아직도 남아 있군요"라면서 허락도 안 받고 연신 스마트폰으로 사진을 찍어댔다.

"이 집, 마룻바닥이 텅 비어 있는 거 아닌가요?"

"그런 걸 보고 '툇마루 밑'이라고 하는 거야. 몰랐어?"

"아하, '툇마루 밑의 장사(縁の下の力持ち, 표면적으로 나서지 않고 뒤에서 힘을 다하는 사람)'라는 말이 여기서 나온 거군요?"

가와사키가 무릎을 탁 치며 아무렇지도 않게 맞장구를 친다. 고지는 나중에 2019년 이후에 태어난 사람들이 자신을 아예 원시인 취급하는 게 아닐까 하는 생각에 한숨을 푹 내쉬었다.

"선생님, 조용한 곳이기도 하니 원고도 진척이 있을 것으로 사료됩니다."

이리저리 사진을 다 찍은 가와사키가 잔뜩 점잔을 뺀 어조로 말했다.

"아니, 그게 말이지, 한 장도 못 썼다네."

고지도 마치 대단한 문호라도 된 기분으로 대꾸했다.

"그게 무슨 말씀이세요? 매일 뭐 하시는데요?"

"그냥 여러 가지. 마당의 풀 뽑기도 하고, 창고 정리도 하고."

"어차피 여긴 허물게 될 집이라면서요."

"그렇긴 한데 짧은 기간이라도 편하게 지내고 싶어서. 좋은 집이야. 좀처럼 하기 어려운 경험이지."

"그건 그렇죠……."

가와사키가 원망스러운 눈빛을 드러냈다.

"어차피 한 편 딱 쓰면 되는 일이니까 서두를 필요도 없고, 천천히 잘 써볼게."

"부탁 좀 드립니다. 내년 출판 계획으로 다 잡혀 있다고요."

탁탁탁. 그때 평소처럼 복도를 뛰는 발소리가 났다. 고지가 깜짝 놀라 그 방향으로 시선을 줬다. 가와사키는 대체 무슨 일이냐는 식의 표정을 지었다.

탁탁탁. 또 발소리가 들린다.

"자네, 무슨 소리 못 들었나?" 고지가 물었다.

"네? 아무 소리도 안 들렸는데요." 가와사키가 대답했다.

아하, 역시 누구나 들을 수 있는 소리가 아닌 모양이다.

"그럼 됐어. 나만 그런가 보네."

"아니, 무슨 말씀이신지."

"사실 말이야, 이 집에 일곱 살짜리 남자아이 유령이 붙어
있는데, 가끔 복도를 뛰어다니거든."

고지는 노부인에게서 들은 이야기도 섞어, 이사 이후부터
겪은 심령 현상에 대해 밝혔다. 가와사키는 눈살을 찌푸리며
생각에 잠겼다.

"아니, 굳이 안 믿어도 돼. 실제로 나도 반신반의니까."

"아, 네……."

"자네, 무라카미 고지가 결국 미쳤다고 회사에 보고하는
일이 없도록 해."

"그런 말 안 해요, 절대로."

가와사키가 고개를 마구 가로저었다.

저녁 무렵, 돌아가려는 가와사키를 붙잡아 같이 저녁 겸 술
한잔을 했다. 하야마초니까 저녁밥을 다 먹고도 충분히 도쿄
로 돌아갈 수 있다.

"이렇게 큰 집에 혼자 살면 안 외로우세요?" 가와사키가 물었다.

"아니, 전혀. 오히려 마음이 편해. 애들도 다 키웠고, 집 대출금도 다 갚았으니까 이제 다 해방된 기분이랄까."

"사모님은 아무 말씀 안 하세요?"

"음, 그러네."

아내 이야기가 나오자 순간 얼굴이 굳었다.

"사모님 마음씨가 참 좋으시네요. 남편을 이렇게나 믿다니."

"그런 건 아니고."

어조까지 딱딱해졌다. 요코의 얼굴을 떠올리자 가슴이 답답해진다. 남편을 믿고 있다니 말도 안 된다.

"자네는 결혼 안 하나? 곧 서른 다 되어 가잖아."

"아, 그런 질문은 남자끼리라도 성희롱이에요."

가와사키가 밝게 대꾸했다. 고지는 자신이 나이 먹은 노인이라도 된 것 같은 심정이었다.

퍼버버벙. 그때 해안 쪽에서 폭죽 터지는 소리가 울렸다. 이어서 젊은이들의 웃음소리가 들린다.

"아, 정말 시끄럽네."

고지가 소음이 나는 쪽을 노려보며 말했다.

"여름방학이니까요. 온갖 사람들이 다 몰려들잖아요."

"아무리 그래도 폭죽은 민폐잖아. 주의 좀 주고 올게."

취기도 올라 담이 커진 고지는 자리에서 일어났다.

"그러지 않는 게 좋을 것 같아요. 분명 폭주족 같은 애들일 텐데."

걱정스럽게 가와사키가 뒤따라왔다. 해변으로 나가자 척 봐도 건달 같은 차림새의 남자들과 거의 창부처럼 보이는 여자들 열 명 정도가 술에 취했는지 크게 떠들고 있었다.

"무라카미 선생님, 저런 사람들한테 주의를 주는 건 좀 위험할 것 같은데요"라는 가와사키.

"으음, 자네 의견을 받아들이지."

고지는 속이 끓었지만 꾹 참기로 했다.

집으로 돌아가 맥주를 치우고 위스키를 마시기 시작했다.

"주말에 가족은 안 부르세요?" 가와사키가 물었다.

"난 혼자 있고 싶어서 이 집을 빌린 거야."

"사모님과는 매일 연락하고 지내세요?"

"안 해."

"결혼 생활이 오래되면 다 그렇게 되는 건가요?"

"시끄러워. 자네도 언젠가 알게 될 거야."

고지가 거칠게 대꾸했다. 해안에서는 아직도 젊은이들이 벌이는 소란이 이어지고 있었다.

다음 날 점심때, 가와사키한테서 전화가 왔다. 어지간하면 메일을 보내는데 전화라니 뜻밖의 일이었다.

"어제는 저녁 잘 먹었습니다. 감사합니다. 그리고 좀 알려 드릴 게 있는데요……." 가와사키가 뭔가 심각한 목소리로 말한다. "사실 제가 어제 찍은 사진 중에 남자아이가 찍힌 게 한 장 있어서요……."

"그럴 수가." 고지가 할 말을 잃고 말았다.

"정말이에요. 집 외관을 정원에서 찍은 사진인데, 2층 창문에서 한 남자아이가 커튼에 숨어 얼굴을 살짝 내밀고 있지 뭐예요……. 무라카미 선생님, 어제 남자아이가 복도를 뛰는 소리가 들린다고 하셨죠? 그러니까 분명 이건 심령사진이라고요."

"알았어. 일단 그 사진, 메일로 좀 보내줘. 나도 보고 싶어."

"알겠습니다. 그리고 이거 인스타그램에 올려도 돼요?"

"아니, 그건 좀 기다려. 괜히 실수라도 했다가는 큰 소동만 나니까."

고지는 바로 말렸다. 인터넷상에 퍼지면 믿지 않는 사람은 가짜라고 공격할 테고, 믿고 싶은 사람은 어디인지 장소를 알아내겠다고 마구 몰려들 것이다. 게다가 사진은 평생 사라지지 않을 것이고 말이다.

"알겠습니다. 그럼 안 할게요."

가와사키는 조금 못마땅한 눈치였다.

잠시 전화를 끊고 3분 정도 기다리니 가와사키에게서 사진이 첨부된 메일이 도착했다. 열어서 살펴보니 그건 텔레비전에서 흔히 보던 심령사진과는 인상이 매우 다른, 그냥 평범한 스냅 사진이었다. 희뿌연 그림자나 반투명한 잔상 같은 건 보이지 않고, 그냥 사람의 윤곽이 또렷하게 찍혀 있다. 모르는 사람이 보면 그냥 아이가 찍힌 사진이라고 생각할 것이다.

고지는 깜짝 놀랄 정도로 신기한 감각을 맛봤다. 심령사진인데 조금도 무섭지 않다니. 오히려 새로 아들이 하나 생긴 기분이 들었다.

다시 가와사키에게서 전화가 걸려왔다.

"보셨어요?"

"응, 지금 봤어."

"이거 정말 대단하지 않아요? 진짜 심령사진이잖아요. 특종이에요!"

"제발 부탁하는데 퍼뜨리지 마. 그리고 남한테도 말하지 마."

"사실은 부편집장님한테는 보여드렸는데요."

"아, 그래? 그래서 어떻게 됐어?"

"놀리지 말라면서 아예 믿지도 않았어요."

"그렇겠지. 이렇게 또렷하게 찍혔는데 누가 믿겠어?"

"저, 어디 가서 잡귀 쫓는 의식이라도 치르고 와야 할까요?"

가와사키의 젊은이답지 않은 말에 고지는 웃음을 터뜨리고 말았다.

"사진을 좀 봐. 이 애가 악령으로 보여?"

"그건 그렇지만……."

"아무튼 소란이나 떨지 마. 어차피 이 집은 가을에 허물게 되니까. 집이 없어지면 아이도 천국으로 돌아가겠지."

"알겠습니다."

전화를 끊고, 다시금 사진을 봤다. 남자아이가 2층에서 정원을 내려다보는 모습이다. 누가 왔을까? 하고 궁금해하는 얼굴이다. 그 표정은 어린이답게 평온하고 천진했다. 이게 바로 다케시구나.

"이봐, 다케시. 가을까지 잘 부탁한다."

고지가 천장에 대고 외쳤다. 딱히 별 반응은 없었다.

어디까지가 현실인지 솔직히 잘 알 수는 없지만, 고지한테는 이제 아무래도 상관없었다. 지금은 저 유령의 존재가 마음의 기둥이 되어주고 있으니 말이다.

5

그다음 주에는 딸 유카가 놀러 왔다. 유카는 흥미진진하게 집 안을 둘러보며 가와사키가 그랬던 것처럼 낡은 일본 가옥의 모습에 감탄했다.

"90년 전쯤은 참 좋은 시절이었구나. 집이 막 살아 있는 느낌이 들어."

유카가 집 이곳저곳을 툭툭 쳐보면서 말했다.

"그렇지? 자손 대대로 집을 이어받아 사는 걸 전제로 지어진 집이니까."

"아빠, 이 집 사자."

"안 돼. 가을에는 철거 예정이래. 그리고 이 정도의 땅이라면 보통 가격이 아닐 거야. 이 아빠는 그럴 여력도 없고."

"아깝다. 있잖아, 나 오늘 여기서 자고 가도 돼?"

"그래, 침낭이라도 괜찮다면."

"낡아빠진 폐가라면 바로 돌아가려고 했는데 이런 집이라면 꼭 자고 가야지. 바다에서 놀고 싶기도 하고."

유카가 굵직한 기둥에 뺨을 비비며 황홀한 눈으로 말한다. 고등학생 때 이후로 부녀끼리 둘이 지내는 일은 좀처럼 없어서 오히려 고지가 더 긴장하고 말았다.

그 후에 유카는 혼자 해변을 산책하다가 작업을 거는 남자들을 두 번 만났고(본인이 그렇게 말했다), 저녁이 다 되어 빨개진 피부를 한 채로 돌아왔다.

"이렇게 피부를 태워도 되니?"

"괜찮아. 요즘 여자 대학생들은 피부가 뽀얘서, 오히려 살 갖이 탄 편이 건강해 보인다고 취업 면접에서 인상에 남는대. 우리 선배가 그랬어."

"아하, 그렇구나."

저녁은 전골 요리를 먹었다. 고지 자신이 먹고 싶기도 했고, 준비하기도 편해서였다.

아버지와 딸은 휴대용 가스레인지를 테이블 위에 놓고, 냄비 대신 프라이팬에 담은 전골 요리를 나눠 먹었다. 지방 FM 라디오 방송국에서는 잭슨 브라운의 〈Late for the Sky〉가 흘러나오고 있다.

"텔레비전이 없는 생활도 좋은 것 같아"라는 유카.

"그렇지? 컴퓨터도 인터넷도 없으니까 조용해서 좋아."

"아빠, 가을이 되면 돌아올 거지?" 유카가 묘한 말을 입에 올렸다.

"그게 무슨 소리니?" 고지가 되물었다.

"아빠랑 엄마 싸웠잖아."

유카가 고기를 잔뜩 입에 그러넣으며, 눈도 마주치지 않은 채 말했다.

"왜 그렇게 생각하니?"

고지는 태연한 표정을 유지하려 애를 썼지만 얼굴은 홧홧하게 뜨거워졌다.

"어떻게 자식이 그걸 모를 수 있겠어. 같은 집에서 사는데 말이야. 집 나갈 때까지 아빠는 아무 말도 안 하고, 저녁밥만 먹으면 바로 서재로 들어가 버렸잖아."

"그렇구나."

딱히 부정하지는 않았다. 화가 난 것처럼 보이고 싶지 않았다.

"싸운 원인에 대해서는 묻지 않겠지만, 아빠가 집을 나간 건 처음이라 보통 일이 아니다 싶었어."

"고스케는 어때?"

"아마 모를 것 같아. 밴드 활동에 푹 빠져서 거의 집에도 안 돌아오니까."

"그래."

고지는 애매하게 고개를 끄덕이며 대답을 흐렸다. 아무리 부모 자식 사이라도…… 아니, 부모 자식 사이이기 때문에 더더욱 어머니의 외도 사실을 밝힐 수 없다.

"엄마는 어떻게 지내니?"

"그냥 평소랑 똑같아."

"그러냐."

역시 그럴 줄 알았다. 아내는 시간이 해결해줄 거라며 상황을 우습게 보고 있다. 원래 그런 여자다.

"황혼 이혼이라도 하는 게 아닐까 하는 상상을 하고 말았어."

유카가 가슴 뜨끔하게 만드는 말을 했다.

"그렇지 않아."

고지가 대답했다. 본심은 어떻든 간에 지금은 그렇게 대답할 수밖에 없었다.

잠시 어색한 침묵이 흐른 후, 유카가 "엄마는 좀 치사한 면이 있으니까" 하고 나직이 말했다. 고지는 묵묵히 듣기만 했다.

"자기 입으로 말하지 않고 꼭 누군가를 시켜서 말하게 하는 게 엄마의 단골 수법이니까. 만사가 다 그래. 학부모회 때도, 동네 반상회 때도 무슨 의견이 있으면 남을 부추겨서 그 사람에게 말하게 해. 그런 걸 보면 항상 예전부터 치사하다는 생각이 들었어. 이번에도 무슨 일이 있었는지 모르지만 엄마가 아니라 아빠보고 나가게 만든 게 아닐까 싶은데."

"어떻게 엄마를 그런 식으로 생각하니……."

"뭐 어째서 그래? 나도 이제 어린애 아니야. 이렇게 키워준 것도 감사하고 있지만, 어른이 되면 인격은 별도의 문제야. 나는 나라고."

"아무리 그래도 그렇지……."

"인내심으로 이기려고 하면 아빠가 확실히 져. 그런 건 엄마가 더 잘하니까."

유카가 염려를 담은 웃음을 지으며 말했다. 고지는 차마 아무런 대꾸도 하지 못했다. 정말 그 말이 옳다. 자식은 부모를 참으로 예리하게 관찰하고 있다.

"뭐가 어쨌든 간에 난 아빠 편이야. 성격도 닮았잖아?"

"그러냐?"

"응, 아빠도, 나도 감정을 가슴 속에 담아두는 성격인걸."

"후후." 고지는 눈을 내리깔며 쓴웃음을 지었다.

"아무리 열받는 일이 있어도 화도 잘 못 내서 그 자리에서는 꾹꾹 참다가, 나중에 분노가 끓어오르는 그런 손해 보는 성격이잖아."

"그래, 유카 네 말이 맞다."

고지는 수긍하면서도 딸이 자기가 생각하는 것보다 훨씬 어른이라는 사실에 안심했다. 이 정도라면 사회로 내보내도 잘해나갈 것 같다.

"아빠, 너무 참지는 마."

"그래, 고맙다."

그런데 딸이 자신을 걱정하는 날이 올 줄이야. 고지는 남몰래 한숨을 내쉬었다.

저녁 식사를 마친 후, 고지는 밤바람을 쐬고 싶어서 해변을 산책하기로 했다. 유카는 "배가 불러서"라며 집에 있기로 했다. 샌들을 신고 현관을 나가려고 하는데 등 뒤로 다케시가 쫓아오는 기척이 느껴졌다. 모르는 누나가 와서 부끄러운 걸까. 그런 상상을 하니 일곱 살짜리 유령이 마냥 귀여웠다.

달빛이 내려앉은 해변에는 연인들의 실루엣이 곳곳에 있었다. 젊은이들의 웃음소리가 들린다. 자신도 저런 시절이 있었다며 고지는 감회에 젖어 들었다. 아내와 연애하던 시절, 함께 오키나와에 여행을 간 적이 있었다. 그때 고지는 프러포즈를 했다. 해 질 녘 해변에서 아주 부끄러워하며 결혼해 달라고 말했다. 아내는 고개를 끄덕이며 남의 시선은 신경 쓰지도 않고 고지에게 꼭 안겼다.

다시 떠올리니 마음이 괴로웠다. 지금에 와서는 평생의 실수처럼 느껴진다. ……아니, 그건 너무 심한 말인가. 아내와 둘이서 여러 행복을 맛봤던 것도 사실이긴 하다.

그러나, 오히려 그렇기에 아내의 외도를 용서하기 어렵다. 왜 가족의 추억을 모두 망가뜨리는 짓을 한 건지.

고지는 크게 한숨을 쉬었다. 파도 소리가 호응하는 것처럼 울린다.

딸은 자신의 어머니를 두고 '치사하다'고 말했다. 표현은 그렇다 치고 그 지적은 아주 적절했다. 예전부터 아내는 그랬다. 제법 미인이고, 남자를 다루는 솜씨와 어리광을 부리는 재주가 뛰어나 남들의 호감을 샀다. 그리고 여자의 매력까지 이용했다.

물론 그걸 알아차린 건 결혼 후였다. 연애할 때는 아내가
자신만을 좋아하는 줄 알았다. 그렇게 생각한 남자가 또 있었
다는 걸 나중에 가서야 깨달았다. 요코가 고지를 선택한 건
본능적으로 조건을 따졌기 때문이리라. 고지는 20대부터 잘
나가는 카피라이터였다. 이 남자라면 돈도 넉넉히 벌 것이라
고 예상했을지도 모른다. 그리고 정말로 그랬다. 아내에게 있
어서는 당첨 복권이었다.

고지는 파도치는 물가에 서서 오른쪽 연안에서 반짝이는
민가의 빛을 바라보았다. 그 빛이 빛나는 집 하나하나에 누군
가의 인생이 있다고 생각하니 다들 어떻게 사는지 궁금해졌
다.

아내의 외도는 아마 이게 처음이 아니리라. 요코는 아내이
기보다, 어머니이기보다 여자다. 남편이 있든, 자식이 있든
사랑에 빠지곤 한다.

남편으로서 그건 참을 수 없는 일이라고. 고지는 마음속으
로 그렇게 중얼거렸다. 머리를 쥐어뜯으며 거칠게 숨을 내쉬
었다. 어떻게 아내를 용서할 수 있단 말인가.

딸은 '황혼 이혼'이라는 말까지 했다. 이제까지 생각해보지
도 않았던 그것이 말을 듣고 나니 새로운 선택지로 자리 잡
았다. 이혼해도 혼자 잘 살아나갈 자신은 있다. 원래부터 가

부장적인 체질도 아니어서 집안일도 나눠서 했다. 그리고 줄 곧 프리랜서로 일해서 고독감도 잘 버티는 편이다.

그러나 막상 이혼하려 들면 아마 더 큰 문제가 기다리고 있을 것이다. 재산 분할로 최대한 큰 금액을 부를 게 분명하다. 집은 아내 것이 될 테고, 저금한 돈도 절반은 아내가 가져간다. 당신은 인기 작가니까 돈도 많이 버는데 뭐 어때서 그래? 아내라면 그렇게 말할 거다. 그리고 고지는 괜한 허세만 부리면서 몸뚱어리 하나로만 덜렁 집을 나갈 테고 말이다.

고지는 마구 소리라도 지르고 싶은 초조함에 사로잡혔다. 정말 스스로가 싫어진다. 홧김에 이대로 바닷속에 뛰어들어 빠져 죽고 싶을 정도다.

그때 뒤편에서 폭죽이 펑 터졌다. 저도 모르게 목이 움츠러들었다. 이어서 커다란 웃음소리가 들렸다. 돌아보니 몇 명의 젊은 남녀가 해변에서 떠들고 놀고 있었다. 지난번에도 비슷한 일이 있었다. 다른 지역에서 온 불량한 젊은이들인 모양이다. 고지는 얽히고 싶지 않아서 빙 돌아 돌아가기로 했다.

불쾌한 기분으로 해변을 걷고 있는데, 눈앞으로 불똥이 튀었다. 바로 몇 미터 앞에서 폭죽이 터진다. 고지는 깜짝 놀라 펄쩍 뛰었다.

"으하하하하하."

젊은이들이 웃는다. 아무래도 고지를 놀리려고 일부러 한

짓인 듯하다. 모두 술을 마셔서 그런지 이상할 정도로 흥분한 상태였다.

"이봐, 자네들, 이런 짓을 하면 어떡해!"

고지가 언성을 높여 항의했다. 근처에 있던 커플은 자기들한테까지 해가 갈까 봐 무서워 자리를 떠났다.

"으응? 뭐 불만 있어?"

젊은이 한 명이 대꾸하더니 몸을 흔들며 다가왔다.

"이 해안에서는 불꽃놀이를 하면 안 돼. 그보다 예의를 지켜야지. 밤중에 그렇게 떠들면 동네 사람들에게 민폐잖아."

"어어? 이 아저씨, 우리한테 설교라도 할 모양이네."

술 냄새 섞인 숨을 뿜어내면서 얼굴을 들이밀었다. 가만히 보니 건달이다. 고지는 몸의 위험을 느꼈지만 우뚝 서서 맞섰다. 싸움에는 자신이 없다. 그뿐만 아니라 싸워본 적도 없다. 그러나 안 그래도 속이 부글부글 끓고 있던 참이었다.

"경찰 부른다. 바로 저기가 황실 별저야. 경비를 서는 경찰이 많다고."

"시끄러워." 남자가 버럭 소리를 질렀다.

위협인지 정말로 싸울 생각인지 남자가 복싱 자세를 취했다.

"어디 해봐. 어른을 때려서 그냥 넘어갈 수 있을 줄 알아?"

고지가 힘줘 말했다. 다음 순간, 남자의 주먹이 왼쪽 가슴을 때렸다. 정말로 때리다니. 고지는 그 자리에 웅크리고 말았다.

다음 일격은 발차기였다. 마찬가지로 가슴에 격통이 지나간다.

"이 아저씨가, 누굴 바보로 아나."

남자가 고함을 지른다. 다른 젊은이들도 "으하하하" 하고 괴성을 내질렀다.

고지는 모래사장 위에 엎어지고 말았다. 숨도 쉴 수 없었다. 심장이 멈추는 느낌이었다.

"야, 이거 큰일 난 거 아니야?"

다른 사람들 소리가 위에서 들려왔다.

"기절했어."

"얼른 튀자."

젊은이들의 목소리가 멀어진다. 의식이 흐려진다. 아아, 나는 이렇게 죽는구나. 고지는 어쩐지 남의 일처럼 생각했다. 죽고 싶지 않지만 그럼 뭐 어떠냐 하는 식의 생각도 들었다. 어느 정도는 편해질 수 있겠지.

순식간에 의식이 뚝 끊겼다.

6

몸이 둥실 뜨는 감각이 들어서 고지는 눈을 떴다. 여기는 어디지? 나는 누구지? 머릿속이 새하얘진 상태가 5초 정도 이어져서 아무 생각도 할 수 없는데, 딸 유카의 얼굴이 눈앞에 불쑥 나타났다.

"아, 다행이다. 아빠 일어났어요."

유카는 외치면서 방에 들어온 사람을 불렀다. 바로 흰 가운을 입은 의사와 간호사가 나타난다. 고지는 그때 처음으로 여기가 병원임을 알아차렸다.

"아빠, 나 알아보겠어?"라는 유카.

"그래, 알겠어."

"다행이다." 유카가 표정을 풀며 크게 한숨을 내쉬었다.

"무라카미 씨, 저는 담당 의사인 다나카입니다. 몸은 좀 어떠세요?"

이어서 의사가 물었다.

"괜찮습니다."

"그렇군요. 기절했던 건 기억나세요?"

"알겠습니다."

"어디서 기절했는지 아세요?"

"기억납니다. 잇시키 해안에서 불량한 청년들한테서 폭행

56

당했어요."

의사가 몇 가지 질문을 하고, 고지는 침대에 누운 채로 대답했다. 서서히 기억이 되살아난다. 기절은 했지만 다행히도 구조된 모양이다. 그렇지만 아직도 가슴이 아프다. 주먹으로 얻어맞고 발에 걷어차인 기억이 떠올랐다.

"아빠, 심정지였어." 유카가 말했다.

"정말?" 고지는 깜짝 놀랐다. 역시 죽어도 이상할 게 없었던 건가.

"금방 구급차가 도착했으니 살았지만, 10분만 늦어도 큰일 날 뻔했대."

"누가 구급차를 불렀는데?"

"내가."

"네가? 너 집에 있었잖아."

"웬 어린 남자애가 집으로 뛰어오더니 아저씨가 큰일 났다고 바닷가로 오라지 뭐야."

"남자애?"

고지는 눈을 휘둥그렇게 뜨며 되물었다.

"응, 예닐곱 살 정도 되려나. 바가지머리를 한 귀여운 애였어. 이렇게 밤늦게 혼자 왜 나와 있나 의아했지만, 아무튼 남자애를 따라갔더니 아빠가 모래사장에 쓰러져 있잖아."

"그래서 그 남자애는?"

"남자애는 거기서 사라졌어. 내가 정신없이 스마트폰으로 119를 눌러서 구급차를 부르고 뒤를 돌아봤더니 벌써 없더라고. 동네에 사는 아이인 것 같은데 찾아서 고맙다고 해야겠어."

고지는 멍해지고 말았다. 다케시가 나를 구해줬구나.

"얼마나 놀랐는지 몰라. 태어나서 처음으로 주저앉을 뻔했다고. 그때 아빠가 정말 죽은 줄만 알았어."

유카가 그때 일을 떠올렸는지 눈물을 글썽였다.

"무라카미 씨, 시간은 늦었지만 경찰관이 왔으니 잠시 질문에 대답 좀 해주시겠습니까? 상당히 중대한 사건이어서 경찰도 제대로 수사를 한다고 합니다. 말씀하실 수 있겠습니까?"

의사의 말에 고지는 고개를 끄덕였다. 벽시계를 보니 밤 11시였다. 자신은 2시간 정도 의식이 없었던 모양이다.

다케시가 구해줬다. 고지는 그 말을 가슴 속에서 몇 번이나 되새겼다.

다음 날, 병실에서 눈을 뜨니 아내 요코가 있었다.

"몸은 좀 어때? 여보, 무슨 말이라도 좀 해봐." 침대 옆에 와서 아내가 말한다.

"뭘?"

"뭐든 좋으니 말해봐. 혀가 안 돌아가는 게 아닌지 그런 증상이 있으면 재검사가 필요하다고 의사가 그랬어."

"아아, 나는 갈매기, 나는 갈매기."

"농담까지 할 정도라면 괜찮은 것 같네."

요코는 생긋 미소를 지었다. 마치 금실 좋은 부부처럼.

"혹시 당신한테 후유증이라도 남는 게 아닐까, 얼마나 내가 걱정했는지 알아? 한숨도 못 잤어."

"당신, 언제 여기 온 거야?"

"저녁 늦게. 당신이 심폐 정지로 병원에 이송됐다고 유카한테서 연락이 와서, 나도 정신없이 택시를 타고 여기까지 온거야. 택시비로 2만 엔이나 들었지 뭐야. 뭐, 그건 그렇고. 하지만 당신도 안정제를 맞고 푹 잠들어서 나는 옆에다 여기 있는 간이침대를 두고 잤지."

"그래. 유카는?"

"편의점. 당신이 배고플 것 같다고 샌드위치라도 사 오겠대."

"고스케는?"

"집 지키고 있어. '아빠 괜찮아'라고 메시지 보냈더니 '아, 그래?'라는 답만 보내더라. 하여간 박정한 아들 녀석이야."

"열아홉 살이 다 그렇지 뭐."

고지는 코웃음을 치며 몸을 일으켰다. 가슴의 통증 이외에

별다른 이상은 없었다. 죽지 않아서 다행이다. 지금은 그 사실만을 곱씹고 있다.

"여보, 오늘이라도 집에 가자. 혼자 두기에는 너무 불안해."

요코가 말했다.

"돌아가자고? 9월까지 집을 빌렸단 말이야."

"안 돼. 어쩌다 유카가 같이 있었으니 다행이지, 그렇지 않았다면 당신 죽었을지도 몰라. 이렇게 다쳤잖아. 타박상과 피하출혈이래, 알아?"

고지는 아무 대답도 하지 않았다. 그 전에 해야 할 말이 있을 게 아닌가.

한동안 묵묵히 서로를 바라보기만 했다. 쉰을 넘어도 아내는 매력적이었다. 지금은 오히려 그게 더 눈에 거슬렸다.

"아, 맞다. 유카한테 들었어? 취업 준비 말이야."

요코가 말했다.

"아니, 무슨 일이라도 있었어?"

"출판사 입사 시험을 치고 싶은데, 아빠가 싫어하는 게 아닐까 걱정된대."

"아니, 싫지는 않은데……."

"딱히 출판사에 말 좀 잘해달라는 뜻이 아니야."

"당연하지. 대형 출판사에 어떻게 내 연줄로 입사하겠어?"

"그럼 실력 승부라서 더 괜찮지 뭐."

"하지만 작가 딸이라고 하면 저쪽도 다소 신경은 쓰겠지."

"그럼 애한테 포기하라고 해? 그럼 불쌍하잖아. 유카가 얼마나 출판 편집자가 되고 싶어 했는데."

"난 몰라. 반대도, 찬성도 안 해."

"알았어. 유카한테는 몰래 시험 치라고 할게."

말 돌리지 말라고. 고지는 마음속으로 중얼거렸다. 당신은 항상 그렇게 남편을 조종했잖아.

그때 유카가 돌아왔다.

"아빠, 이거 갈아입을 옷이야. 상점가까지 가서 티셔츠를 사 왔어."

침대에 휙 던져 건네준다.

"있잖아, 아빠. 어제 그 남자애가 아빠를 아는 모양이지?"

"응? 왜?" 고지는 대답을 흐렸다.

"아니, 대번에 그 집으로 가서 도움을 요청했다는 건 적어도 아빠가 거기 산다는 걸 알아서 그런 거잖아."

"아아, 그러네."

"그렇다면 아빠도 뭔가 짚이는 게 있지 않을까 해서."

유카가 이치에 딱딱 맞는 말만 한다. 딸은 취직해도 뭐든 잘할 수 있을 것 같다.

"아니, 없는데. 그런 어린 남자애라니."

고지는 부정했다. 그저 설명하는 게 귀찮았기 때문이다.

"그럼 아빠가 그 집에 드나드는 걸 몇 번 본 것일 테니까 역시 동네에 사는 애인 모양이야……." 유카가 팔짱을 끼며 생각에 잠겼다. "그래서 내가 상점가에 있는 부동산 업체에 들어가서 물어봤지. 잇시키 해안의 간선 도로 바닷가 근처에 사는 가족 중에 예닐곱 살 정도 된 남자아이가 있는 집은 없느냐고."

"응, 그랬더니?"

"엄청 빠르게 말을 쏟아내는 가게 주인아저씨가 와서 '아이고, 거긴 빈집만 많지 개인적으로 사는 사람은 없어요. 법인 요양 시설이나 회원제 고급 펜션 같은 곳만 있어서요. 이제 잇시키 해안에서 살던 저택 주민들은 다들 떠나고 없죠. 그거야 상속세를 못 내니까요. 3천 평이나 되는 거대한 저택이 분할돼서 열 개 구역으로 나누어 매매될 정도니까 얼마나 힘든지. 무려 열 개 구역이라고요. 그래도 1억 엔 이상 값이 나가니까요. 게다가 그걸 사러 오는 사람은 중국인뿐이라 이제 일본은 어떻게 되려는지'라며 엄청 침을 튀기며 설명하던데. 그 기세에 눌려서 나도 네네, 하고 듣기만 했어."

유카가 부동산 점주의 목소리를 흉내 내기에 고지는 저도 모르게 웃음을 터뜨리고 말았다.

"자, 여보, 진찰실로 가. 담당 의사가 눈을 뜨면 오라고 했어. 혈압 좀 재고, 청진해서 이상이 없는지 확인한 다음에 퇴원하래. 나와 유카는 수납처에서 병원비 정산하고 있을 테니까."

요코의 재촉을 받아 고지는 침대에서 내려왔다. 티셔츠 소매에 팔을 넣는 순간, 가슴께가 욱신거렸다.

"아야야." 고지가 저도 모르게 몸을 숙였다.

"여보, 다친 몸이잖아. 천천히 해." 요코가 부축했다.

그 불량 녀석들, 찾아내서 위자료나 잔뜩 받아내야지. 고지는 그렇게 결심했다. ……아니, 그건 일단 나중에 할 일이다. 그보다 아내와 화해도 없이 자신은 집으로 돌아가는 것인가?

고지는 갈등하면서 진찰실로 갔다. 그리고 내장에는 아무 이상이 없다는 진단을 받고, 퇴원 수속을 밟았다.

병원 앞에는 왜건 콜택시가 도착해 있었다.

"내가 불렀어. 조금 비싸긴 하지만 도쿄까지 두 시간은 걸릴 테니까. 돈은 내가 낼 테니까 걱정하지 마"라고 하는 요코.

누가 걱정을 한다는 건지. 고지는 속으로 독설을 내뱉으며 가운데 열 좌석에 자리를 잡았다. 요코가 옆에 앉는다. 자연히 팔꿈치가 부딪쳤다.

콜택시가 달리기 시작했다. 간선 도로를 나가자 왼편에 바다가 펼쳐지며, 태양 빛을 받아 반짝거렸다.

"있잖아, 아빠. 어제 그 남자애 정말 몰라?"

아직도 궁금한지 유카가 뒷좌석에서 다시 물었다.

"그래, 몰라."

"어쩐지 여우에 홀린 기분이야. 그 남자애 갑자기 사라졌다고. 내가 주변을 아무리 둘러봐도 발자국 하나 안 보였어. 골목길에서 모래사장으로 뛰어왔는데, 거기에 찍힌 건 내 발자국 하나뿐이었다고."

"그럼 유령이겠네." 고지가 일부러 장난스럽게 말했다.

"아빠, 내 말 안 믿는 거지? 거짓말 아니란 말이야."

유카가 뜻밖이라는 듯 말했다.

"모래사장이니까 바람만 불면 바로 발자국이 지워져. 그리고 밤이었잖니? 어두워서 잘못 본 걸 수도 있잖아."

요코가 타일렀다.

"그런가?"

유카는 영 이해가 가지 않는다는 표정이었다.

고지는 주머니에서 스마트폰을 꺼내 스위치를 켰다. 다케시를 보고 싶었다. 생명의 은인에게 마음속으로라도 감사하고 싶었다. 가와사키가 보내준 메일을 열어 사진을 보니 그곳에는 이제 다케시의 모습은 보이지 않았다. 그저 2층의 열린 창문만 찍혀 있을 뿐이다.

고지는 멍해지고 말았다. 다케시가 사라졌다.

"왜 그래?"

요코가 고개를 돌렸다.

"아무것도 아니야."

다시 한번 자세히 사진을 응시했다. 창문에는 사람 그림자조차 보이지 않았다. 다케시는 천국으로 돌아간 걸까. 다케시는 유카의 앞에 모습을 드러내어 현실 속에 끼어들고 말았다. 그렇게 영혼의 규칙을 깨고 말았다. 그걸 본 신이 벌을 주려고 다케시를 천국으로 돌려보냈……. 소설가라서 그런지 자꾸만 그런 상상이 샘솟았다.

"저기, 여보?" 요코가 다가붙으며 고지의 무릎에 손을 얹었다. "마음 풀어. 나 정말 반성 많이 하고 있어."

뒤편에 있는 유카에게 들리지 않게 작은 목소리로 말한다.

고지는 아무 대답도 하지 않았다. 왜 이런 곳에서 그런 말을 하는 건지. 요코는 딸 앞에서는 부부 싸움을 할 수 없다는 걸 다 계산해서 이런 말을 한 게 분명하다.

"오늘 저녁에 장어라도 먹을까? 당신 기력도 보충해야 할 것 같아서"라는 요코.

"찬성이야! 나도 장어 먹고 싶어."

고지는 묵묵히 바다를 바라보았다. 파도가 끊임없이 몰려들어 모래사장을 씻어낸다. 그 과정이 마치 인생처럼 보였다. 단조롭다가 때때로 거칠어지고, 다시 원래대로 돌아간다. 그게 매일매일 이어진다. 아마 자신은 다시 예전처럼 살아가게 될 것이다. 아무리 화가 나더라도 그 분노를 뒤로 미루고, 시간의 경과에 몸을 맡긴다. 그 우유부단함이 자신의 약점이다. 안다. 알고 있지만 성격은 고쳐지지 않는다.

하다못해 저항으로서 고지는 다케시를 자신의 가슴 속 깊이 묻어두기로 했다. 유카한테는 훗날 가르쳐줘도 되지만, 요코한테는 절대로 알리지 않을 거다. 추억의 공유를 거부한다. 그것이야말로 고지가 부리는 작은 심술이다.

"쇼난도 참 좋네. 퇴직하면 부부끼리 여기 와서 살까?"

요코가 경치를 바라보며 말했다.

"응, 그렇게 해줘. 주말에 놀러 갈 테니까"라는 유카.

고지는 눈을 감고 좌석에 몸을 묻었다. 파도 소리가 귓가에서 뱅뱅 맴돈다. 아하하하. 다케시의 웃음소리처럼 들리기도 했다.

파이트 클럽

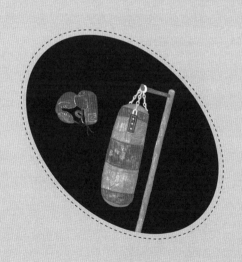

1

조기 퇴직 권고를 끝까지 거부했더니 총무과 위기관리부라는 신설 부서로 이동하게 됐다. 사실상 '쫓겨난 이들을 위한 장소'인 곳이다.

미야케 구니히코는 가전제품 제조회사에 다니는 46세 회사원으로, 전업주부인 아내와 고등학생, 중학생 자녀가 있다. 집 대출금은 아직도 20년이나 남았고, 자동차 할부금도 아직 내는 중이다. 이런 상황에서 퇴직 권고를 받아들이는 사람이 있다면, 아마 그는 대단한 자신가나 낙천가이리라. 구니히코는 그 둘 중 어느 하나에도 해당하지 않는, 그저 평범한 중년 남자다. 자존심을 내버려서라도 회사에 매달릴 수밖에 없다.

아내인 하루미는 남편이 처한 상황에 크게 동정했지만, 맨 처음에 한 말이 "그만두면 절대로 안 돼"였기 때문에 구니히코는 내심 풀이 죽고 말았다. 솔직히 30퍼센트 정도는 '그래,

회사 그만둬도 돼. 어떻게든 되겠지'라는 말을 기대했다. 물론 자신도 그럴 마음이 조금도 없기도 했었으니, 그저 약한 소리를 들어줄 사람이 필요했을 뿐이었다고나 할까.

위기관리부는 총무과 소속이면서도 본사 빌딩이 아니라 전철을 타고 1시간 정도 걸리는 교외 공장의, 그것도 사용하지 않는 창고 한구석에 자리한 작은 조립식 건물에 있다. 그것만으로도 절로 기분이 우울해지는 처사였지만, 회사라는 건 원래 그런 곳이므로 구니히코는 그냥 체념하고 말았다. 정리해고 업무를 추진하는 인사과장이 위장병으로 입원했다는 소식을 듣고 나서 조금은 속이 풀리기도 했고 상황을 달관하게도 됐다. 회사라는 조직은 몇 명의 희생자가 나오는 것을 전제로 운영되는 곳이다. 국가도 마찬가지다.

새로운 부서인 위기관리부는 이름만 멋들어졌지, 하는 일은 경비원 업무였다. 다섯 명의 직원은 모두 45세 이상으로, 모두 똑같이 (그것도 아주 싸구려) 점퍼를 입은 채 공장 내부를 순찰한다. 물론 회사는 전문적인 경비 회사와 계약을 해서 공장 곳곳에 경비원이 배치되어 있어, 그저 보조 업무만 하는 꼴이다. 회사는 자사 직원을 활용하면 경비 비용도 절약할 수 있지 않을까 생각하는 모양이다. 좋은 아이디어지만, 그런 지시를 받은 직원은 자존심에 상처만 입을 뿐이다. 이 징벌적 인사에 대해 조합은 그저 방관만 하고 있다. 어용조합이기에 어쩔 수 없는 일이기도 하지만, 회사라는 조직은 그 자신까지 포함하여 한 무리의 양떼에 불과하다는 것을 새삼 통감했다.

구니히코는 둘째인 아들이 대학을 나올 때까지만 버티면 된다고 생각했다. 지금 중학교 3학년이니까 앞으로 7년 남았다. 끝이 보인다면 어떻게든 견딜 수 있다.

이날, 구니히코는 공장 경비실에 틀어박혀 경비원들과 같이 모니터로 감시를 하고 있었다. 하지만 특별히 훈련을 받은 것도 아니어서 그저 멍하니 화면만 바라볼 뿐이다. 전문 경비원들도 위기관리부 직원이 있으면 일하는 데 걸리적거리고 불편해할 뿐이었다.

"이상한 점이 있으면 뭐든 좋으니 말씀해주세요"라고 말은 했지만, 꼭 한 명은 같은 모니터를 감시하고 있다. 초보자한테는 도저히 맡길 수 없다는 그들에게 역시 구니히코는 방해만 됐다.

"공장 동쪽 B 구역, 아이들이 철책에 기어 올라가 놀고 있습니다."

경비원 한 명이 모니터를 보며 보고했다.

"누구 두 명을 보내서 못하게 해. 철책 바깥으로 1미터 이내는 공장 부지니까 들어오면 안 된다고 말이야. 어린아이들이니까 잘 달래도록."

사령관 보좌라는 직함을 가진 나이 지긋한 상사가 지시를 내린다. 우연히 다른 직원이 나가 있는 상태여서 구니히코도 같이 가게 됐다. 첫 출동이다.

또 한 명의 젊은 경비원이 방을 나가자마자 현장을 향해 달렸다. 구니히코도 뒤따라 뛰었다. 젊은 경비원은 제법 빠른 속도로 앞서 나아갔다. 구니히코는 곧바로 숨이 턱턱 막혀 2미터도 채 못 가 심장이 요동을 쳤다.

"괜찮으세요?"

젊은 경비원이 뒤돌아 크게 물었다.

"죄송합니다. 먼저 가세요."

구니히코가 숨을 헐떡이며 대답했다. 심장은 더욱 격렬하게 뛰면서 현기증까지 느껴졌다. 아직 40대인데 겨우 이 정도 거리도 못 뛰다니.

뒤늦게 현장에 도착하니, 젊은 경비원은 이미 아이들에게 주의를 준 후였다. 다행히 아이들은 말귀를 잘 알아듣는 편이어서 자전거를 타고 돌아가던 참이었다.

"죄송합니다. 갑자기 뛰어서 심장이 놀란 것 같아요."

구니히코는 몇 번이나 사과했다. 가벼운 빈혈까지 생겼는지 아직도 비틀거린다.

"평소에 운동을 안 하시면 누구나 그럴 수밖에 없는 걸요."

젊은 경비원은 위로했지만, 구니히코는 자신의 약해빠진 몸에 큰 충격을 받았다. 운동 부족인 것은 알고 있었지만, 이래서는 완전히 노인의 체력이다. 자신은 아무짝에도 쓸모가 없다.

경비실에서의 당번이 끝나고, 창고 구석에 있는 위기관리부로 돌아가서 구니히코는 아까 전 있었던 일을 동료인 사와이한테 이야기했다. 사와이는 이전에 영업부 소속이었는데, 업무 축소로 인해 자리를 잃게 된 남자다.

"저도 마찬가지예요." 사와이가 쓴웃음을 지으며 말했다. "얼마 전에 경비원 조회에 나가서 경봉을 사용한 호신술 연습을 같이 했는데, 겨우 그것만으로도 숨이 턱턱 막히더군요."

"아아, 그거 진짜 힘들겠네."

구니히코는 그 광경을 상상하며 동정했다.

"그때 사령관 보좌가 저보고 그냥 견학만 하라고 해서 더더욱 저 자신이 한심하게 느껴지더라고요. 생각해보니 사회인이 되고 나서는 골프 말고는 운동을 제대로 해본 적도 없네요."

"그건 그나마 낫네. 난 골프도 안 해봤는걸."

중년 아저씨 둘이서 한탄을 하고 있는데, 이와타가 대화에 끼어들었다. 이와타는 엔지니어지만, 연구 부문 자체가 사라지는 바람에 쫓겨나게 됐다.

"나는 요즘 내가 이렇게나 약해빠졌다는 걸 새삼 실감한다니까. 어제는 문을 잠그려고 공장 바깥 계단을 오르락내리락 하기만 했는데 숨이 차서 한동안 움직일 수가 없었어. 겨우 5층 정도의 높이인데 무릎까지 덜덜 떨리더라고. 정말 한심하지, 하하하."

이와타가 웃어 보인 건 그나마 남은 오기 때문이리라. 맨 처음 위기관리부에 모였을 때, 구니히코를 포함한 직원들 모두는 의기소침해져서 제대로 말도 하지 않았다. 어두운 얼굴로 주어진 업무만 처리하다가 정시가 되면 도망치듯 퇴근했다. 푸념을 쏟아내는 것조차 싫어서 같이 술을 마시러 가지도 않았다.

보름 정도 지났을 때, 그중 가장 나이가 많은 이와타가 직원들을 불러 모아 식사 모임을 열었다. 거기서 이와타가 "회사도 너무하다 싶지만, 지금은 버틸 수밖에 없으니 긍정적으로 지내자"라며 직원들을 격려한 덕분에 간신히 한데 뭉치게 됐다. 막상 대화를 나눠보니 다들 성실하고 참 좋은 사람들이었다.

남은 두 명도 당번을 마치고 돌아와, 이제 위기관리부 전원이 모였다. 사카이는 전에 자재부 직원이었는데, 늦게 결혼한 탓에 아직 자녀들이 초등학생이다. 다카하시는 사업부 직원이었고, 치매를 앓는 아버지를 모시고 있다. 그래서 다들 어떻게든 이 순간을 버틸 수밖에 없는 인물들이었다.

이야기를 나누면서 각자 자신의 저질 체력에 대해 한탄하고 있자니, 사와이가 좋은 생각이 났다는 듯이 말했다.

"아, 맞다. 여기 창고에 운동기구가 많이 방치되어 있던데."

"그게 무슨 소리야?" 구니히코가 물었다.

"여기 동쪽 벽 쪽으로 컨테이너가 많이 늘어서 있잖아요? 뭐가 들어 있나 궁금해서 얼마 전에 문을 열어봤더니 근육 단련 기구, 높이뛰기용 장대, 배구 네트 같은 게 먼지를 뒤집어 쓴 채 그냥 놓여 있더군요."

"아하, 그거 회사가 실업단 팀을 꾸렸을 때 마련한 비품이야."

여기에는 이와타가 대답했다. 그러고 보니 구니히코가 입사했을 무렵, 회사는 육상부, 배구부, 요트부 등 몇 개나 되는 실업단 팀을 운영하고 있어서 올림픽 선수를 배출한 적도 있었다. 성적이 안 좋아지면서 하나씩 사라지다가 결국에는 모든 부가 자취를 감추게 됐다.

"그럼 잠깐 살펴볼까."

이와타의 제안에 다 같이 컨테이너로 갔다. 해치처럼 생긴 문을 열어 안을 들여다봤다. 정말로 운동기구가 잔뜩 쌓여 있었다.

"어이구, 아까워라. 아직 쓸 만한데."

"하지만 처분하면 별 돈도 안 되겠는데요. 관리부서도 사라져서 방치하게 된 것 같아요."

"이봐, 철 아령도 있어."

"이쪽에는 줄넘기도 있네요."

저마다 말하며 운동기구를 하나씩 집어 든다. 구니히코는 줄넘기를 들고 컨테이너 밖으로 나와 뛰어보았다. 놀랍게도 연속해서 제대로 뛰지도 못했다. 다섯 번 이상을 못 넘겼다.

"미야케 씨, 동영상 찍어줄까요? 직접 보실래요?"

사와이의 놀림에 쓴웃음을 지었다. 그러나 그 사와이도 직접 해보니 비슷했다. 뱃살이 출렁거리는 모습에 다들 웃음을 터뜨렸다.

순서대로 돌아가면서 줄넘기를 해봤지만, 제대로 뛸 줄 아는 사람은 한 명도 없었다.

"우리 정말 체력이 저질이로군"이라는 이와타.

"그럼 다 같이 단련이라도 해볼까요?"

사카이가 이마에 굵직한 땀방울을 매단 채 말했다.

"그러게. 어차피 시간도 남는데."

다카하시가 찬성했다. 경비실 근무는 한 사람당 4시간으로 정해져 있고, 나머지는 자유시간이다. 어차피 다들 쫓겨난 이들이라 기본적으로 업무는 없다.

"저기요, 우리 회사에 복싱부도 있었어요?"

다른 컨테이너를 뒤지던 사와이가 말했다.

"글쎄, 모르겠는데."

"아니, 여기에 복싱용 글러브랑 샌드백이 다 있는데요."

다들 그곳을 들여다보니 정말로 복싱용품이 다 갖춰져 있었다. 헤드기어, 마우스피스, 트레이너용 미트도 몇 세트나 됐다.

"복싱부가 있었다니, 그건 몰랐네."

이와타가 고개를 갸웃거리며 말했지만, 사실 있어도 이상할 건 없었다. 예전에 회사 창업가 일가가 임원 명부에 이름을 올리던 시절에는 스포츠 선수나 예술가의 후원자로서 유명했기 때문이다. 펜싱 일본 국가대표 선수가 총무부 직원으로 일한 적도 있을 정도다.

사와이가 글러브를 끼고 섀도복싱을 시작했다. 엉거주춤한 자세에 모두가 웃었지만, 본인은 신경 쓰지 않고 마치 복싱 선수라도 된 것처럼 몸을 흔들었다.

"잽, 잽, 오른쪽 스트레이트!"

"〈내일의 조〉 흉내라도 내는 거야?"

"아니, 리키이시 도오루*인 모양인데?"

다 큰 어른들이 복싱 놀이에 열을 올린다.

"기왕이면 샌드백을 때리자고."

* 애니메이션 〈내일의 조〉의 주인공 야부키 조의 숙명의 라이벌.

구니히코가 먼지를 잔뜩 뒤집어쓴 샌드백을 꺼내 적당한 높이의 철골 대들보에 매달았다. 창고여서 공간은 넉넉하다. 각자 글러브를 끼우고 순서대로 샌드백을 때렸다.

"어쩐지 이거 제법 복싱 느낌이 나는데?"

"난 이거 일과로 할까? 어차피 할 일도 없는데."

오래간만에 대화로 분위기가 달아올랐다. 오랫동안 잠들어 있던 샌드백도 기쁘게 튕겨 올랐다.

2

다음 날, 본사에서 인사부의 이시하라라는 과장 대리가 부하 직원 둘을 데리고 위기관리부를 찾아왔다. 위궤양으로 입원한 과장의 후임이다. 이시하라는 어색한 표정으로 인사를 마친 후, 조립식 건물 안의 사무 공간을 휙 둘러보고 나서 "여기에 군이 응접 세트를 둘 필요는 없겠군요"라고 말했다.

구니히코와 다른 직원들은 아무런 대꾸도 하지 못한 채 잠자코 있었다. 응접 세트라고 해봤자 아주 낡아빠진 소파 가구여서 버리면 대형 쓰레기밖에 안 되는 수준의 물건이다. 그러나 드러눕기에 딱 좋아서 위기관리부 직원들이 애용하는 것이기도 했다.

"그리고 컴퓨터는 부서 전체에 딱 한 대만 두도록 하겠습니다. 회사에서 지급한 여러분의 노트북은 사흘 이내에 초기화하여 서무과로 반납해주십시오."

"그럼 개인적으로 따로 마련한 컴퓨터도 안 되나?"

이와타가 물었다.

"안 됩니다. 회사 규칙상, 개인 컴퓨터는 반입할 수 없습니다."

"하지만 그건 기밀 유지를 위해서지 우리하고는 아무 상관이 없을 텐데……."

"아니요, 예외는 인정하지 않습니다."

이시하라가 굳은 표정으로 말했다. 어색한 공기가 흐르는 와중, 젊은 부하 직원 둘이 응접 세트를 밖으로 옮겼다. 그걸 보면서 이시하라도 "그럼 이만 실례하겠습니다"라며 사무실을 뒤로했다.

"저 남자, 이런 짓을 하러 본사에서 굳이 여기까지 온 거야?" 이와타가 얼굴을 찡그리며 말했다.

"위에서 내린 지시겠죠. 정리해고 추진은 임원들이 다루는 사안이라서 현장에서는 아무도 명령을 거역 못 하잖아요."

구니히코가 어깨를 으쓱하며 대답했다.

"으음? 미야케 씨, 잘 아는군."

"아니, 그런 건 아니지만 우리는 그나마 나은 편이더라고요. 본사 자료실에 들어가게 된 사람들은 창문 하나 없는 지하실에 스무 명이나 모여 옛날 문서를 컴퓨터로 입력하는 일만 매일 8시간을 하고 있대요."

실제로 소문을 듣자 하니, 회사 곳곳에 퇴출된 사람들을 모아놓은 사무실이 있어 다들 그곳에서 비인간적인 처우를 받는 모양이었다. 그리고 다른 직원들은 그걸 못 본 척한다. 그 야말로 대기업의 어두운 단면이었다.

"어쨌든 우리는 그나마 본사에서 멀리 떨어져 있으니 속은 편하지"라는 이와타.

"그래요. 생각하기 나름이죠." 사와이가 쓸쓸하게 웃으며 거들었다.

응접 세트가 없어지고 덩그러니 공간만 남은 바람에, 동료가 한 명 떠나간 것 같아 어쩐지 쓸쓸한 기분마저 들었다.

오후 5시, 공장의 업무 종료 사이렌이 울리자 구니히코는 컨테이너에서 덤벨을 꺼내 근육 단련을 하기 시작했다. 어제 운동기구를 사용해서 몸을 움직였더니 뜻밖에도 제법 기분이 좋아서 계속 운동을 하기로 마음먹었던 것이다. 어차피 칼퇴근을 해봤자 집에 가서 할 일도 없다.

와이셔츠를 벗고 근육 단련을 하고 있는데, 사와이가 오더니 "아, 미야케 씨만 하다니 치사하게"라고 웃으면서 자신도 옆에서 샌드백을 매달아두고 복싱을 시작했다. 보고 있자니 그게 더 재미있어 보였다.

"나도 그거나 할까."

구니히코도 글러브를 끼고 교대로 샌드백을 때렸다.

"뭐야, 자네들만 하나. 나도 끼워줘."

이와타가 나타나서 마치 하굣길에 샛길로 빠져 노는 친구를 만난 중학생처럼 말했다. 곧 다른 두 명도 온 덕분에 어제처럼 운동을 하게 됐다.

"어쩐지 방과 후의 동아리 활동 같아서 좋네"라는 구니히코.

"미야케 씨는 무슨 운동 같은 거 했어요?" 하고 사와이가 물었다.

"중학교 때는 농구부, 근데 고등학교 때는 그냥 아무것도 안 했어. 한 마디로 끈기 있게 끝까지 못했던 거지."

"저도 그래요. 뭐 하나 제대로 한 게 없는걸요."

그렇게 수다를 떨면서 복싱 흉내를 내며 운동하고 있는데 컨테이너 그늘 속에서 한 사람이 나타났다. 구니히코와 직원들은 깜짝 놀라 움직임을 멈췄다.

공장 유니폼을 입은 초로의 남자였다. 이런 한심한 꼴을 보이고 말다니. 아니, 한심하다기보다 다 큰 어른들이 여기서 뭘 하고 있는지 의심할 것 같다.

"아니, 저기 컨테이너에 기구가 있어서요……."

묻지도 않았는데 구니히코가 변명부터 했다. 그러나 남자는 거기에는 별다른 반응도 보이지 않고 "기본이 전혀 안 됐군"이라며 심각한 표정을 지었다.

"네?"

"우선 자세. 왼발을 한 발자국 앞으로 내밀어. 그리고 무릎을 가볍게 굽히고. 자, 어디 해봐."

이 아저씨는 대체 뭘까, 의아해하면서도 시키는 대로 했다.

"보폭이 너무 넓잖아. 그래서는 빨리 못 움직여. 어깨 폭만큼 벌리는 게 기본이야."

"이렇게요?"

"그래, 그래. 그 상태에서 앞뒤로 움직여봐. 스텝!"

남자가 마치 코치처럼 지시를 내리기에 망설이면서도 그 말을 따랐다.

"안 되겠군. 몸이 굳었어. 자네 아주 몸이 둔하군."

"그거야 뭐, 하도 오래간만에 운동하는 거라……."

구니히코가 쓴웃음을 지었다. 이런 곳에서 낯선 아저씨한테 꾸지람까지 들을 줄이야. 옆에서 보고 있던 이와타가 "저어, 여기 공장에서 일하십니까?"라고 물었다.

"그래, 촉탁이지만."

남자가 대답했다. 아무래도 정년퇴직 후에 촉탁 직원으로 회사에 남은 사람인 모양이다.

"정년퇴직자이신 모양이군요. 실례했습니다. 저희는 본사 총무부 소속 직원이고, 수상한 사람이 아닙니다."

"그건 됐고. 자, 다시 한번 더. 다들 해봐. 스텝!"

구니히코와 직원들은 서로 마주 보다가 그 지시를 따랐다. 일이 이상하게 돌아가는 것 같았지만, 딱히 이 상황이 불쾌하지는 않았다.

"왼발은 전체로 디뎌도 되지만, 오른발은 뒤꿈치를 띄우도록 해. 그리고 체중 배분. 앞으로 60퍼센트, 뒤로 40퍼센트 정도로 둬. 자, 해봐."

남자는 구니히코와 다른 직원들이 느끼는 당혹감은 신경도 쓰지 않고 지시를 내렸다. 평균 연령 46세쯤 되는 아저씨들이 글러브를 끼고 앞뒤로 스텝을 밟는다.

"좀 더 빨리! 앞! 뒤!"

대번에 구슬 같은 땀방울이 샘솟았다. 겨우 1분 정도 했을 뿐인데 심장이 마구 요동을 친다.

"좋아, 그럼 1분 휴식."

남자가 손목시계를 보며 말했다. 구니히코를 비롯한 모두는 그 자리에 주저앉았다.

"앉지 말고 서. 선 채로 천천히 몸을 움직이면서 뛰는 심장을 가라앉혀."

남자의 강한 어조에 다들 황급히 일어섰다. 남자의 명령을 순순히 따르게 된 건 모두가 그의 페이스에 휘말리고 말았기 때문이다. 게다가 이 사람은 복싱 전문가인 듯했다.

"선생님께서는 혹시 복싱을 해본 적이 있으셨어요?"

사와이가 숨을 헐떡이며 물었다. 네모나게 깔끔한 모양새로 깎아 다듬은 희끗희끗한 머리, 구릿빛 얼굴과 탄탄한 몸매는 척 봐도 운동과 연관된 사람으로 보인다.

"그래, 다소는." 남자가 대답했다.

"옛날에 우리 회사에 복싱부가 있었습니까?"

이어서 이와타가 물었다.

"그래, 있었네. 80년대 후반에. 자네들이 입사하기 훨씬 전 일이야."

"그렇군요. 그리고 선생님도 관련이 있으셨고요."

"그건 아무래도 좋아. 자네들, 복싱할 마음이 있으면 그 꼴부터 어떻게 하게나. 위아래로 운동복만 입어도 되니까."

"네, 알겠습니다."

구니히코와 다른 직원들은 어쩐지 시키는 대로 하는 쾌감마저 들어서 마치 동아리 선생님 앞에 선 중학생처럼 행동했다. 갑자기 나타난 침입자와의 뜻밖의 전개가 은근히 재미있었다.

"자, 1분 지났어. 휴식 끝. 글러브 끼고 자세 잡아. 스텝 연습을 마저 한다."

남자가 손뼉을 쳤다.

"앞! 뒤! 오른쪽! 왼쪽! 좀 더 빨리!"

구니히코와 나머지 직원들은 열심히 몸을 움직였다. 1분도 채 지나지 않아 숨이 차올랐다. 그러나 기분은 격앙되기만 해서 구니히코는 이렇게 숨이 찰 정도로 움직인 게 얼마 만인가 하고 감회에 젖었다. 분명 아이들 유치원 운동회의 학부모 릴레이에서 전력 질주한 이후 처음이다.

결국 1시간 정도 훈련을 하고 나니 다섯 명의 중년 남자들은 서 있기 힘들 정도로 체력을 소진하고 말았다. "허억, 허억, 허억." 각자의 거친 숨소리가 창고에 울린다.

"자네들, 그렇게 힘들었나?" 남자가 흰 이를 드러내며 말했다.

"힘들고 뭐고, 죽을 것 같아요." 구니히코가 대답했다.

"금방 익숙해질 걸세. 그럼 내일 보지."

그렇게 말하며 남자가 발길을 돌려 컨테이너 뒤편으로 사라졌다. 내일도 올 건가? 하고 의문을 느꼈지만, 다들 이의를 제기할 마음보다 오히려 기분이 들뜨기만 했다.

"근데 저 사람 누구지?"라는 사와이.

"글쎄, 처음 보는 사람이었는데" 하고 맞장구치는 구니히코.

"큰 회사에는 별별 사람이 다 있는 법이야."

이와타가 거친 숨을 내쉬면서 말하자, 다들 고개를 끄덕였다.

이후, 다 같이 사우나에 가서 땀을 씻어낸 후에 불고기를 먹기로 했다. 상당한 칼로리를 소비했으니 많이 먹고 마셔도 죄책감은 들지 않았다. 그리고 어쩐지 고양감마저 들어서 실컷 수다를 떨고 싶기도 했다.

밤 11시가 넘어서 구니히코가 집에 돌아가자, 아내 하루미가 아직도 자지 않고 기다리고 있었다. 꼭 무슨 상의할 문제가 있을 때만 이렇다.

"유키의 대학 입시 준비 때문에……"라며 아내는 걱정스러운 얼굴로 말했다. 딸 유키는 고등학교 2학년인데, 이제 슬슬 지망 대학을 정할 시기였다.

"유키가 미대에 가고 싶대."

"아, 그래? 그러라고 해."

구니히코는 별생각 없이 대답했다. 아들이 예술가가 되고 싶다고 했다면 아마 걱정했을지도 모르겠지만, 딸이라면 큰불만도 없다. 그러고 보니 딸은 어릴 때부터 그림에 소질이 있었다.

"하지만 사립 미대에 얼마나 돈이 들어가는지 알아? 입학금도, 등록금도 평균 1.5배야."

"앗, 그래?"

구니히코는 저도 모르게 인상을 쓰고 말았다. 앞으로 잔업비를 받을 수도 없어서 수입은 백만 엔 이상으로 줄어들 거라 집안 경제 사정은 힘들어진다.

"일단 붙으면 아르바이트라도 하라고 말하긴 했지만……."

"아니, 됐어. 애한테 무슨 돈 얘기까지."

구니히코는 황급히 말을 바꿨다. 가장으로서의 오기가 있다. 하루미는 잠시 침묵을 지키다가 "미안해"라고 머뭇거리며 사과했다.

하루미는 남편의 위기관리부 이동 이후, 구니히코에게 회사에 대해 물어보지도 않는다. 묻는 것도 무서운 건지, 남편을 배려하는 건지, 아마 양쪽 모두일 것 같았다. 구니히코도 그런 물음은 듣고 싶지 않다. 지금은 허세라도 부릴 수밖에 없다.

후우, 하고 한숨을 쉬다가 하루미와 눈이 마주쳤다. 무슨 할말이 있는 듯한 눈치여서 구니히코는 얼른 침실로 가버렸다.

3

복싱을 가르쳐주는 아저씨는 다음 날도 오후 5시 업무 종료 사이렌이 울린 직후에 모습을 드러냈다. 지난번과 마찬가지로 컨테이너 그늘 속에서 불쑥 튀어나오는 바람에 구니히코와 다른 직원들은 깜짝 놀랐다. 마치 거기서 기다리고 있었던 듯하다. 새삼 다시 살펴보니, 남자는 옛날 영화배우 같은 분위기의 얼굴이었다. 그에게서 풍겨 나오는 쇼와 시대*의 향기 때문인지, 어쩐지 그리움마저 느껴졌다.

이날은 처음으로 위기관리부 직원들이 먼저 자기소개를 했지만, 남자는 그저 고개만 끄덕일 뿐 자기 이름을 말하려 하지도 않았다. 그래서 직원들은 그를 코치님이라고 부르기로 했다.

사와이가 "코치님, 잘 부탁드립니다"라고 낯빛을 살피며 머리를 숙이자, 은근 싫지 않은지 쓴웃음을 짓는 남자의 모습에 다들 그걸 수락의 의미로 받아들였다. 남자는 아예 목에 스톱워치와 호루라기까지 매고 있다. 본인도 그럴 마음이 있다는 뜻이다.

구니히코와 직원들은 모두 위아래 운동복과 운동화까지 갖춰 입었다. 그것만으로도 어쩐지 기합이 들어가는 기분이었다.

"오늘은 맨손으로 왼쪽 잽부터 해볼까."

---

* 일본의 연호 중 하나로, 1926년 12월 25일부터 1989년 1월 7일까지의 시기를 일컫는다.

코치가 그렇게 말하더니 자기가 먼저 시범을 보였다. 예순이 넘은 것 같은 남자가 눈에 보이지도 않을 정도의 빠르기로 잽을 반복하자, 직원들은 저도 모르게 오오오, 하고 감탄했다.

"스트레이트를 짧고 빠르게 치는 게 바로 잽이야. 상대를 가까이 다가오지 못하게 견제하거나 상대와의 거리를 재기 위해 사용하는 복싱의 기본 기술이지. 이걸 못하면 복싱은 얘기가 안 되네."

"알겠습니다."

각자 고개를 끄덕이며 잽을 해봤다.

"좀 더 빨리! 당길 때도 같은 빠르기로!"

"오른팔을 내리지 마! 오른쪽은 가드를 해야지!"

코치는 하나씩 지시를 내렸다. 참으로 이해하기 쉬워서 초보자라도 금방 따라갈 수 있었다. 정말로 코치 경험이 있는 모양이다.

왼쪽 잽을 30분 정도 연습한 후, 오른쪽 스트레이트를 시작했다. 코치가 시범을 보이자 직원들은 그걸 따라 했다.

"잽과는 달리 이번에는 허리를 비틀어야 해. 펀치를 날리는 것과 동시에 몸도 회전시켜야 하지. 그래야 위력이 세지는 거야."

그 말대로 해보니 정말로 날리는 펀치의 속도가 빨라지며,

점점 실력이 늘고 있는 게 실감됐다. 이제까지 스포츠 전문가의 지도를 받아본 적이 없어서 모든 게 마냥 신선했다.

"좋아, 그럼 스파링을 해볼까."

코치가 별것도 아니라는 식으로 말했다. 직원들은 "네?" 하고 말문이 막혀 그 자리에서 굳어지고 말았다. 스파링이란 즉, 둘이서 서고 치고받는 일이 아닌가.

"왜, 싫어?"

"아니, 싫다기보다는 저희는 초보자니까요……."

구니히코가 대답했다. 그저 운동 삼아 한 복싱이기에 모두가 당혹스러워하고 있다.

"섀도복싱만 하면 재미없잖아. 기왕 이렇게 배울 거면 직접 실전 연습을 해봐야 가치가 있는 거 아닌가."

"하지만 남을 때리는 건 좀……. 게다가 직장 동료인데……."

"한번 해봐. 괜찮아. 헤드기어를 차면 머리도 보호할 수 있고, 글러브는 연습용 10온스짜리니까. 자네들이 아무리 애를 써서 때려도 멍 자국 하나 안 생길걸."

"아, 네……."

구니히코가 다른 이들을 돌아보자, 다들 딱히 부정하는 분위기도 아니고 그냥 해보자는 표정이었다.

"그럼 부탁드릴게요."

호기심도 들고 해서 직접 해보기로 했다.

구니히코는 우선 밴디지를 감고, 10온스 글러브를 끼었다가 깜짝 놀랐다. 어찌나 무거운지. 이래서는 몇 번 잽을 날리기만 해도 팔이 지칠 것 같다. 하지만 헤드기어를 쓰고 마우스피스를 입에 물고 나서 사무실 유리에 비친 자기 모습을 보니 가슴이 뛰었다. 돌이켜보니 어릴 때 남자라면 다들 복싱 흉내를 낸 경험이 있는 것 같다.

"그럼 자네와 자네." 코치가 구니히코와 사와이를 지명했다. "3분의 1라운드로 마음껏 붙어보게."

"저어, 몇 라운드로 싸우면 됩니까?"

구니히코가 묻자 코치는 코웃음을 치며 "우선 1라운드로 싸워보게"라고 말했다.

"미야케 씨, 살살 해줘요."

"나야말로."

서로 인사를 나눈다. 종소리 대신 코치가 부는 호루라기에 맞춰 스파링이 시작됐다. 이제까지 배운 대로 전후좌우로 스텝을 밟으면서 왼쪽 잽을 날렸다. 코치가 웃은 의미를 바로 이해할 수 있었다. 바로 숨이 차서 3분을 어떻게 견디나 걱정되기까지 했다.

게다가 왼쪽 잽은 상대방에게 맞지도 않았다. 서로 오른쪽 글러브로 가드를 하고 있으니 당연한 일이다. 게다가 서로 몸이 밀착되는 바람에 거의 씨름이라도 하는 꼴이다.

"브레이크! 아웃으로 서로 때려야지! 진짜 결투라고 생각해!"

코치가 난폭하게 외치자마자 구니히코가 날린 오른쪽 스트레이트가 마침 가드를 내렸던 사와이의 얼굴을 때렸다. 사와이가 비틀거린다.

"그래! 좋은 펀치야!"

코치의 칭찬에 흥분감이 치솟는다. 태어나서 처음으로 사람을 때렸다.

맞은 사와이도 바로 진중한 표정을 지었다. 바로 간격을 좁히며 잽을 날린다. 아까보다 주먹에 확실히 힘이 들어가 있어서, 가드를 해도 턱에 충격이 전해졌다. 그리고 다음 순간, 복부에 충격이 훑고 지나갔다. 사와이가 몸에 펀치를 날렸기 때문이다.

"잘했어! 좋은 보디블로야!"

코치의 목소리가 더 커진다. 그러는 순간, 구니히코는 이성을 잃고 말았다. 남을 때린 것도 처음이지만, 맞은 것도 처음이다. 화가 나서 상대방에게 보디블로를 마구 날렸다. 그러나 사와이가 후방 스텝으로 피한다. 그렇게 펀치가 허공만 가르며 몸의 균형을 잃자, 이번에는 오른쪽 스트레이트가 안면을 가격했다. 눈앞에 은빛 가루가 날린다. 사와이 씨, 뭘 그렇게 이를 악물고 때리는 거야?

"삑!"

속으로 그런 우는 소리를 중얼거리던 때, 호루라기가 울렸다.

"자, 1라운드 종료."

코치의 목소리를 듣자마자 구니히코는 그 자리에 풀썩 주저앉았다. 겨우 3분 움직였을 뿐인데, 체력이 한계에 다다랐다. 사와이도 옆에서 쭈그려 앉아 어깨를 들썩이며 숨을 헐떡였다.

"미야케 씨, 미안해요."

그리고 힘들어 죽겠다는 표정으로 구니히코에게 사과한다.

"아니, 괜찮아. 내가 졌네."

구니히코는 순순히 패배를 인정했다. 사실 패배했다는 것보다 진정으로 치고받으며 경기를 했다는 고양감이 더 컸다.

"사와이 씨, 자네는 참 잘 싸웠어. 미야케 씨는 한 방 맞고 바로 당황했지? 그럴 때는 한 걸음 뒤로 물러서서 가드를 굳히는 게 좋아. 상대방의 공격을 유도한 다음에 지친 척 하는 것도 하나의 작전이거든. 복싱은 상대방을 쓰러뜨릴 작정으로 덤비는 스포츠지만, 한편으로는 냉정한 정신을 유지하는 것도 중요하지. 기본은 히트 앤 어웨이. 3분 안에 무엇을 하면 좋을지 생각하도록 해."

코치가 경기에 대해 강평했다. 아하, 무슨 일이든 간에 계획을 잊고 무작정 덤비면 진다는 뜻이구나.

"그럼 다음에는 자네와 자네가 해봐."

이어서 사카이와 다카하시가 지명되어 글러브 낀 주먹을 나눴다. 구니히코와 사와이의 스파링 장면을 봐서 그런지 처음부터 표정이 진지하다. 그리고 자세가 잡혀 있었다. 펀치를 맞았다고 해서 대번에 흥분하지 않고 꼭꼭 가드를 한다. 역시 전례가 있으면 사람은 배우게 된다.

3분이 지나자 두 사람 모두 바닥에 풀썩 주저앉았다.

"이렇게 힘들 줄은 몰랐네."

"그러게. 입에서 심장이 튀어나올 것만 같아."

땀이 흥건한 얼굴로 자못 유쾌하게 대화를 나눈다.

마지막 한 사람, 이와타는 코치가 상대해줬다. 코치는 예순이 훌쩍 넘은 아저씨면서도 이 중 그 누구보다도 풋워크가 가볍고, 상체를 전후좌우로 흔들면서 이와타의 펀치를 유연하게 피했다. 이와타는 바로 숨이 차서 서 있지도 못하고 비틀거렸다.

"자자, 어서 한 대 때려봐!"

코치가 턱을 내밀었다. 이와타가 오른쪽 스트레이트를 날려 때렸다.

"좋은 펀치군!"

코치가 일부러 얻어맞아 주면서 칭찬했다. 다만 그 후, 코치는 안면과 몸에 차례로 펀치를 날렸다.

"어서 가드를 해야지! 여기도, 여기도 다 비었잖아!"

이와타는 비틀거리면서도 가드를 했다. 이건 보고만 있어도 공부가 된다. 구니히코와 직원들은 오래간만에 배움의 쾌감을 맛봤다.

연습이 끝나자 모두 창고에 빙 둘러앉아 바깥 자판기에서 사 온 스포츠 드링크를 마셨다. 코치의 몫도 사 왔는데 그는 어느 틈엔가 사라진 뒤였다.

"뭐야, 아무 말도 안 하고 가버렸네"라는 사와이.

"참 특이한 사람이지? 어쩌다 만난 우리한테 복싱을 가르쳐주니까 말이야."

구니히코가 쓴웃음을 지으며 말했다. 다들 코치가 좋아지기 시작했다.

"근데 나 주먹으로 사람 때린 거, 태어나서 처음이야."

감회가 깊다는 식의 이와타의 말에 다들 "나도" "저도요"라며 저마다 재잘거렸다.

"적어도 어릴 때 애들이랑 싸운 것을 빼고는 남을 때린 적도, 얻어맞은 적도 없었으니까."

"사실 그렇죠. 싸움질이나 하고 다니는 청소년기를 보냈으면 모를까, 저는 그런 게 없었거든요. 굳이 따지자면 얌전하고 성실한 학생이었거든요."

"나도 마찬가지야. 겁이 많아서 가능한 힘으로 싸우는 건 피했어. 아무리 화가 나도 남에게 손찌검한다는 선택지가 없었지."

"맞아, 맞아. 그런 사람이 그대로 회사원이 되는 거니까 아마 우리 회사 직원 90퍼센트 이상은 치고받고 싸운 경험도 없을걸?"

"하지만 그 주먹 싸움이야말로 인간의 근본과 이어져 있는 게 아닐까요."

사와이가 묘하게 철학적인 말을 꺼내자, 다들 고개를 끄덕였다.

"하긴 이성의 반대어가 폭력이니까, 우리는 줄곧 그걸 억누르고 살아왔다는 거지."

이와타도 그렇다며 자기 의견을 늘어놓았다.

"어쩐지 스위치가 켜진 느낌이랄까."

"저도요."

"나도."

다들 서로 마주 보며 쓰게 웃었다. 구니히코를 비롯한 직원들은 매일 복싱을 하기로 결심했다. 이제 거의 방과 후 동아리 활동이 됐다.

내일이 기다려지다니 참으로 오래간만에 느끼는 감정이라며, 구니히코는 감회에 젖었다. 역시 사람에게는 일과가 필요하다.

4

며칠 후, 본사 인사부의 이시하라가 또 부하를 데리고 왔다. 차분하지 못하게 눈을 깜빡거리며 "여러분, 잘 지내셨습니까?" 하고 은근한 어조로 인사한다.

"오늘은 업무 변경 사항이 있어 전달하러 왔습니다. 이제까지 경비 회사의 보조 업무만 맡아 주간 경비를 담당하셨지만, 다음 주부터는 야간 경비도 부탁드리려고 합니다."

위기관리부 직원들은 그저 묵묵히 듣고만 있었다. 어차피 거부권은 존재하지도 않고, 조합도 도와줄 생각이 없다. 그저 받아들일 수밖에 없는 상황이다.

"여기에 있는 다섯 명이 로테이션을 정해 한 명당 일주일에 두 번 이상은 숙직하도록 하세요. 수면실과 욕실은 공장 시설을 사용하셔도 됩니다. 하지만 야간 수당은 나오지 않습니다. 질문은 없습니까?"

어색한 침묵이 흐르는 중, 이와타가 "이해는 하겠는데, 업무 감독은 안 해도 되나?"라고 물었다.

"여러분을 믿으니까요." 이시하라가 굳은 표정으로 대답했다.

"경비 경로에 대해서는 경비실의 지시를 따라주십시오. 그리고 미리 전달해두겠지만, 야근으로 인한 질병에 관해 산재신청은 인정되지 않습니다. 쉽게 말하자면 이 업무로 불면증에 걸리게 됐다고 해도 회사는 받아주지 않을 테니 각자 알아서 건강을 챙기시라는 뜻입니다."

이시하라는 그 말만 남기고 부하를 거느린 채 얼른 돌아가버렸다. 부하를 데리고 온 건 혼자 올 용기가 없어서일 것이다.

"이 나이에 야근이라니 힘든데." 이와타가 중얼거렸다.

"어쩔 수 없잖아요. 그냥 받아들여야죠." 구니히코가 대꾸했다.

"하지만 이런 심술을 부리다니 대체 성격이 어떻게 되먹은 건지."

사와이가 의자에 깊이 걸터앉으며 말했다.

"성격이 아니라 다들 자기 몸을 지키기 위해서야. 거부하면 이번에는 자기한테 화살이 돌아오니까."

"회사가 이렇게 냉정한 곳일 줄이야."

"뭘 새삼스럽게. 배가 가라앉으면 아무 소용도 없잖아? 때

때로 필요하다면 승무원도 바다에 내던지는 거지.”

모두가 한숨을 푹 내쉬었다. 이런 일상을 언제까지 버틸 수 있을까, 하고 구니히코는 참을 수 없는 우울감에 사로잡혔다.

경비실에는 구니히코가 대표로 업무 사항을 들으러 갔다. 사령관 보좌가 언제나 그렇듯 사무적인 어조로 “너무 무리하지는 않으셔도 됩니다”라고 말했다.

“기본적인 업무는 저희가 하니, 위기관리부 직원분들은 보조적인 일만 해주세요. 무전기는 없으실 테니 꼭 2인 1조로 움직이시고요. 무슨 일이 생기면 한 명은 현장에 대기, 한 명은 꼭 경비실로 오십시오. 그 수칙을 꼭 지켜주세요. 경비 루트와 시간표는 후에 서면으로 전달해드리겠습니다.”

사령관 보좌의 눈에 동정의 빛이 어려 있었다. 위기관리부 직원들에 대한 회사의 냉혹한 처사를 다 알기 때문이다.

“그리고 최근에 시내의 여러 공장에서 절도 피해가 다수 발생하고 있습니다. 여기 공장에도 구리선이 있으니 꼭 경계해주세요. 외국인 절도단인 모양인데, 수법도 거칠고 들키면 공격도 서슴지 않는 놈들이라고 하는군요. 위험하다고 느끼면 바로 도망가시고요.”

“알겠습니다.”

아무래도 야간은 주간 경비보다 훨씬 위험한 모양이다. 도둑은 밤에 활동하니 당연하다면 당연하지만.

경비실을 나서는데 본사 근무 중인 동기와 마주쳤다. 후지타라는 남자로, 상품 개발부에서 바쁘게 일하는 중간 관리직이다.

"여어, 미야케."

이름을 부르며 부드러운 표정을 짓는다. 그러나 구니히코가 입고 있는 싸구려 점퍼를 보고 바로 낯을 흐렸다.

"잘 지내? 공장 근무라고 들었는데."

"근무지가 공장일 뿐이야. 보다시피 경비원 일이잖아."

구니히코가 일부러 밝게 대답했다. 사정은 다 알고 있을 터이다.

"그래, 잘 지낸다면 다행이고."

후지타가 어색하게 웃는다. 어떻게 대하면 좋을지 모른다는 투였다.

"여전히 바쁘고?" 구니히코가 물었다.

"그래, 이 나이에 뉴욕 지사로 가지 않겠느냐는 이야기가 나와서. 그렇게 되면 나 혼자 미국으로 부임하게 되니까 고민이 되네."

"사치스러운 고민이잖아. 출셋길이 열린 건데 뭘."

구니히코의 말에 후지타는 잠시 뜸을 들이다가 입을 열었다.

"회사도 참 너무하다. 희망퇴직 요청을 받는다고 하면서,

사실상 지명 해고잖아."

"어쩔 수 없지. 일본식 평생직장 제도는 이미 무너진 지 오래니까."

"너 왜 직장을 그만두지 않는 건데? 그냥 인사과에 사표 던지고 와."

후지타가 조금 분노한 표정으로 말했다.

"10년 전이라면 그랬겠지만 나도 이제 마흔여섯이야. 정규채용으로 이직하긴 너무 어려운 나이니까."

구니히코가 솔직히 대답하자 후지타는 한숨을 쉬며 "너도 참 잘 버틴다"며 얼굴을 붉혔다.

"나라면 벌써 사표 내던지고 당장 회사 때려치웠을 거야. 그리고 좀 더 좋은 일자리를 찾거나, 아예 내 사업을 차려서 보란 듯이 성공하려고 하겠지. 그게 남자다운 거 아니겠어?"

"그렇게 쉽게 말하지 마. 이것도 다 고민 끝에 내린 결론이니까."

"너, 지금 일을 앞으로도 계속할 셈이야?"

"당사자는 나인데 네가 왜 화를 내?"

뜻밖의 실랑이가 벌어지자 둘 사이에 어색한 공기가 흘렀다. 다만 후지타에 대한 악감정은 없었다. 이 동기는 회사에 대해서도 화를 내고 있으니 말이다.

"그냥 나로서는 미야케 네가 더 오기를 보이면 좋겠다는 생각에."

후지타는 원망스러운 눈빛으로 말하며 발길을 돌렸다. 함부로 말하지 마. 그렇게 대꾸하려고 했지만, 이미 후지타는 등을 돌린 뒤여서 그 소리는 입 밖으로 나오지 못했다.

몸을 휩쓸고 지나가는 형언할 수 없는 감정으로 인해 구니히코는 그 자리에 멍하니 서 있기만 했다. 이제까지의 감정을 억누르고 있었던 만큼 동요가 컸다. 가장 피하고 싶었던 자기 연민의 심정이 쓰나미처럼 몰려왔기 때문이다.

그날 업무 후의 복싱 연습은 가벼운 글러브를 낀 채로 하는 스파링이었다.

"조금 아플지도 모르지만 그게 더 집중하기 좋아. 물론 자네들 펀치로 다칠 일은 절대로 없으니까 힘껏 때려 보도록 해."

코치가 웃으며 말한다. 8온스짜리 글러브를 끼우고 보니 팔이 자연히 들리는 감각이 들어서 구니히코는 깜짝 놀랐다. 하긴 그렇다. 10온스보다 20퍼센트 정도 더 가벼우니까.

글러브가 가벼워지니 풋워크도 가벼웠다. 아하, 이제까지 묵직한 글러브로 연습한 이유는 바로 이런 효과를 노렸던 거구나.

평소처럼 사와이와 글러브를 끼고 주먹을 주고받았다. 평소보다 왼쪽 잽을 빠르게 날리며 허리에 힘을 주며 오른쪽 스트레이트를 휘두르자 사와이의 안면에 제대로 맞았다. 사와이가 뒤로 비틀거리며 그대로 엉덩방아를 찧었다. 펀치를 날린 구니히코도 깜짝 놀랐다.

"그래, 바로 그런 펀치야! 중심이 제대로 이동했잖아? 바로 지금 그 감각을 잊지 말도록!"

코치의 칭찬에 구니히코의 기분이 단번에 고양됐다.

사와이가 일어선다. 안색이 확 변했다. 사와이의 눈에는 이제까지 본 적 없는 공격적인 빛이 깃들어 있다.

오지 말라고 생각하는 순간, 사와이가 돌진했다. 몸을 부딪치는 바람에 구니히코가 균형을 잃자 보디블로가 날아와 때렸다. 이번에는 구니히코가 너무 아파서 웅크렸다.

"그래, 잘한다! 바로 그렇게 하는 거야. 부모의 원수라고 생각하고 마구 때려!"

코치의 함성이 들려온다. 사와이는 의기양양한 얼굴이다.

그 이후부터는 진짜 승부가 벌어졌다. 서로 한 치의 양보도 없이 상대방을 바닥에 때려박을 셈으로 마구 펀치를 주고받았다. 사와이의 코가 새빨갛다. 아마 자신의 코도 마찬가지이리라.

호루라기가 울린다. 1라운드 종료. 둘 다 그 자리에 주저앉고 말았다.

"아직 더 할 수 있나?"라고 묻는 코치. "할 수 있습니다"라고 사와이가 재빨리 말했다. 구니히코도 "물론 저도요"라고 숨을 헐떡이며 답했다.

"좋아, 그럼 1분 휴식. 이번에는 페이스 분배를 생각해. 무작정 3분 동안 주먹으로 패기만 하는 건 프로라도 못 버텨."

코치는 제자들의 진지한 태도가 마냥 기쁜 모양이다.

제2라운드가 시작됐다. 이번에는 풋워크에 의식을 집중했다. 좌우로 움직이며 상대방이 방향을 바꾼 순간 앞으로 나와 주먹을 날린다. 초보자의 전법이었지만 의외로 잘 먹혀들었다. 그러나 잠시 하다가 또 발이 멈추면서, 마치 드잡이질과 같은 주먹다짐이 이어졌다.

그렇게 2라운드가 끝나자 이번에는 정말로 일어설 수 없게 되어 구니히코는 바닥에 대자로 뻗어버렸다. 사와이도 이제 정말 체력이 다한 모습이다.

"자, 해본 감상이 어때?" 코치가 물었다.

"허억, 허억, 허억."

구니히코도, 사와이도 거친 숨만 내쉴 뿐 말을 못 했다.

"둘 다 아주 잘했어. 자네들 이제 좀 한 꺼풀 벗었어."

구니히코는 코치의 말에 내심 수긍하며 들었다. 정말로 치고받는 일 자체는 무섭지 않다. 일주일 전만 해도 생각조차 할 수 없었던 변화다.

복싱은 스포츠일지도 모르지만, 다른 경기와 결정적으로 다른 점은 피를 본다는 것이리라. 복싱이 가진 폭력성은 아무도 부정할 수 없다.

보고 있으면서 자극을 받았는지 다음 차례로 스파링을 시작한 사카이와 다카하시도 처음부터 전력으로 경기에 임했다. 사와이는 안면에 제대로 펀치를 얻어맞고 코피를 쏟았지만 물러서지 않고 맞섰다. 다카하시는 인터넷을 보고 예습이라도 했는지, 스웨이백이나 클린치 같은 기술을 선보여서 주변을 감탄하게 했다. 이 두 사람도 2라운드를 하고 나자 온몸이 땀에 절고 말았다.

가장 마지막 순서의 이와타는 구니히코가 자원해서 상대했다. 오늘 배운 것을 잊지 않고 시험해보고 싶었던 것이다. 가장 연장자인 이와타 앞에서도 사양하지 않았다. 살집이 두둑한 몸에 펀치를 먹여서 잠시 상대를 기절까지 시켰지만, 미안하다는 마음은 조금도 들지 않았다. 그보다 진정으로 주먹을 가하는 것이야말로 예의이며 우정의 증표라는 생각까지 들었다.

이제 위기관리부 직원들의 복싱에 화기애애함은 조금도 남아 있지 않았다. 그렇다고 살벌함이 앞서기보다는 서로를 존중하는 마음이 있었다. 이 심정을 가장 잘 표현해주는 단어는 아마 해방감이리라. 어쩐지 잔뜩 흥분으로 달뜬 기분이었다.

"자네들 제법이군."

코치가 활짝 웃으며 직원들을 칭찬했다.

"남자는 한번 주먹을 경험하면 무서운 게 거의 없어지지. 뭐든 다 경험이야."

구니히코는 정말로 그 말에 크게 공감했다. 싸움을 싫어하고, 겁만 많았던 자신이 지금은 매일 이렇게 주먹질을 하며 충실감을 느끼고 있기 때문이다.

연습 후, 각종 도구를 정리하며 사무실로 돌아가 옷을 갈아 입었다. 직원들끼리 좀 더 이야기를 나누고 싶은 기분이 들어, 이와타의 제안으로 코치까지 불러 같이 술이나 한잔하러 가기로 했다. 조금은 감사의 뜻을 전하고 싶었다.

그런데 사무실을 나가자 코치는 자취를 감춘 뒤였다.

"어어? 아까까지 창밖에 서 있었는데"라는 이와타.

"그러게요. 저기 계셨는데." 사와이가 턱짓으로 가리켰다.

"코치님은 항상 귀신같이 사라지더라. 아니, 나타날 때도 컨테이너 그늘에서 불쑥 나오고 말이야. 여기 창고는 여섯 곳 정도 출입구가 있긴 하지만, 컨테이너 뒤에는 문도 없을 텐데."

구니히코가 고개를 갸웃거리며 말했다.

"이상한 사람이야. 이름도 안 가르쳐주고."

"촉탁 직원이라고 해도 공장 근무라면 임원진 이외에는 전부 명찰을 달고 있는 게 규칙인데."

"사실은 임원 아닐까?"

"아하하."

이야기가 농담으로 번지자 다들 퇴근 준비를 했다. 이상한 사람이긴 하지만, 이제 오후 5시가 즐거워졌으니 코치에게는 감사한 마음뿐이다.

5

글러브가 가벼워지자 구니히코를 비롯한 위기관리부 직원들의 복싱 연습은 더욱 뜨겁게 달아올랐다. 언어맞으면 아플 수밖에 없다. 코피도 나고, 멍도 든다.

한 번은 벌겋게 부은 코로 집에 돌아갔더니 아내인 하루미가 "무슨 일이야?" 하고 깜짝 놀라고 말았다. 구니히코는 적당히 둘러댈 말이 없어서 "퇴근 후에 회사 창고에서 동료 직원들과 복싱 연습을 해"라고 솔직히 밝혔더니 아내는 당황해서 차마 아무 말도 잇지 못했다. 그러면서 "역시 많이 힘들지?"라며 남편의 낯빛을 살피며 물었다.

"아니, 그렇지 않아." 구니히코는 곧바로 대답했다.

물론 허세이긴 하지만, 이전에 비해 그런 심정은 많이 줄었다. 적어도 일다운 일도 못 하고, 그렇다고 퇴근할 때 어디 다른 곳으로 빠지지도 못한 채 허무함에 사로잡혀 있을 때와는 천지 차이다. 그래서 밝게 행동할 수 있다.

"어디 좋은 이직 자리가 있으면 좋을 텐데." 하루미가 그렇게 말하며 한숨을 푹 내쉬었다.

"걱정하지 않아도 돼. 나는 괜찮으니까."

구니히코는 자신을 다독이는 것처럼 말했다. 버티겠다고 결심했다.

창고에 통행 규제용 바리케이드가 있어서 이날은 그걸 꺼내, 링이라도 되는 것처럼 네모난 공간을 만들어 시합 형식의 스파링 훈련을 했다. 막혀 있는 사방은 뜻밖에도 두려움을 불러일으키는 것이어서, 실제 시합에서 로프가 둘린 쪽으로 내몰리는 게 바로 이런 것이구나, 하고 직원들 모두 절절히 깨닫게 됐다.

그러나 사람은 퇴로가 막히면 각오하게 되는 생물이다. 스파링은 평소보다 더 가열차게 주먹이 오가면서 이제 더는 연습도, 동아리 활동도 아닌 전쟁터로 변했다. 한 시합에 1라운드, 다섯 명의 리그전이었다. 심판으로 코치가 점수를 매기며, 그 자리에서 승패를 결정한다. 그러자 더더욱 투지가 불타서 구니히코는 모든 경기에서 이길 작정이었다.

우선 이와타와의 첫 경기가 시작된다. 이 뚱뚱한 50대 남자에게는 절대로 질 것 같지 않았다. 거리를 좁히며 원투 펀치로 가드를 올리게 한 다음, 몸통을 향해 혼신의 일격을 날렸다. 작전은 멋지게 성공해서, 이와타는 다운한 채로 일어나지 못했다. 겨우 30초 만에 인생 처음으로 따낸 KO승이었다.

"와아, 굉장하다!"

사와이와 다른 직원들이 마치 중학생처럼 얼굴을 잔뜩 상기시키며 흥분했다. 한편 진 이와타는 이를 악물며 "다음에는 절대로 안 질 거야"라고 힘주어 말했다.

웃으며 흘려넘기지 않는 그 태도에 오히려 구니히코는 경의를 보냈다. 온몸으로 분통을 터뜨리는 그 모습은 자신들이 그 옛날에 잊고 있던 젊은 날의 그것이었다.

한 시합 견학을 한 후, 다음에는 사카이와 맞붙었다. 키가 큰 사카이는 리치도 길다. 간격을 벌리려고 해도 잽이 날아와 때리니 그럴 때마다 뒤로 밀렸다. 그리고 등이 바리케이드에 닿는 바람에 더는 뒤로 물러가지 못하는 순간, 오른쪽 스트레이트가 날아와 얼굴을 제대로 때렸다. 이번에는 구니히코가 다운할 차례였다.

"원, 투, 쓰리……."

코치가 카운트를 세는 와중, 어떻게든 일어나 글러브 낀 주먹으로 자세를 잡았다. 그런데 이번에는 보디블로를 때려 박는 바람에 구니히코는 마우스피스를 내뱉고 말았다.

견디지 못하고 항복 표시를 했다. 사카이는 오른팔을 번쩍 치켜들며 승리의 포즈를 취했다.

"젠장."

구니히코는 바닥을 치며 아쉬워했다. 그러나 패배를 겪어도 전의를 상실하는 일은 없었다. 그러기는커녕 오히려 다음에 만회하자고 복수를 맹세했다.

그렇게 각자 두 시합씩 하고 나자 모두는 또 새롭게 한 꺼풀이 벗겨진 기분과 함께 신기한 만족감에 사로잡혔다.

"우리 많이 달라진 것 같아."

바닥에 주저앉은 채로 이와타가 말했다.

"본사 사람들이 보면 이 녀석들 제대로 미친 게 아닐까 생각할지도 모르겠네요."

구니히코가 쓴웃음을 지으며 대답했다.

"하지만 이 상쾌한 기분은 뭘까요. 맞으면 아프지만 은근 쾌감도 느껴지지 않나요? 혹시 내 안에 잠들어 있는 마조히즘이 눈을 뜬 게 아닐까 의심스러울 정도라니까요."

사와이가 시원한 표정으로 말했다.

"아니, 마조히즘이 아니라 바바리즘의 회귀가 아닐까. 인간에게는 모두 야만인의 DNA가 남아 있는 거라고" 하는 다카하시.

"오오, 제법 똑똑한 말을 하는군. 나는 불량 학생이 되지 못했던 청소년기를 이제 와서야 되찾는 기분이 드는데"라는 사카이.

각자 자기 분석을 하며 이야기를 나누었다. 이렇게 할 이야깃거리가 많아진 것만 해도 복싱의 공은 크다. 그리고 정신을 차리고 보니 또 코치의 모습은 없었다. 아까까지 웃으며 직원들의 이야기를 듣고 있었는데.

코치에 대해서는 어쩐지 건드리고 싶지 않다는 감정이 들어서 그 누구도 아무 말도 하지 않았다. 수수께끼의 인물이니 그냥 수수께끼로 남아도 좋다. 위기관리부 직원들은 코치가 그저 계속 같이 어울려주길 바랄 뿐이었다.

그다음 주, 위기관리부 직원들의 야근이 시작됐다. 오전 0시까지 공장 수면실에서 쪽잠을 자다가 그 후 오전 8시까지 전문 경비원들과 교대로 공장 내부를 순찰한다. 첫 야근은 구니히코와 사와이가 담당했다. 경봉이고 뭐고 아무것도 없이 그저 손에 든 것은 회중전등뿐이다.

"한겨울이 되면 방한복이라도 지급해주려나."

군데군데 길을 밝히는 가로등도 없이, 인적도 없는 공장 내부를 걸으며 구니히코가 말했다.

"글쎄요. 아무래도 알아서 마련하라는 말이나 할 것 같은데." 사와이가 대꾸했다.

"사와이 씨, 야근 시작한다는 거 아내한테 말했어?"

"그냥 숙직이라고만 했어요. 공장이니까 다들 돌아가면서 한다고 그냥……. 미야케 씨는요?"

"나도 그렇지 뭐. 야간 경비라고 하면 분명 걱정할 테니까."

구니히코는 애써 밝게 말했다. 버티겠다고 결심했으니 가족한테 절대로 푸념을 쏟아내고 싶지 않다.

"그런데 대기업에 들어와서 이런 꼴이 될 줄이야……. 25년 전만 해도 상상도 못 했어요."

"그러게. 요즘 들어 아무리 자기 책임론이 유행한다지만 이 나이에 갑자기 그런 말을 들어서 뭘 어쩌라고."

"맞아요. 경영진이 바뀌면서 규정까지 변하다니, 너무하지 않아요?"

둘이서 한숨을 푹 쉬었다. 구니히코와 사와이는 고생 끝에 성공한 창업자를 동경해서 입사한 세대다. 진취적인 성격으로 뭐든 도전하는 기업 풍토 덕분에 세계적인 브랜드로까지 성장한 기업이다. 그러나 시대가 바뀌면서 창업자 가족이 경영으로부터 손을 떼자, 은행이 개입하고 상당한 비용 절감 정책이 시작되면서 회사는 모습을 바꾸기 시작했다. 아마 창업자가 살아있었더라면 권고 퇴직자들만 모아놓은 부서 신설 따위 절대로 허락하지 않았을 것이다.

그런 이야기를 나누면서 철책을 따라 걷고 있는데, 공장 가장 안쪽의 철망 바깥쪽에 웬 트럭 그림자가 보였다.

"왜 저런 곳에 트럭이 있지?"라는 구니히코.

"글쎄요. 그냥 노상 주차가 아닌 것 같은데? 어차피 여긴 교통량도 거의 없는 길이잖아요." 사와이가 대답했다.

회중전등을 비추자, 운전석에 사람 그림자가 나타나더니 황급히 머리를 숙였다. 두 사람은 무슨 일인가 의아해서 가까이 다가갔다. 회중전등을 상하좌우로 움직여보니, 철망 한 부분이 파손된 채였다. 누군가가 끊어낸 것이다.

구니히코의 머릿속에 사령관 보좌가 했던 말이 떠올랐다. 요즘 외국인 절도단이 인근 공장에 침입하여 구리선을 훔쳐 간다고.

그때 검은 그림자가 움직이는 걸 느끼고 깜짝 놀라 뒤를 돌아보니, 남자 두 명이 구리선을 만 롤을 밀면서 창고에서 나오고 있었다.

"이봐, 거기서 뭐 하는 거야!"

구니히코는 반사적으로 고함을 치며 회중전등 빛을 비췄다. 그러자 마치 영화의 한 장면처럼 검은 옷을 입고 복면을 쓴 사내 둘이 창고 벽을 등진 채로 나타났다.

구니히코의 다리가 떨렸다. 온몸이 굳어서 앞으로 나서지도 못했다. 도둑은 큰 와이어 커터를 들고 위협했다. 뭐라고 외치고 있지만, 스페인어 같다는 것 빼고는 전혀 알아들을 수가 없었다.

"미야케 씨, 경비실에 가서 지원 요청부터 해주세요!"

사와이가 말했다.

"사와이 씨는 어쩌려고?"

"저는 이 녀석들을 막을 거예요."

"혼자서? 그건 힘들 거야."

"괜찮아요. 하다못해 구리선만큼은 못 가져가겠죠."

사와이는 몇 걸음 앞으로 나서서 "너희, 곧 경찰이 올 거야!"라고 크게 소리를 질렀다. 구니히코는 그 용기에 자못 놀랐다.

"와악! 와악!"

구니히코도 지지 않으려고 고성을 내질렀다. 그러나 거품을 물고 고함만 칠 뿐 제대로 된 말이 나오지 않았다.

"미야케 씨, 빨리요!"

"안 돼! 자네 혼자 두고 갈 수는 없어!"

그때 도둑 한 명이 와이어 커터를 휘두르며 다가왔다.

"으아아!"

구니히코는 크게 소리치며 복싱 자세로 돌진했다. 왜 그런 행동이 나왔는지 자신도 알 수가 없었다.

정신을 차리고 보니 도둑을 향해 왼쪽 잽을 날리고 있었다.

이어서 오른쪽 스트레이트. 이것도 멋지게 먹혀들었다. 도둑은 결국 와이어 커터를 땅바닥에 떨어뜨리고 말았다. 돌아보니 사와이도 또 한 사람과 맞서 싸우는 중이었다. 이제 뭐가 뭔지 하나도 모르겠다.

차에서 또 다른 일당이 내려서 저쪽은 이제 세 명이 됐다. 3대 2다. 그러나 도망칠 마음은 전혀 들지 않았다. 그래, 오히려 잘됐다. 어디 한번 해보자고. 구니히코의 머릿속에서 이미 자신은 람보 아니면 터미네이터가 되어 있었다.

뒤에서 날아온 발길질에 앞으로 굴렀다. 땅바닥에 얼굴이 부딪친 바람에 머리가 어질거렸다. 그러나 아프지는 않았다. 이미 그걸 느낄 회로가 끊어진 뒤였다.

구니히코는 일어나 코피를 줄줄 흘리면서도 도둑을 향해 달려갔다. 저쪽도 필사적인지 미친 듯이 반격했다. 때리고, 얻어맞았다. 절대로 놓칠 마음은 없었다. 적어도 한 명 정도는 확실히 붙잡을 셈이었다.

"거기 서라!"

그때 큰 함성이 들렸다. 몇 명의 발소리가 들리며 빛이 쏟아졌다. 경비원들이었다. 이상 상황을 감지하고 바로 현장으로 달려왔던 것이다. 방범 카메라에 비친 모양이다. 경비원들은 곧바로 로프로 세 명의 도둑을 제압했다. 도둑이 쓴 복면을 벗겼더니 모두 중남미계의 얼굴을 한 사내들이었다. 이제

반항마저 포기했는지 두 손을 들고 "노, 노"라고 애원하기만
했다.

"괜찮습니까!"

소리치며 다가온 이는 사령관 보좌였다. 그는 얼굴이 잔뜩
피투성이가 된 구니히코와 사와이를 보고 할 말을 잃고 말았
다.

"괜찮아요."

구니히코가 거친 숨을 몰아쉬며 대답했다.

"왜 도망 안 쳤어요! 맨손으로 절도단을 상대하다니 얼마
나 무모한 짓인지 압니까!"

"아니, 그래도……."

적당히 대꾸할 말을 찾을 수 없었다. 그저 가슴 속에서는
자신은 도망치지 않고 어떻게든 맞서 싸웠다는 만족감만 부
풀어 오를 뿐이었다.

"들것으로 경비실까지 옮길 테니까 가만히 계세요. 곧 구
급차도 부르겠습니다."

사령관 보좌의 지시로 그 자리에 누웠다. 사와이도 똑같이
드러누웠다.

하늘을 올려다보니 별이 한가득이었다. 가슴 깊이 스며드
는 찬 공기가 기분 좋았다. 구니히코는 그 쾌감에 잠시 젖어
들었다.

6

신문과 텔레비전은 외국인 절도단이 체포됐다는 사건을 일제히 보도했다. 경비 회사와 숙직 직원이 협력해서 세 명의 도둑을 제압하고 경찰에 넘겼다는 내용으로 말이다. 그러는 중에 직원이 부상을 입었다는 이야기도 언급됐지만, 절도범에 맞서느라 심한 몸싸움이 일어났다는 사실은 보도되지 않았고 기사로서도 크게 다루지는 않았다. 분명 다들 내일이면 잊어버릴 뉴스다.

그러나 본사에서는 이 뉴스가 각 부서에 대대적으로 전해져서 직원들 사이에 입소문이 났다. 미야케 씨와 사와이 씨가 절도단을 목격하고 쫓아가서 잡았단다, 도둑 앞에서도 물러서지 않고 난투를 벌였단다 등등. 심지어 다소 소문에 살이 붙어서 두 사람은 가라데 유단자였다는 소문까지 마치 진실인 것마냥 돌았다.

그리고 회사에는 다른 목소리도 나오기 시작했다. 우리 회사는 조기 퇴직 권고에 응하지 않은 직원들에게 야간 경비까지 시키느냐는 비난의 목소리였다. 특히 젊은 직원들 사이에서는 이러고 있다간 자기들도 미래가 불안하다고까지 불만을 터뜨리는 이도 나왔다.

상황이 이렇게 되니 노동조합도 간과할 수 없게 됐고, 임원회에 설명을 요구하는 사태로까지 일이 번졌다. 조합도 이를 못 본 척한다면 조합원들의 신용을 잃고 만다. 처음에 인사담당 임원은 대답을 얼버무리며 도망 다니기 바빴지만, 이번에는 창업자 가문인 모리무라 집안의 사람이 회사까지 찾아와 자세한 해명을 요구하는 통에 이 사안은 임원회 회의 의제로까지 올라가게 됐다. 아무리 경영 일선에서 손을 뗐다고 해도 모리무라 집안은 여전히 이 회사의 대주주였다. 직원을 가족처럼 여기는 창업 당시의 경영 방침은 대체 어디로 갔느냐는 비난에 현 경영진은 한 마디도 대꾸할 수 없었다.

구니히코를 포함한 위기관리부 직원들은 그리 쉽게 방침이 바뀔 리는 없을 거라고 생각했다. 회사는 그런 쉬운 곳이 아니다. 경영에는 언제나 비정함이 따르기 마련이다. 정과 비정함을 냉정하게 구분할 줄 아는 사람이야말로 임원이 될 수 있다.

아마 지금의 위기관리부는 일단 해산되고 그 직원들은 다시 본사로 돌아가게 되리라. 그리고 새로이 준비된 또 다른 한직으로 밀려나, 이쪽이 더는 못하겠다고 항복할 때까지 회사는 기다릴 것이다.

구니히코는 그저 담담하기만 했다. 어느 부서로 소속되든 그저 주어진 일을 잘 해내면 될 일이다. 자기 인생 최대의 경험인 절도단 검거 덕분에 이제 무슨 일이든 어디 덤빌 테면

덤벼보라는 마음이었다. 도망치지 않았던 것이 이렇게나 큰 자신감으로 다가올 줄은 몰랐다. 뭣하면 퇴직하고 아예 경비원이 되어도 좋다. 구니히코는 그저 태연자약할 뿐이었다.

하지만 마음에 걸리는 것은 그런 문제가 아니라…….

사건이 터진 다음 날부터 코치의 모습이 보이지 않게 됐다. 사건 후에 바로 경찰의 현장 검증과 부상 치료 등으로 정신이 하나도 없어서 복싱 연습은 중단된 채였다. 그리고 닷새가 지나 이제 슬슬 복싱을 다시 시작할 때가 되지 않았느냐는 이야기가 나오고 나서야 코치의 부재를 알아차렸다.

"그러고 보니 코치님이 왜 안 나오시지?"

"글쎄, 모르겠네. 이런 사건이 일어난 건 아시려나."

"뉴스로까지 나왔는데 모를 리가 없지. 게다가 공장에서 일어난 일이니까 소식을 못 들을 리도 없고."

"그럼 왜 안 나타나시는데? 미야케 씨와 사와이 씨한테 무슨 말이라도 한마디 하는 게 당연하잖아."

다들 그런 대화를 나누며 고개를 갸웃거렸다.

"난 코치님한테 꼭 감사 인사를 하고 싶어. 그때 도망치지 않았던 것도 다 코치님이 복싱을 가르쳐준 덕분이라고."

구니히코가 말했다. 정말로 얼마나 고마운지 모른다. 복싱만이 아니라 삶을 살아가는 방법에 대해서도 배운 기분이 들었다.

그저 기다리기만 해서는 어쩔 수 없으니 틈이 나면 다 같이 코치를 찾기로 했다. 거의 5천 명이 일하는 큰 공장이어서 소속을 모르면 찾아내는 것도 보통 힘든 일이 아니겠지만, 촉탁이라는 단서가 있으니 어느 정도 범위는 좁힐 수 있다.

구니히코는 공장의 총무부를 찾아갔다. 그리고 거기서 나이 지긋한 사무직원을 찾아, 우선 컨테이너 속에서 잠들어 있던 복싱용품에 대해 물어봤다.

"아아, 그거 말이죠? 80년대 후반 즈음에 겨우 2, 3년 정도였지만 우리 회사에도 복싱부가 있었죠. 서울올림픽에도 선수를 출전시키겠다고 복싱부를 세웠지만, 그 소원도 이루지 못하고 폐부가 됐고요."

사무직원이 그때가 그립다는 듯 아득한 눈빛으로 말했다.

"그때 지도 담당자가 누구셨나요? 사실 어느 촉탁 직원을 찾고 있는데……."

구니히코가 물었다. 혹시 코치가 그 사람이 아닐까 하는 의심이 들었기 때문이다.

"모리무라 씨였죠. 창업자 가족이었는데, 괴짜였어요. 어느 유명 대학의 복싱부 출신이었는데, 우리 회사에 취직해서 오랫동안 해외 근무를 했죠. 귀국하고 나서 꼭 복싱으로 올림픽 메달리스트를 키우고 싶다며 사장님을 설득해서 복싱부를 만들었어요."

"아하, 모리무라 집안의 사람이었군요?"

구니히코는 저도 모르게 목소리를 높였다. 그 말을 듣고 보니, 코치의 그 늠름한 태도도 다 좋은 집안에서 자라서 갖춰진 것일지도 모른다는 생각이 들었다.

"결국 복싱부도 폐부가 되고, 그분도 회사를 그만두고 나서 복싱협회의 일을 하지 않았을까요. 그대로 회사에 남아 있었다면 임원이 되셨겠지만, 대번에 회사를 그만두시다니 참 특이하죠. 저도 몇 번 정도 말씀을 나눠봤는데, 참 싹싹하고 시원시원한 분이셨어요. 만나기만 하면 '자네 복싱 안 할 텐가?'라고 물으셨죠."

"그분 지금 어디 계세요?" 구니히코가 물었다.

"으응? 예전에 돌아가셨죠. 아마 10년쯤 됐으려나? 그분이 복싱부를 만들었을 때 이미 50대 후반이었으니까요."

"엇, 그럼 고인이세요?"

구니히코는 멍해지고 말았다. 그럼 그 코치는…….

"사진이 있으니 보여드리죠."

사무직원은 이야기를 더 하고 싶었는지, 선반에서 파일 하나를 꺼내왔다.

"아아, 이거 그립네. 예전에는 여기 공장 총무부에도 운동부원들이 많았어요. 다들 젊고 힘이 남아도는 사람들이어서 직장에서는 언제나 활기가 넘쳤죠. 지금은 모든 부가 폐부가 돼서 참 아쉽다니까요……. 아아, 여기 있네."

사진을 찾아낸 사무직원이 테이블 위로 파일을 펼쳤다.

"자, 이 사람이에요."

그가 가리킨 사진 속 인물을 보고 구니히코는 소름이 돋았다. 바로 그 코치였다. 젊은 선수들과 나란히 서서 따듯한 미소를 짓고 있었다.

"참 그립네요. 모리무라 씨가 참 사나이답고 유머 감각도 있었죠. 게다가 삐뚤어진 걸 싫어하시는 분이었어요. 아마 회사를 그만둔 게 정답이었을 거예요. 그분한테 회사는 너무 답답할 테니까."

사무직원의 말은 귀에 들어오지도 않았다.

코치가 유령이었다고? 도저히 믿기 어려웠지만, 그렇게밖에 생각되지 않았다. 항상 컨테이너 그늘 속에서 소리도 없이 나타났다. 그리고 정신을 차리고 보면 사라지고 없었다. 마치 출몰하는 장소가 정해져 있는 것처럼 거기 밖으로는 나오지 않았다.

코치는 위기관리부 직원들을 격려해주고 싶어서 천국에서 내려온 걸까. 창업자 가문의 일원으로서 회사의 방침에 화가 나, 한번 제대로 싸워보라고 복싱을 가르쳐준 걸까.

"아니, 왜 그러세요?"

"아무것도 아닙니다."

구니히코는 다시 한번 사진을 봤다. 네모나게 깔끔한 모양새로 깎아 다듬은 희끗희끗한 머리. 구릿빛 얼굴과 탄탄한 몸매. 그리고 그 무엇에도 동하지 않는 의지를 가진 눈. 그건 그야말로 길을 잃고 헤매는 어린 양들에게 삶의 지침을 알려주는 것 같은 모습이었다. 구니히코는 확신했다. 코치는 천국에서 온 게 분명하다.

구니히코는 이제 코치가 더는 나타나지 않을 거라는 생각이 들었다. 자신의 역할은 이제 끝났으니 천국으로 돌아간 것이다. 이제 나머지는 스스로 하라고 배턴을 건네줬던 것이다.

구니히코는 이 이야기를 위기관리부 직원들에게만 하고, 자기들끼리만의 비밀로 삼자고 결심했다. 굳이 알리지 않고 가슴에 담아두는 편이 코치에 대한 예의일 것 같았다.

구니히코는 사진을 보며 마음속으로 감사 인사를 했다. 코치님, 감사합니다…….

그때 코치의 입매가 살짝 누그러진 것처럼 보였다.

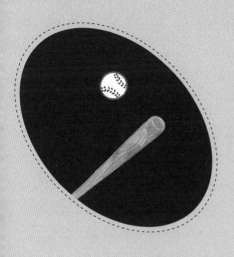

점
쟁
이

1

프로 야구 선수인 남자친구가 입단 3년 차에 드디어 대박을 터뜨렸다. 대학 시절, 여섯 개 대학이 벌이는 리그전에서 가장 주목받는 선수였던 다무라 유키는 드래프트 1위 지명으로 도쿄 메이츠에 입단하여 장래가 촉망되는 내야수가 됐었다. 그러나 1년째에 팔꿈치 부상을 입었고, 수술 후 재활 기간에 들어간 탓도 있어서 줄곧 2군에만 머무르게 됐다. 떠들기 좋아하는 팬들한테서는 '계약금 도둑'이라는 욕을 먹어 당시 유키는 굉장히 큰 상처를 받았다. 그랬던 유키가 드디어 부상에서 완전히 회복하여 드디어 제 실력을 발휘하기 시작한 것이다.

시즌 개막 2개월이 지났을 때 타율은 3할 5푼을 넘었다. 홈런은 7개를 치고 도루는 10개. 역시 다무라는 재능 있는 선수라며 모두가 이제까지의 인식을 바꿨다.

그와 사귄 지 4년째인 아사노 마이코는 드디어 이날이 왔다며 하늘에라도 오르는 기분이었다.

유키는 처음 입단했을 때, 매스컴의 주목을 한몸에 받은 데다 큰 키와 늠름한 얼굴 생김새 덕분에 그 인기는 거의 아이돌급이었다. 계약금은 1억 엔. 마이코도 잔뜩 들떴다. 봄날의 캠프장에서 텔레비전을 통해, 유키에게 몰려드는 여자 팬들을 보면서 '흥, 내 남자인 줄도 모르고'라며 우월감에 젖곤 했다. 어쩐지 복권 당첨이라도 된 듯한 심정이었다. 이대로 가면 그대로 결혼이다. 이제 곧 자신은 프로 야구 선수 부인이 되어 호사스러운 삶을 살게 된다……

그러다 유키의 입단 1년째에 성적이 영 부진해지는 바람에 마이코도 풀이 죽고 말았다. 두 사람은 주변을 둘러싸던 사람들이 얼마나 순식간에 사라지고, 매스컴과 세간이 손바닥 뒤집듯 외면하는지 뼈저리게 겪었다. 마이코는 유키를 열심히 격려했지만, 자신이 뭔가 해줄 수 있는 것도 아니다. 그리고 불안이 점점 더 커졌다. 유키는 명문대 출신이지만 스포츠 장학생일 뿐이지 학력이 뛰어난 건 아니다. 영어는 '예스' 아니면 '노'밖에 할 줄 모르고, 수학은 나눗셈도 잘하는지 의심스러울 정도다. 아마 해고되면 제대로 된 일자리는 구할 수도 없으리라. 그 생각만 하면 마이코는 울고 싶을 정도의 초조함에 사로잡혔다.

그랬기에 지금 유키의 이 성공이 기쁘기 그지없었다. 마이코의 바람은 유키의 좋은 성적이 계속 이어지는 것. 그리고 유키의 연봉이 펄쩍 뛰어, 시즌 오프가 됐을 때 그의 프러포즈를 받는 것이었다.

이날 아침부터 도쿄 국제 전시장의 사회자 일이 들어왔다. 마이코는 프리 아나운서 사무소에 소속되어 있어서, 거기서 배당된 일을 매일 처리하고 있다. 솔직히 도쿄 내 키스테이션의 아나운서가 되고 싶었지만, 마이코가 다녔던 대학 편차치로는 어림도 없었다. 그렇다고 해서 지방 방송국으로 갈 마음은 없어서 프리 아나운서의 길을 걷기로 했다. 신분은 불안정하지만, 일반 회사원보다는 훨씬 돈도 괜찮게 벌고 주변에서 인정도 받는다. 그리고 기회도 얼마든지 있다. 어느 방송국 프로듀서의 눈에 든다면, 지상파 방송에 발탁될 수도 있기 때문이다.

화장도구를 담은 가방을 들고 회장 대기실에 들어가자, 같은 사무소 소속인 가나가 말을 걸었다.

"마이코, 어제도 남자친구가 제대로 쳤더라."

마이코의 남자친구가 메이츠의 다무라라는 건 사무소 사람들 모두가 안다.

"그래? 어제는 스포츠 뉴스 안 봐서 나도 몰라."

"에이, 거짓말. 신경 쓰여서 못 견디는 주제에 뭘."

가나가 다 안다는 듯 말하자, 마이코는 뚱한 표정을 지었다. 사실 정곡을 찔렀다. 유키의 성적은 스마트폰으로도 확인하고 있으니 말이다.

"그렇지 않다니까. 프로 야구도 매일 시합이 있는 건 아니잖아. 잘 치는 날도 있고, 못 치는 날도 있어서 일일이 신경을 쓸 수도 없어."

"얘, 메이츠에 있는 독신 선수와 미팅 자리는 언제 주선해 줄 거야?"

가나가 마이코의 팔을 흔들며 말했다.

"시즌 중은 힘들지 않을까? 평일은 야간 경기도 있고."

"나한테 소개 안 해주려고 그러는 거지? 마이코, 너만 재미 보고 치사해."

"무슨 그런 말을 하니? 나도 제대로 데이트할 시간이 없단 말이야."

마이코가 한숨을 푹 내쉬며 대답했다. 실제로도 유키는 한 달의 절반은 원정 경기를 가느라 도쿄에 없고, 홈 게임이라고 해도 시합이 끝나면 기숙사 통금 때문에 자유 시간은 거의 없다고 봐도 무방하다.

"남자친구와 데이트하면 다들 쳐다보고 그래?"

"요즘은 그렇지. 작년까지는 아무도 몰랐지만, 올해는 텔레비전에 나올 때가 많으니까."

"나도 프로 야구 선수 남자친구 있었으면 좋겠다."

"네가 그렇게 말하는 건 유키가 올해 활약을 하니까 그런 거잖아. 작년까지만 해도 아무 말 안 했으면서."

마이코의 대꾸에 가나는 아무 대답도 못 한 채 어깨만 으쓱했다.

"마이코, 그래도 불안하지 않아?"

가나가 목소리 톤을 낮추며 물었다.

"뭐가?"

"남자친구가 일약 스타가 됐잖아. 지금은 팀의 간판선수고. 앞으로 다가올 유혹이 많을 텐데."

이번에는 마이코가 아무 말도 못 하고 말았다. 얼굴까지 굳어졌다.

사실 그 말대로, 유키가 활약하면 할수록 이번에는 또 다른 불안이 머리를 치켜들기 시작했다. 그건 바로 그가 자신의 손이 닿지 않는 곳으로 가버리는 게 아닐까 하는 불안이었다. 실제로 요즘 들어 유키의 태도도 냉정하다.

"제대로 꽉 붙들어 놓지 않으면 누군가가 낚아채어 갈지도 몰라."

"무서운 소리 하지 마."

"유명한 프로 야구 선수들을 호시탐탐 노리는 잘나가는 모델이나 스튜어디스, 아나운서처럼 스펙 좋은 여자들이 얼마나 많니?"

"시끄러워."

얼굴을 돌리며 대화를 끊어버렸다. 정말이지 가나는 말도 거침없이 한다.

스펙이라……. 마이코는 그 단어에 한숨을 쉬었다. 그걸 따지고 든다면 자신은 자랑스럽게 나설 수도 없다. 앞으로 유키 앞에 얼마나 많은 고스펙 여자들이 나타날 것인지. 남자라면 분명 눈이 돌아갈 것이다.

준비된 의상으로 갈아입은 마이코와 가나는 회장으로 이동했다. 모두가 집합하자 스태프 미팅이 열렸고, 오늘의 행사 순서를 점검했다. 마이코는 사회 담당이어서 혼자 다른 업무 사항도 전달받았다.

"아사노 씨, 오늘 밤에 시간 있어?"

미팅 마지막에 대형 광고대리점 담당자가 물었다.

"아뇨, 없긴 한데요."

"뒤풀이 회식을 할 건데, 아사노 씨도 오지 그래?"

"아, 네."

애매하게 대답한다. 이전 같으면 신이 나서 참석했겠지만, 지금은 영 내키지 않는다. 프로 야구 스타 선수에 비하면 광고업체 직원 따위 평범한 일반인에 불과하다.

담당자는 여성 행사 진행 요원들에게도 뒤풀이 참석을 권했다. 여자들은 아양까지 떨며 기뻐했다.

저런 애들이랑 도매금으로 취급받으라는 거야? 마이코는 회식 자리에 가지 않기로 했다. 이건 자존심이 걸린 문제이기도 했다.

다음 주, 간사이 원정에서 돌아온 유키가 도쿄에서 열리는 홈 게임에 오라고 초대해줬다. 문자 메시지로 '나도 가고 싶어'라고 졸랐더니 '그럼 티켓 준비해 놓을게'라고 답이 왔기 때문이다. 마이코는 가방 안에 쌍안경까지 챙겨서 서둘러 길을 나섰다.

구장 관계자 출입구에서 "다무라 선수의 초대로 왔습니다"라고 말하자, 접수처 직원이 초대객 명부를 훑어보고 "네, 아사노 님이시죠?"라고 웃으며 응대하더니 내야석 티켓을 건네줬다. 마이코가 우월감에 사로잡히는 순간이다. 팬들은 아무리 줄을 서봤자 좋은 좌석은 살 수도 없다.

내야 스탠드에 들어선 후, 운동장에서 준비 운동을 하는 선수들 속에서 유키의 모습을 이리저리 찾았다. 유격수 위치에서 평고를 받고 있었다. 저기 있네. 저도 모르게 입 속으로 중얼거렸다. 시합 개시까지 아직 1시간이 넘게 남았는데, 많은 팬이 펜스 너머로 자기가 좋아하는 선수를 불러대고 있다.

"다무라 씨!"

이곳저곳에서 젊은 여자들의 목소리가 날아왔다. 요즘 유키가 제일 인기가 많다. 젊고, 활약도 대단한 데다 독신이기 때문이다.

여자 팬들은 조금이라도 이쪽을 보게 하려고 유키의 모습이 담긴 포스터를 펼치며 목청 터지게 소리친다. 마이코는 그 광경을 조금 떨어진 곳에서 지켜보았다. 흥, 여기에 유키의 여자친구가 있는 줄도 모르고……

자기 연인에게 팬이 있다는 사실이 어쩐지 특별한 기분이 들게 해줬다. 여자 팬들은 각자 머릿속에서 만들어낸 가공의 이야기에 푹 빠져 있다. 그러나 이 중에서 유키의 진짜 얼굴을 아는 건 자신뿐이다.

수비 연습을 끝낸 유키가 뛰어서 벤치로 돌아갔다. 팬의 새된 성원이 울린다. 사인 좀 해달라고 팬들이 네트 사이로 사인지와 야구공을 내밀며 흔들어댔다. 유키는 거기에 응하지 않고 타월로 얼굴을 닦은 후, 구단 직원의 재촉을 받아 다른 곳으로 이동했다. 그가 향한 곳에 텔레비전 카메라가 대기하고 있는 것으로 보아, 아무래도 인터뷰를 할 모양이다. 텔레비전에서 자주 보이는 민영 방송국의 여자 아나운서가 마이크를 손에 들고 유키에게 다가간다. 웃으며 인사를 나누자, 유키는 부끄러운 듯 흰 이를 드러냈다.

마이코는 얼굴이 확 달아올랐다. 그 아나운서는 야간 뉴스의 스포츠 코너를 담당하는 젊은 여성으로, 배우 같은 뛰어난 미모 때문에 인기도 대단했다.

이 여자, 유키를 노리는 거 아닐까? 그런 의심이 들자 마이코는 도무지 진정할 수가 없었다.

쌍안경으로 유키의 얼굴을 본다. 유키는 뭐가 좋은지 실실대며 기쁘게 질문에 대답하고 있었다. 나한테는 저런 표정을 지어준 적도 없으면서…….

부풀어 오르는 초조함을 견디지 못하고, 마이코는 스마트폰에서 아나운서의 이름을 검색했다. 해외파에 명문대 출신, 학창시절에는 미인 대회에서 우승까지 했다. 전형적인 엘리트 여자 아나운서가 아닌가. 마이코의 마음에 그림자가 드리운다. 만약 이 여자가 진심으로 유키를 노린다면, 그는 단번에 유혹에 넘어갈 것이다. 마이코와는 스펙부터 하늘과 땅 차이다.

인터뷰가 끝난 후에도 두 사람은 웃으며 담소를 나누는 중이었다. 다음에 천천히 이야기라도 해주시면 감사하겠습니다. 괜찮으시면 식사라도 같이 어떠세요? 자꾸 그런 상상이 돼서 불안감은 더욱 커져만 갔다. 하지만 충분히 가능한 일이다. 여자 아나운서와 프로 야구 선수의 만남 이야기는 이곳저곳에서 들리기 때문이다. 실제로도 많은 여자 아나운서가 프로 야구 선수와 결혼하고 싶어 하기도 했다.

　마이코는 의자에 깊숙이 기대어 앉아 한숨을 쉬었다. "다 무라 씨" 하고 부르는 팬들의 목소리만이 주위를 울리고 있 었다.

　시합은 접전이었다. 양 팀 모두 선발 투수의 노력으로 점수 판 숫자에는 0만 늘어서 있다. 원래 마이코는 야구에는 별 관 심도 없었고, 솔직히 규칙도 잘 모른다. 유키와 사귀고 나서 부터 조금은 야구에 대해 공부했지만, 왜 희생 플라이로 득점 을 하는지 여전히 이해하지 못한다. 불펜은 어느 외국인 선수 의 이름인 줄만 알았다.

　시합에서 유키가 타석으로 나서자 여자 팬들의 환성이 드 높아졌다. 마이코도 쌍안경을 들여다보며 마음속으로 응원 했다. 여기서 결승 홈런만 때리면 오늘 밤 그는 영웅이 될 것 이다.

　젊은 여자 관객이 스탠드에 홀로 앉아 경기 관전을 해서 그런지, 주변 관객들이 마이코를 자꾸만 흘끔거렸다. 저기요, 난 유키의 여자친구라고요. 그렇게 대꾸하고 싶지만, 물론 그 럴 수는 없다. 나 홀로 관전은 그야말로 난처하기 이를 데 없 다.

　그런 생각을 하고 있는데, 유키가 정말로 홈런을 쳤다. 야구공이 깔끔한 포물선을 그리며 레프트 스탠드 쪽으로 날아간다.

"와아, 성공이다!" 마이코는 저도 모르게 함성을 지르며 벌떡 일어났다. 주변 관객들도 일제히 자리에서 일어난다. 경기장에 환성이 폭발하는 와중, 유키가 천천히 베이스를 한 바퀴 돌았다. 한동안 박수가 그치지 않았다. 이 얼마나 멋진 모습인가. 여자라면 누구나 반할 것이다. 마이코는 온몸에 소름이 돋았다.

시합은 그 후, 계투로 메이츠가 앞서 나가 1대 0으로 승리했다. 오늘의 MVP 자리에 서는 건 당연히 유키다. 센터 후방의 거대한 스크린에 유키의 얼굴이 나왔다. 남자의 얼굴은 이력서와 같다더니, 작년까지 엿보이던 촌티는 온데간데없고 오직 날카로운 인상만 남았다. 누구든 다 덤벼보라는 듯 자신만만한 얼굴이었다.

MVP 인터뷰가 끝나자 유키는 벤치 앞에서 기자들에게 둘러싸였다. 그중에는 시합 전에 취재한 여자 아나운서도 있었다. 마이코는 도저히 가만히 있을 수 없어서 쌍안경으로 들여다보니, 여자는 잔뜩 상기된 얼굴로 조금이라도 유키 곁에 다가가려고 했다. 아니, 어서 내 남자한테서 떨어지지 못해? 속으로 그렇게 외쳤지만 물론 그게 들릴 리가 없다. 마이코는 초조해졌다. 여자는 이제 노골적으로 관심을 드러내는 얼굴이었다. 그 정도쯤은 동성이니까 단박에 안다.

마이코의 가슴 속에 불안감이 더욱 부풀어 올랐다. 만약 유키가 저 여자 아나운서에게 호감을 품게 된다면 자신은 반드시 버림받을 것 같다. 자신과 저 여자의 차이를 가방으로 빗대자면 사만사 타바사와 에르메스 같으리라.

구장을 나서서 마이코는 유키에게 문자를 보냈다.

'축하해! 오늘 홈런 대단하더라. 5분이라도 좋으니까 보고 싶어. 역 앞에 있는 스타벅스에서 시간 보내고 있을 테니까 문자 좀 줘.'

아직 취재도 더 받아야 할 거고, 샤워나 옷 갈아입을 시간도 필요할 테니 당장 답하기 어려울 줄 알았는데, 20분 만에 답이 왔다.

'미안, 그건 힘들겠어. 통금이 있어서.'

메시지는 매우 짧았다. 뭔가 다른 한마디라도 더 해주길 바랐지만, 바빠서 그런 것일 테니 어쩔 수 없다.

'알았어. 천천히 쉬어. 다음에 언제 만날 수 있을까?'

마이코는 다시 답장하려다가, 잠시 생각하고 나서 마지막 문장은 지웠다. 지금 유키에게 있어 가장 중요한 건 야구다. 그걸 방해하는 짓은 하고 싶지 않았다.

마이코는 카페 테라스 좌석에 앉아 구장을 나와 집으로 돌아가는 관객들을 바라보았다.

"오늘은 역시 다무라가 최고더라."

"역시 대단해. 드래프트 1위라더니 소문이 사실이었네."

팬들이 흥분에 젖어 저마다 유키의 활약에 대해 떠들고 있다. 더욱 유키가 멀어지는 것 같았다. 기쁘기도 하면서, 어쩐지 쓸쓸한 기분도 함께.

다시 한번 메시지 답장이 오지 않을까 기다렸지만, 스마트폰에는 그 어떤 알림도 오지 않았다.

2

6월에 들어서고도 유키는 승승장구였다. 세 시합 연속으로 홈런을 치고 나니, 타율은 금세 상승해서 결국은 도쿄 메이츠의 4번 선수의 자리까지 오르게 됐다. 여기까지 오자 유키도 압박감을 느끼는지 "이거 부담되는데"라고 푸념을 늘어놓기도 했다. 매스컴 노출도 확연히 늘어났고, NHK의 뉴스에서는 짧은 특집까지 편성돼 나올 정도였다. 매스컴은 항상 새로운 영웅을 원한다. 유키는 그야말로 여기에 딱 맞아떨어지는 형태였다.

그 사이, 데이트를 한 건 딱 한 번뿐이었다. 시합이 없는 월요일 오후, 도심의 최고급 호텔에서 만나 그대로 체크인을 한 후에 밤새도록 섹스를 했다. 25세의 프로 야구 선수는 정력이 보통이 아니기 때문이다.

마음 같아서는 팔짱을 끼고 거리를 돌아다니고 싶었지만, 호텔 로비에서부터 유키가 나타나자마자 손님들이 흥분해서 "메이츠의 다무라야"라고 숙덕거리는 소리가 들렸다. 선글라스를 끼고 있어도 덩치가 크니 존재를 감출 수가 없었다. 그리고 만남 상대인 마이코에게도 시선이 집중되는 바람에 이제 평범한 데이트는 힘들다는 것을 깨달았다.

이때 마이코는 어설프게나마 익힌 영양학 지식을 선보이며 시합 전에 섭취하면 좋은 음식이나 시합 후의 원기 회복을 위한 메뉴 등을 알려줬지만 유키의 반응은 미적지근했다. 언제든 아내가 될 준비가 되어 있다고 은연중에 전할 셈이었는데, 그걸 아는지 모르는지 아니면 그런 마이코가 귀찮기만 한 건지 "흐으음" 하고 건성으로만 대답했다. 이제 슬슬 장래를 약속할 한마디라도 해주길 기다렸지만, 유키가 전혀 그런 기색을 보이지 않자 마이코는 불만스러워졌다. 사귄 지 벌써 4년이다. 다른 평범한 20대 중반의 연인이라면 결혼을 의식해도 이상할 게 하나도 없다.

헤어질 때 마이코는 아타고 신사에서 산 부적을 선물했다. "승부운이 있는 신을 모신 곳이라고 들어서"라고 건네주면서, "물론 인연을 맺어주는 신이기도 하대"라는 말도 장난스럽게 덧붙이자 유키는 쓴웃음만 지을 뿐 아무 대꾸도 하지 않았다. 그 표정이 어딘지 모르게 어색했다.

마이코는 처음으로 위기감을 느꼈다. 유키의 마음이 자신에게서 멀어지고 있는 게 아닐까. 스타가 되어 단번에 세계로 뻗어 나가, 이제 뭐든 손에 넣을 수 있게 됐다. 여자도 마찬가지다. 문득 지금의 연인을 보면서 더욱 괜찮은 여자랑 사귈수 있지 않을까 하는 생각이 든다……. 그럴 수 있다. 충분히 가능한 일이다.

혼자 고민하는 것도 괴로워서 가나에게 고민을 털어놓았더니 "정말 어렵다"며 동정해줬다.

"근데 정말로 유혹의 손길이 많을 것 같긴 해. 게다가 이제 슬슬 후원자가 붙을 때도 됐으니 '자네 아내는 내가 찾아주 겠네'라며 어느 회사 사장이라도 나타날 수도 있잖아."

"가나, 너 잘 아는구나."

"너, 내 레이터 했던 에리카 선배 알지?"

"아, 그래. 알아."

"선배도 J리그 선수와 3년을 사귀었는데, 그 사람이 일본 축구 대표가 돼서 유명해졌거든. 그랬더니 파친코 메이커 회사가 후원자로 붙어서 거기 사장 딸이랑 바로 결혼해 버렸어."

"정말?"

"그래, 너 몰랐니? 에리카 선배도 충격받아서 니가타에 있는 본가로 돌아가 버렸잖아."

"그랬구나."

마이코는 곧바로 우울해졌다. 자산가의 딸이 나타나면 유키는 바로 마음이 그쪽으로 돌아서 버릴지도 모른다. 야구가 아니더라도 아내의 친정이 뒤를 봐줄 테니까. 그보다 더 좋은 일이 어디 있는가.

"아무튼 이제 달콤한 꿈은 안 꾸는 게 좋을 거야. 마이코 너만 모를 뿐이지 다무라 씨 주변에는 이미 많은 여자가 몰려들고 있을 것 같아. 모델 같은 여자들이 특히 요주의지."

"그런가?"

"당연하지. 예를 들어 다무라 씨가 어느 유명한 클럽이라도 가게 되면 어떻게 되겠니? 그럼 가게에서 그 사람을 그냥 두겠어? VIP룸에 들여서 가게 단골손님 중 여자 모델을 골라 접대시킬 수도 있어. 그럼 남자는 다들 홀라당……."

"그런 무서운 말 하지 마."

"하지만 그게 현실이야. 우리도 예전에는 클럽에서 그렇게 놀았으니까."

가나가 아픈 곳을 찔렀다. 마이코도 잡지 독자 모델을 하던 대학생 시절, 클럽에 가면 항상 검은 옷을 입은 직원들이 공짜로 들어가게 해줬다. 그리고 고위층 손님이 가게에 오기라도 하면 VIP룸에 가서 상대 좀 해달라는 귀띔까지 받았다. 마이코는 남자들을 이리저리 잘 구슬려 과일과 샴페인을 마음껏 먹고 마시고 돌아갔지만, 개중에는 꼬임에 넘어가 잠까지 자는 여자도 있었다. 지금 유키 정도면 여자들이 유혹의 손길을 뻗치고도 남는다.

"남자친구가 성공하면 여자 쪽은 정말 고생이라니까." 가나가 한숨 섞어 말했다. "등급이 올라가니까 누가 채가는 게 아닐까 걱정해야 하잖아."

"너 그만 좀 해. 내가 그렇게 되길 은근 바라는 거 아니야?"

마이코가 인상을 찡그리며 따지자, 가나는 낯빛을 바꾸며 "아니, 난 그렇게까지 못된 애가 아닌걸" 하고 말을 돌렸다.

잠시 침묵이 내려앉았다. 마이코가 "미안해" 하고 사과했다.

가나의 말도 일리가 있었다. 마이코만 해도 이제까지 조건에 따라 남자를 만나왔다. 외모, 학력, 장래성……. 유키와는 학생 동아리 주최의 파티에서 만났는데, 처음에는 덩치만 큰 운동부 학생이라고만 여겼지만, 그가 사실은 프로들도 주목할 정도의 유명한 선수임을 알고 대번에 눈빛을 싹 바꿨다. 인터넷으로 조사해보니 '1위 지명이 확실' '장래의 스타 후보'라는 대단한 말이 잔뜩 나왔다. 이때 마이코는 유키의 여자친구가 되기로 결심했다.

다행히 유키도 마이코가 마음에 들었는지 둘은 곧 사귀게 됐다. 그 당시, 마이코는 패션 잡지의 독자 모델로서 학생들 사이에서는 제법 유명했기에, 유키도 그녀를 곁에 두고 다니면서 제법 자랑스러웠을 것이다. 한마디로 캠퍼스의 스타끼리 서로 잘 어울리는 커플이었다. 그렇게 맞춰진 균형이 지금 한쪽으로 무너지려고 한다. 유키는 성공의 계단을 쑥쑥 올라가고 있고, 마이코는 여전히 무명의 프리 아나운서 신세다.

다른 여자를 선택할지도 몰라……. 마이코의 가슴이 수런거리기 시작했다. 유키가 홈런을 칠 때마다 거리가 점점 벌어지는 것 같아 응원도 진심으로 할 수 없었다.

6월 하순, 유키가 프로 야구 올스타로 선정됐다. 센트럴 리그 3루수 부문에서 당당히 팬 투표로 1위에 올랐다. 원래 메이츠가 인기 구단인 것도 한몫했지만, 그래도 이 역시 쾌거라 할 수 있으리라. 유키의 노출 기회는 더욱 늘어나, 뉴스 스포츠 코너 등 각 방송국의 여자 아나운서들이 유키를 만나러 앞다투는 모양새로까지 발전했다. 마이코는 그 모두가 유키를 노리는 것처럼 보여서 도저히 마음을 놓을 수가 없었다.

유키와는 일주일에 한 번꼴로 만났는데 그래봤자 호텔로 가서 섹스하는 게 전부일 뿐, 같이 요즘 유명한 영화를 보는 일도, 인기 있는 레스토랑에 가는 일도 없었다. 한 번은 같이 회화 진시회에 가지 않겠느냐고 권했더니 "아니, 힘들어"라는 냉정한 대답만 돌아왔다.

"어딜 가도 스마트폰을 들이대니 정말 지긋지긋해. 인터넷에서도 도촬한 사진이나 동영상이 잔뜩 올라와 있고."

그 말처럼 유키가 가는 곳마다 항상 인파가 몰려드니까 외출하고 싶지 않은 기분도 이해는 됐다. 아마 평범한 연인들의 데이트는 이제 더는 하기 어려울 것이다.

마이코의 고민은 깊었다. 밤마다 잠도 제대로 못 자서 그 때문에 화장도 잘 먹히지 않았다. 일에 지장을 주는 게 아닐까, 걱정이 이만저만이 아니었다.

그런 나날을 보내던 중, 마이코는 한 점쟁이를 소개받았다. 사무소의 나이토라는 여사장이 다니는 곳인데 의뢰인의 상담도 겸하고 있단다. "마이코, 요즘 통 기운이 없는 것 같네"라는 그녀의 말에, 마침 마음도 서서히 약해지던 참이어서 솔직히 고민을 털어놨더니 "그럼 여기에 한번 가봐"라고 웃으며 추천해줬던 것이다. 나이토는 밝고 너그러운 상사여서, 마이코는 그녀를 항상 크게 신뢰했다.

하라주쿠의 다케시타 거리를 따라, 외길로 된 골목길로 들어가서 이리저리 구부러진 급한 경사길을 나아갔다. 그리고 이 동네에 어울리지 않게 낡아빠진 오래된 상가 건물이 하나 나타났는데, 그곳 2층에 점쟁이의 사무실이 자리하고 있었다. 마이코에게 있어 이 다케시타 거리는 중학생 때부터 다녔던 앞마당 같은 곳인데도 이런 골목이 있는 줄은 전혀 몰랐다. 게다가 나이토는 언제나 약도를 대충 그려주는 편이어서, 이날도 도착하는 데 10분 이상이나 길을 헤매고 말았다.

노크하고 안으로 들어가니, 흰 벽으로 된 방 하나에 책상과 의자만 있을 뿐인 살풍경한 공간이 나왔다. 거기에 있던 이는 검은 옷을 입은 여자였다. 겨우 20대인 것 같은데. 점쟁이라고 해서 당연히 아주머니뻘 정도의 인물일 줄 알았기에 마이코는 얼이 빠지고 말았다. 그뿐만 아니라 "나이토 사장님 소개로 왔는데요"라고 말하자, "뭐?" 하고 오히려 무슨 일이냐고 되묻는 판이다. 하여간 사장님도 참, 사전에 약속이라도 잡아놓지……. 마이코는 어처구니가 없었다.

"실례합니다. 나이토 사장님이 여기 점이 잘 맞는다고 해서 왔는데요."

"점? 아아, 그래, 내 점이 용하긴 하지. 자자, 어서 앉아."

점쟁이는 대번에 반말로 응대했다. 마치 친구라도 맞이하는 것처럼 태도가 투박하기까지 했다.

"그래서 무슨 고민이 있어서 왔지?"

"지금 사귀는 남자친구 문제 때문에요……."

"아아, 연애 문제구나? 그럼 여기 이름부터 적어."

점쟁이가 내미는 종이에 마이코는 자기 이름을 적었다. 사장한테 자신에 대해 아예 이야기를 듣지 못한 것인지, 아니면 이름으로 사주라도 보는 걸까.

"아사노 마이코, 좋은 이름이네. 자, 무슨 일인지 말해주겠어?"

점쟁이는 다리를 꼬며 느긋한 자세로 이야기를 재촉했다.

"사실은요……."

마이코는 처음 만난 사람이라 다소 거부감은 들었지만, 이야기하지 않으면 점을 칠 수도 없을 거라는 생각에 솔직히 다 털어놓았다. 그러자 점쟁이는 "당연히 널 버리겠네" 하고 태연히 말했다.

"그거야, 지금 네 남자친구는 배우든, 모델이든 마음대로 고를 수 있잖아? 그렇다면 당연히 다른 여자로 갈아타겠지."

마이코는 귀를 의심하며 분통을 터뜨렸다. 어떻게 이렇게 막말을 할 수 있는 것인지.

"하지만 유키는 그런 가벼운 남자가 아니라고요. 굳이 따지자면 고지식한 편이고, 잘 노는 성격도 아니에요."

"놀아보지 못했으니까 속을 수밖에. 네가 남자친구와 사귀게 된 계기도 저쪽이 순진해서 그런 거 아니야?"

"그럴 수가……."

마이코는 말을 잇지 못했다. 정말로 대학생 시절만 해도 유키는 야구밖에 모르는 순진한 청년이었다. 마이코가 그의 여자친구 자리를 차지한 것도, 유키가 그녀의 미인계에 깜빡 넘어갔기 때문이다.

"남자는 성공하면 트로피 와이프를 원하니까. 한마디로 네가 그 트로피가 될 수 있는가가 문제지."

점쟁이는 더욱 가차 없이 말했다. 트로피 와이프란 남편에게 있어 자신의 능력을 증명해주는 아내를 말한다. 미모, 학력, 매너와 지성, 그런 것들을 모두 겸비한 아내를 맞이하는 건 성공한 남자의 특권과 같기 때문이다.

"하긴 여자도 신분 상승을 노리는 거니까 피장파장이지 뭐. 서로 이해가 일치했다는 점만큼은 똑같네."

"선생님, 그럼 저는 어떻게 하면 좋을까요?" 하고 마이코가 물었다.

"선생님? 아아, 나 말이야? 에이, 그냥 이름으로 불러. 나는 교코야. 거울 경(鏡)과 아들 자(子)를 써서 말이야. 그리고 편한 말투로 해도 돼. 상담은 원래 편안한 분위기에서 해야 하는 법이니까."

교코가 손을 내저으며 천진하게 웃었다. 유난히 친한 척을 하는 것 같았지만, 거만을 떠는 것 같지는 않았다. 이 정도쯤이야, 고급 의류 매장의 수완 좋은 점원이 젊은 손님한테 반말을 쓰며 친근하게 응대하는 것과 같다.

"그럼 교코, 내가 어떻게 해야 하는지 알려줘."

마이코도 사양하지 않고 바로 편하게 말을 놓았다. 가만히 보니 교코는 자신과 또래 나이인 것 같다. 게다가 어쩐지 자신과 생김새가 닮았다.

"마이코가 원하는 건 그와의 결혼이야?"

"그렇긴 한데……."

"하지만 이대로 있다가는 버림받겠지."

"그래, 그런 생각은 하고 싶지 않지만……. 만약 그가 여자 아나운서나 모델로 갈아타면 나는 비참함을 못 견디고 죽을지도 몰라."

"근데 마이코도 이제까지 그런 식으로 남자를 갈아치웠으니까 그런 말을 할 입장은 아니지 않아?"

교코가 놀리는 듯한 어조로 말했다.

"실례잖아. 오늘 처음 만난 네가 그걸 어떻게 다 아는 건데?"

마이코가 입을 뾰족이 내밀며 항의했다.

"당연히 알지. 마이코 너한테서는 그런 기운이 나오고 있으니까. 괜찮은 남자 앞에서는 애교를 떨고, 그렇지 않은 남자한테는 매정하게 고개를 돌리지."

"함부로 말하지 마."

"그럼 아니라는 거야?"

교코가 턱을 쳐들며 대꾸하자, 마이코는 말문이 막히고 말았다. 정확한 지적이다. 유키와 사귀기 전까지만 해도 의대생과 교제했다. 그 전에는 부모님이 외교관인 귀국 자녀였다. 스펙 자체가 낮은 남자에게는 아무리 잘생겨도 관심이 가지 않았다.

"차라리 지금 남자친구를 포기하는 게 어때? 차이가 심하게 나는 결혼은 행복해지기 어려워."

"차이라니 너무하네. 나도 나름 스펙이 있거든?"

마이코는 항변했지만, 솔직히 납득하는 부분이 없지는 않았다. 유키는 지나치게 성공하고 말았다. 그래서 이제 마이코와 걸맞은 상대가 아니게 됐다.

"솔직히 말해. 어떻게 하길 바라?"는 교코.

"으음, 그래…… 유키의 성적이 조금 떨어지면 좋겠어. 슈퍼스타까지는 아니더라도 프로 야구의 1군 선수 정도면 레귤러로 뛸 수 있으니까. 그것만이라도 연 1억 수입은 문제없지."

마이코는 진짜 속내를 털어놓았다. 그냥 평범한 레귤러 선수라면 여자 아나운서나 모델이 노릴 리가 없다.

"알았어. 그럼 그렇게 기도해볼까."

"기도하겠다고? 이거 점 아니었어?"

"난 둘 다 하고 있어. 뭐 그런 걸 따지고 그래?"

교코가 선반에서 수정구를 가지고 와서 테이블 위에 내려놓았다.

"자, 손을 내밀어 들어봐."

마이코는 교코의 지시를 따랐다. 마찬가지로 반대쪽에서 교코도 손을 내밀어 들었다. 그러자 수정구 속에 무지갯빛 일렁임이 보였다. 현실감이 옅어진다. 마치 꿈속에 있는 듯한 기분이다.

"자, 이제 끝."

손을 내민 채로 있는 이 의식 같은 행위는 5분 정도 지나자 끝이 났다. 뭔가 여우에라도 홀린 것만 같았다.

"저기, 복채는?" 마이코가 조심스럽게 물었다.

"아, 복채? 얼마가 좋은데?" 교코가 오히려 되물었다.

"글쎄? 점은 대개 10분에 천 엔 정도 받던데."

"그럼 넌 30분이니까 3천 엔 내. 그럼 됐지?"

"응, 그래."

마이코가 가방에서 지갑을 꺼내자, 교코는 "아니, 천 엔만 내. 첫 서비스 셈 치고"라고 말했다. 무례하고 속만 박박 긁는 점쟁이였지만, 복채에 관해서는 양심적인 모양이다. 아니, 요금표도 아예 없는 걸 보니 장사도 대강 하는 것 같지만.

방을 나서자 습기가 피부에 엉겨 붙었다. 공중을 둥실둥실 떠서 걷는 신기한 감각에 빠져 있다가 정신을 차리고 보니 다케시타 거리로 돌아온 뒤였다. 그러고 보니 내가 어느 길을 따라서 갔더라……. 돌아봐도 잘 알 수가 없었다. 다음에 또 제대로 찾아갈 수 있을지 통 자신이 생기지 않았다.

어쨌든 고민거리를 속 시원히 털어놓고 나니 마음이 개운했다. 마이코는 오길 잘했다고 느꼈다.

3

다음 주부터 유키가 큰 슬럼프에 빠지고 말았다. 안타가 나오지 않기 때문이다. 30타석 무안타가 얼마나 저조한 성적인지 야구에 대해 잘 모르는 마이코도 쉽게 이해할 수 있을 정도였다. 일주일 이상 모든 시합에서 안타 없음이었다. 그 사이, 타율은 점점 급락해서 리그 수위타자였다가 어느덧 7위까지 순위가 떨어지고 말았다. 그리고 타순도 4번에서 5번, 6번으로 점점 내려가 결국 스타트 멤버에서 빠지는 날까지 생겼다.

감독은 "아직 젊으니까 장기적인 시각으로 봐달라"고 감쌌지만, 매스컴은 가차 없이 공격했다. '경기 스타일 파악되자 대번에 타율 급강하', '몸쪽을 공격하면 바로 항복', '이것이야말로 프로가 거쳐야 할 관문' 등등……. 인터넷에 올라온 글들은 더더욱 잔인했다. '우연한 행운이 끝나면 끝은 다 이렇다', '이게 실력이지. 이제야 본색을 드러냈다', '빨리 2군으로 떨어져 나가라. 이름도 듣기 싫다'……. 마이코는 다시금 통감했다. 세간은 잔인할 정도로 태도를 싹 바꾼다.

처음에는 조금 공을 치지 못하는 정도면 나쁜 벌레들이 못 달라붙게 할 테니 딱 좋다고 여유롭게 관망했지만, 이런 일이 너무나도 계속 이어지자 마이코는 오히려 두려워졌다. 이건 혹시 그 하라주쿠의 점쟁이가 올린 기도가 현실로 이루어진 게 아닐까……. 그때 자신은 분명 유키의 성적이 조금만 떨어지길 바랐다.

반신반의하던 차에 유키가 보고 싶다는 문자를 보냈다. 유키가 나를 필요로 한다……. 마이코는 앞서가는 마음을 억누르며 약속 장소인 호텔로 갔지만, 그는 아무런 대화도 없이 갑자기 몸만 요구했다. 마치 시합에 대한 분풀이라도 하는 것 같았다.

"너무 걱정하지 마. 곧 원래 컨디션을 되찾게 될 거야."

마이코의 위로에도 "일 얘기는 하지 마!"라고 짜증만 내면서 섹스에 몰두하기만 했다.

한숨 돌리고 나서 마이코는 "팬들의 비난이 그렇게 신경 쓰여?"라고 조심스럽게 물어봤다.

"당연하지. 고향으로 돌아가라든가, 돈을 내놓으라든가 얼마나 못된 소리만 하는데."

유키가 분노를 억누르며 대답했다.

"매스컴은?"

"얼마나 약삭빠른지, 벌써 다 사라졌어."

"여자 아나운서도?"

"그래, 아예 눈도 안 마주치더라."

유키가 이를 갈며 말을 내뱉었다. 그래, 좋아. 이 점만큼은 확실히 효과가 있는 듯하다. 마이코는 속으로 좋아서 손뼉을 쳤다.

"하지만 이러다가 2군으로 떨어지면 한동안 충격으로 못 일어날 것 같아. 그보다 올스타전은 어떻게 해야 하는 건데? 나 그냥 사퇴하고 싶어. 차라리 감기에 걸렸다고 해서 슬쩍 빠질까."

유키가 어린애처럼 우는소리를 하기에, 마이코 역시 그가 딱하다고 느꼈다. 그런데 이 사태는 정말 우연일까. 아니면 기도의 효과일까. 스스로도 도저히 판단할 수가 없었다.

유키의 타율은 계속 내려가다가 결국 그 영향은 수비에까지 미쳤다. 한 번은 심각한 에러를 일으켜 팀이 패배하게 되자, 팬들로부터 온갖 원성을 들었다. 이런 선수를 올스타전에 내보내는 거냐며 세간은 떠들썩했지만, 투표로 정해진 걸 이제 와서 되돌릴 수는 없었다. 마치 바늘방석에라도 앉은 꼴이 된 유키는 이제 완전히 마음이 약해지고 말았다. 툭하면 마이코를 불러내 몸을 요구하고 푸념만 늘어놓았다.

마이코는 유키를 독점할 수 있어서 기쁘긴 했지만, 한편으로는 유키가 불쌍하기도 했고 이대로 그가 폐인이 되기라도 하면 결혼에도 지장이 생길지도 모르는 상황에 오히려 당혹스러웠다.

그럼 이제 어떻게 하지……. 하는 수 없이 마이코는 다시 하라주쿠의 점쟁이를 찾아가기로 했다. 그때 기도가 원인이라면 어떻게든 다시 수습하길 바랐기 때문이다.

전화번호도 몰라서 예약을 잡지 않고 방문하자, 교코는 마이코의 방문을 기다렸다는 듯 "오, 이제야 왔구나" 하고 웃으며 맞이해줬다.

"많이 당황했겠다. 네 남자친구가 지금 슬럼프에 빠졌으니까."

교코가 슬그머니 웃으며 말했다.

"그래, 이거 혹시 네 기도 때문이야?"

마이코가 물었다.

"그래, 뜻밖에도 저주가 너무 잘 먹혔어. 마이코의 원한이 강해서 말이야."

"저주? 너 주술사였니?"

마이코가 눈을 동그랗게 뜨며 묻자, 교코는 얼른 손을 내저으며 "아니, 내가 말실수를 했네. 나는 기도와 점이 전문이라고" 하고 정정했다.

"하지만 마이코 네 바람대로 일이 이루어졌잖아. 남자친구는 완전히 평판이 바닥에 떨어지고, 이제 노리던 여자들도 다 물러갔으니 말이야."

"그렇긴 한데 이대로 내림세를 타다가는 유키가 구단에서 해고될 것 같아. 그렇게 되면 모처럼 프로 야구 선수의 여자친구 자리에 앉은 나는 뭐가 되느냐 말이야."

"어떻게 되느냐니, 넌 어쩌고 싶은데?"

"그럼 당연히 헤어져야지. 일자리를 잃으면 그냥 덩치만 큰 남자니까."

"하하, 마이코는 솔직해서 참 좋다니까."

교코는 구김살 없이 웃었다.

"아무튼 지금 상황은 너무한 것 같아. 유키를 원래대로 되돌려 놓으면 좋겠어."

"알았어. 의뢰인은 마이코니까 네 희망대로 해줄게."

교코가 다시 수정구를 준비했다. 둘이서 손을 들고 기도를 올렸다. 마이코는 수정구에 자신의 모습이 비치는 순간, 그 얼굴이 마치 마녀 같아서 깜짝 놀랐다. 대체 나는 무엇을 하는 걸까……

"다 됐어. 이제 네 남자친구는 슬럼프에서 벗어날 수 있을 거야."

교코가 미소를 지으며 말했다.

"있잖아, 그건 그렇고 난 유키와 결혼할 수 있긴 해? 난 처음부터 그걸 점쳐 보려고 여기 온 건데."

마이코가 다시금 물었다.

"그러네. 지금으로서는 반반의 확률 아닐까?"

"반반이라고? 점쟁이가 그런 말을 하면 어떡해?"

"하지만 마이코, 넌 아까 남자친구가 구단에서 해고당하면 헤어진다고 그랬잖아. 그렇다면 남자친구의 성적에 달린 문제니까 너를 점쳐 봤자 아무 소용도 없어."

교코의 일리 있는 말에 마이코는 아무런 반박도 할 수 없었다.

"아무튼 지금은 그의 컨디션이 되돌아오길 기도할 뿐이야. 그리고 남은 일은 네가 잘하면 될 일이고."

"근데 슬럼프 중에는 계속 나만 찾긴 했는데, 그렇다면 나만 사랑한다는 뜻이 아닐까?"

"꼭 그렇지는 않지." 교코는 진지한 표정을 지으며 바로 대답했다.

"왜?" 마이코는 발끈해서 되물었다.

"그럼 넌 사랑받는다는 실감은 들었니?"

교코가 턱을 치켜들며 자신만만하게 물었다. 마이코는 조금 생각에 잠기다가 입을 다물어버렸다.

정말이지, 이 점쟁이는 화가 날 정도로 정곡을 잘 찌른다. 마치 마이코의 마음속을 전부 들여다보는 듯하다.

"아무튼 이제 상황을 지켜보자. 그가 슬럼프에서 벗어났을 때 너한테 어떤 태도를 보일지 말이야. 그걸로 남자친구의 본심을 알 수 있을 거야."

"그렇겠네……."

마이코는 그 말에 납득했다. 자신은 그저 기다리기만 하면 된다.

"또 올게. 오늘 복채는?"

"천 엔이면 돼."

교코는 다정한 눈빛으로 말했다. 겨우 두 번 만났는데 벌써 절친한 친구 같다.

슬럼프 상태에서 유키는 올스타전에 출전했다. 본인은 사퇴하고 싶었지만 팬 선발이어서 그것도 마음대로 할 수 없는지, 결국 각 팀의 스타 선수들 사이에 끼어 선발 멤버에 이름을 올렸다. 마이코는 어떻게 될지 걱정돼서 텔레비전으로 경기를 관전했다. 그러자…….

유키의 방망이가 폭발했다. 내로라하는 투수들을 상대로 3타석 연속으로 홈런을 때렸던 것이다. 이건 올스타전에서도 두 번째 기록이어서, 일본 전체가 들썩이기까지 했다. 게다가 같은 팀의 실점을 막아내는 뛰어난 플레이까지 해서 경기 하이라이트를 독점할 정도의 활약상을 선보였다. 당연히 이 시합의 MVP로 선발되어, 유키는 시상대에서 펑펑 울기까지 했다.

"계속 슬럼프에 빠져서 저는 이제 가망이 없는 줄 알고 얼마나 절망했는지 모릅니다. 하지만 오늘 이제야 긴 터널을 빠져나간 것 같아요. 응원해주신 팬 여러분, 감사합니다……."

텔레비전 앞에서 마이코도 덩달아 눈물을 흘렸다. 일본인들은 눈물 어린 인터뷰에 약하다. 아마 많은 야구팬들도 같이 울고 있을 것이다. 유키는 하룻밤 만에 일약 스타로 다시 되돌아왔다.

기쁨이 가득한 마음으로 축하 문자를 보냈으나 아무런 대답도 없었다. 그날 밤, 유키는 텔레비전 방송국 스포츠 뉴스 방송을 오가며 인터뷰에 답하고 있었다. 문자도 많이 받았을 거고, 그걸 확인할 틈도 없을 것쯤은 이해가 됐다. 방송에서는 언젠가 유키에게 매혹적인 눈길을 보내던 여자 아나운서가 인터뷰하면서 "슬럼프 때는 어떤 심정이셨습니까?" "많이 힘드셨나요?" 등 촉촉한 눈망울로 질문을 던졌다.

흥, 그래봤자 아무 소용 없어. 유키는 슬럼프에 빠진 동안 내 가슴골에 얼굴을 묻고 있었거든? 마이코는 텔레비전을 향해 독설을 내뱉었지만, 다시금 불안이 슬금슬금 머리를 치켜 드는 것도 사실이었다. 슬럼프를 벗어났으니 또 여자들이 몰려들 것이다. 그리고 유키는 좋아서 실실댈 게 뻔하다.

유키한테서 메시지 답이 온 건 다음 날이 되어서였다. 그것도 '어제는 술을 너무 많이 마셨어. 숙취 때문에 죽겠다'는 별성의 없는 답장이었다. 자기가 슬럼프에 빠진 동안 위로까지 해줬는데 조금은 감사의 말이라도 해주면 어디가 덧나나, 하는 생각도 들었지만 이것도 어쩔 수 없다며 포기했다. 원래부터 주변 사람들을 잘 배려할 줄 모르는 남자다. 그런 자기중심적인 면도 프로의 조건 중 하나다.

어쨌든 유키가 자신감을 되찾아서 참 다행이다. 그나저나 교코의 기도 효과는 대단하다. 대체 그 여자는 누구일까.

올스타전에서 대단한 활약을 한 유키는 후반전도 그 기세로 마구 공을 쳤다. 주저앉았던 타율도 올라가고, 다시 수위타자를 노릴 수 있는 위치까지 왔다. 타순도 다시 4번으로 돌아오고, 메이츠의 중심 선수로서 은근한 관록까지 풍기기 시작했다. 마이코는 스포츠 선수에게 정신력이야말로 생명이라는 걸 절절히 느꼈다. 지금의 유키는 천하무적이었다.

유키가 활약하면 할수록 만나는 횟수가 줄어들었다. 슬럼프 때만 해도 사흘마다 호텔로 불러들였으면서, 지금은 2주일에 한 번꼴이다. 그것도 목적은 섹스뿐이었다. 한 번은 마이코가 "유키 널 위해 내가 직접 밥을 해주고 싶어"라고 했더니, 유키는 바로 언짢아하면서 "영양사가 가능하면 식사는 기숙사에서 먹으라고 했으니까 됐어"라고 눈도 마주치지 않은 채 대답했다.

마이코는 내심 상처받았다. 이게 바로 '이용해 먹기 딱 좋은 여자'라는 걸까. 대학생 시절에는 미인 대회 제패로 명성을 날리고, 패션 잡지의 독자 모델까지 했던 내가……? 마이코는 자신이 지금 있는 위치가 믿어지지 않았다.

그런 중에 더 충격적인 사건이 터졌다. 유키가 그 여자 아나운서와 심야에 데이트하는 사진이 주간지에 실렸던 것이다. 그것도 니시아자부에 있는 회원제 바에서 나란히 나오는 유키와 여자 아나운서의 모습이었다. 계절에 어울리지 않게 마스크를 쓴 차림새가 그야말로 두 사람의 친밀도를 드러내는 밀회 장면처럼 보이게 했다. 이 사진을 보면 누구라도 두 사람이 사귀고 있다고 생각하리라.

기사에는 이후 두 사람은 각자 다른 택시를 탔지만 목적지는 똑같이 시티 호텔이었다는 설명과 함께, 다음 날에 호텔을 따로 나서는 두 사람의 사진이 실려 있었다. 후에 기자가 직접 취재에 나서자 유키는 얼버무리며 모르쇠로 일관하다가 뛰어서 사라졌다고 한다. 한편 여자 아나운서는 냉정한 태도로 "방송국 홍보과를 통해서 문의해주십시오"라며 어른스럽게 대응했다.

마이코는 머릿속이 새하얘지면서 아무 생각도 할 수 없었다. 유키에게서는 변명의 문자 메시지조차 없었다. 그 여자 아나운서는 아무 일도 없었다는 것처럼 매일 밤 뉴스 방송에 출연하여 원고를 읽었다. 그 한결같이 지적인 태도와 미모 때문에 마이코는 도저히 이길 자신이 없다며 한숨만 푹푹 내쉬었다.

이걸 따져 물어야 할 것인가……. 마이코는 우선 같은 사무소 동료인 가나에게 상의를 해보기로 했다.

"지금은 하지 마. 분명 이별 통보부터 꺼내 들 것 같으니까."

가나의 대답은 간결했다. 그리고 진심으로 동정하는 모습이었다. 마이코의 마음을 이해하고 같이 화까지 냈다.

"슬럼프 때 그렇게 위로해준 건 마이코잖아. 그런데 다시 컨디션을 회복했다고 인기 아나운서로 갈아타다니 저질이다, 정말."

"유혹도 많을 테니 한때의 실수이길 바랄 뿐이지만."

"세상에, 마이코가 그런 말을 하다니. 그럼 실수라면 용서해주려고?"

"그러게. 용서할지도……."

마이코는 그렇게 말했지만, 솔직히 어떻게 해야 좋을지 알수 없었다. 스스로에게 자신감을 가질 수 없게 되다니, 태어나서 처음 겪는 일이다. 항상 예쁘다는 칭찬만 받으며 남을 깔보기만 하는 인생을 살았기 때문이다.

혼자 생각하는 것도 우울하기만 해서 또다시 하라주쿠의 점쟁이를 찾아갔다. 이걸로 세 번째 방문. 이제 마이코에게 있어 점쟁이와의 만남은 인생 상담을 위해서였다.

"오오, 왔구나." 교코는 웃으며 맞이해줬다. "나도 그 주간지 봤어. 널 아주 우습게 보는 모양이야."

여전히 직설적인 말투다.

"정말 그런 걸까."

"당연하지. 그 옛날, 미인 대회를 장악한 우리 여왕님도 이제 끝이네."

"으응? 네가 그걸 어떻게 알아?"

"아니, 그건 뭐……."

"우리 사장님이 그랬구나? 하여간 쓸데없는 말이나 하고."

마이코는 나이토의 얼굴을 떠올리며 혀를 찼다.

"그래서 어떻게 할 건데? 헤어질 거야?" 교코가 물었다.

"그건 잘 모르겠어. 예전의 나 같으면 바람피운 걸 알게 된 순간 바로 헤어질 텐데, 지금은 도저히 결정을 못 내리겠다고. 자꾸만 프로 야구 스타 선수의 아내 자리가 머릿속을 오간단 말이지.”

마이코가 솔직히 말했다. 교코의 앞에서라면 있는 그대로의 나 자신으로 있을 수 있다.

“그러게. 이대로만 가면 네 남자친구는 곧 1억 엔의 플레이어가 될 것이고, 그만큼 돈을 버는 남자도 없을 테니까.”

“있잖아, 꼭 1등이 아니어도 돼. 그냥 2등이나 3등 정도라도 충분히 생활할 수 있다고.”

“또 그렇게 네 입맛에만 맞는 말을 하는구나.”

“나도 알아. 하지만 내 평생이 걸린 문제란 말이야.”

마이코가 진지하게 호소하자, 교코는 한숨을 내쉬더니 “그럼 또 해볼래?”라고 말했다.

“그래, 유키가 또 슬럼프에 빠져서 나를 원하고, 그렇게 프러포즈까지 끌고 가는 거야. 그리고 저주가 풀려서 또 활약하는 거지.”

“너 지금 저주라고 그랬지?” 교코가 웃는다.

“시끄러워. 말꼬리 잡지 마.”

어쨌든 또 수정구의 신세를 지게 됐다.

둘이 손을 내밀고 수정구 속에 휘몰아치는 무지갯빛의 변화를 응시했다. 순간 자신의 얼굴이 비치며 또다시 마녀로 보였다. 매번 그렇지만 참으로 현실감이 느껴지지 않는 신기한 시간이다.

"잘되면 좋겠다" 하는 교코.

"정말로 그렇게 생각해?"

"당연하지. 왜냐면 넌……." 거기까지 말하고 나서 입을 다문다.

"왜, 내가 뭘?"

"아무것도 아니야. 마이코가 행복해지게 해주세요."

교코가 염불처럼 읊고 나자, 의식이 끝났다.

정말 내가 제정신이긴 한 걸까. 이런 마술 같은 것에 기대고 있다니. 마이코는 자신을 비웃고 싶은 심정이었다.

4

다음 날, 유키가 데드볼을 맞고 말았다. 홈런을 친 다음 타석에서 덩치 큰 외국인 투수가 던진 공이 유키의 왼쪽 팔꿈치를 직격했던 것이다. 유키는 그 자리에서 쓰러져 한동안 일어나지 못했다. 그대로 벤치로 물러났지만, 유키의 새파랗게 질린 낯빛과 표정을 보니 그저 평범한 타박상이 아님을 알수 있었다. 그리고 그날 밤에 골절 진단을 받았다. 전치 1개월. 8월 중순까지는 우승 쟁탈전을 벌이는 팀에게 있어 큰 타격이었고, 유키 본인도 이제 시즌 중에 복귀가 어렵게 됐다.

마이코는 텔레비전을 보면서 등골이 오싹해졌다. 유키가 다시 슬럼프에 빠지길 바라긴 했지만, 부상을 기대한 건 아니다. 이것도 기도 때문인 걸까……?

바로 교코한테 따지고 싶었지만, 슬럼프와는 달리 상처는 되돌릴 수 있는 일이 아니어서 그냥 그만두기로 했다. 그리고 지금 그녀를 만나면 말싸움을 할 것만 같았다. "네 소원대로 해줬잖아?" "누가 다치게 하라고 그랬어!"……. 그 모습이 금세 눈앞에 선명히 그려졌다.

괜찮냐고 걱정하는 마음을 담은 메시지를 몇 번이나 보냈지만, 사무적인 짧은 답이 한 번 있었을 뿐이고 그 이후에는 아무런 연락이 없었다. 지금 유키는 많이 풀이 죽어 있을 게 분명하다. 슬럼프에 빠지기도 하고, 다치기도 하면서 프로 선수 세계의 냉혹함과 행운과 불운 사이에서 휘둘리는 부조리함에 참담함을 금치 못하고 있을 것이다.

연락할까 말까 고민하다가 마이코는 결국 전화하지 않기로 했다. 자신도 머리를 좀 식히고 싶었다. 올해 들어서 유키의 성적에만 휘둘렸다. 공을 치면 기쁘지만, 공을 너무 쳐서 잘나가게 되면 다른 여자로 갈아타지 않을까 하는 불안이 고개를 쳐든다. 공을 치지 않으면 여자친구의 자리는 지킬 수 있지만, 이번에는 이 남자와 결혼해도 되는지 또 다른 불안이 생겨난다. 한마디로 너무 이기적이었다. 자신도 그 점은 충분히 안다.

어릴 때부터 예쁘장한 외모 덕분에 남자들의 칭송만 받아왔다. 선택하는 건 언제나 자신이라고 생각했다. 그런데 사회에 나오고 나서 자신과 비슷한 부류가 많다는 걸 깨닫게 됐다. 그리고 그 속에 내던져지면 싫든 좋든 간에 등급이 정해지게 된다.

상급에서 바닥을 차지하느니, 중급의 상이 더 나을지도 몰라. 마이코는 거울을 보면서 혼자 한숨을 내쉬었다. 내 행복은 대체 어디 있는 걸까…….

하도 답답한 마음에, 가나의 권유를 받아 미팅에 나갔다. 마루노우치에 자리한 대기업 직원들과 갖는 타 직종 간 남녀의 만남으로, 남성 참석자들 모두 영리한 엘리트의 얼굴이었다. 그들 역시 직장에서도, 그 외의 다른 곳에서도 인정을 받으며 여자들의 뜨거운 시선을 한눈에 받을 것이다. 외모는 평범해도 자신감이 넘치는 이유는 분명 자신들의 뛰어난 학력과 고수입을 자각하고 있기 때문이다.

다만 유키와 비교하면 하찮아 보였다. 프로 야구의 일류 선수와 비교하면 그들은 그래봤자 일반인이다. 아무리 애를 써도 1억 엔은 벌지 못할 거고, 길을 걸어도 아무도 돌아보지 않는다.

다들 나이가 엇비슷하여 금방 허물없이 어울리게 되자 미팅 분위기는 크게 달아올랐다. "꺄악" "어머나" 하고 옆에서 가나가 애교를 떨어대고 있다. 그렇게나 고고한 척하던 가나는 대체 어디로 갔는지.

남성 참가자 중, 상사에 다닌다는 남자 하나가 마이코에게 관심이 있는지 자꾸만 말을 걸었다. 대화 중에 자신이 도쿄대 출신임을 드러내면서, 슬그머니 마이코의 경력을 알아내려고 했다.

"취업 준비를 하면서 텔레비전 방송국 시험은 안 봤어요?"

"봤어요. 하지만 다 떨어졌죠."

마이코는 웃으며 대답했다. 사실은 서류 전형에서 탈락했지만 거짓으로 꾸며댔다.

"아사노 씨의 대학에서도 우리 회사에 입사하고 그래요?"

"글쎄요? 전 잘 모르겠네요."

남자는 어떻게든 마이코가 졸업한 대학을 알고 싶은 모양이다. 귀찮아서 그냥 대답해줬더니 '아, 그렇구나' 하는 표정이 됐다. 사립대로는 제법 인기가 있는 대학이지만, 도쿄대 출신이 보기에는 두 등급 정도 아래인가 보다.

"아나운서라면 영어도 할 수 있겠네요?"

"아니요, 못해요. 호텔 체크인 정도는 할 수 있지만 영어 회화까지는 힘들어요."

　나름대로 애교 있게 대답했지만, 여기서 남자는 마이코에게 흥미를 잃었는지 다른 여자에게로 방향을 바꿨다.

　뭐야, 이 남자는……. 마이코는 발끈했다. 일류 상사에 다닌다고는 하지만, 기껏 해봤자 회사원인 주제에. 연봉도 많아 봤자 천만 엔 정도일 것이다. 게다가 통통하고 보통 체격인 걸 보니 동네 건달하고 싸우면 바로 질 것 같다. 저런 게 나를 감히 깔보다니.

　남자는 다른 여자에게도 똑같은 질문을 해댔다. 대학 어디 나왔어요? 영어 할 줄 알아요? 아, 그렇구나. 마이코는 이제야 이해가 갔다. 이 남자는 결혼할 여자를 찾으러 온 거다. 상사에 다니니 해외 근무는 피할 수 없다. 엘리트일수록 해외 근무는 길어지리라. 그렇게 되면 배우자는 당연히 영어 필수다. 그에게는 아주 절실한 문제인 것이다.

　그걸 알고 나니 분노의 감정은 수그러들었다. 다소 노골적이긴 하지만 이해를 못 할 정도는 아니다. 해외 생활을 이어 나갈 능력이 안 되는 여자는 아무리 예쁘고 우아해도 배우자 후보에 들 수 없다.

　그러다 마이코는 유키한테까지 생각이 이르렀다. 그러고 보니 유키는 예전부터 미국 메이저 리그에 도전하고 싶다고 했다. 지금 유키의 실력으로는 결코 꿈이 아니다. 3년째에 재능이 꽃핀 유키는 전보다 더 미국행을 현실적인 문제로 인식하기 시작하지 않았는가. 그렇게 되면 결혼 상대에게도 조건이 붙게 된다. 해외 생활도 문제없는 영어 실력에, 원정 경기가 잦은 남편 대신 가정을 잘 꾸려나가는 경영 능력, 그리고 미모.

어쩐지 갑자기 퍼즐이 맞춰진 기분이 들었다. 유키는 메이저 리그를 의식하게 되면서 마이코의 조건을 따져봤다. 이 여자에게 미국 생활은 무리이리라. 그때 해외파 귀국 자녀인 여자 아나운서가 나타났다. 영어도 잘하고 해외 거주 경험도 있다. 자신도 기대기 편하다. 게다가 예쁘기까지 하고…….

마이코는 갑자기 콧속이 시큰해졌다. 이러면 안 되겠다 싶어, 얼른 가방을 들고 자리에서 일어났다. 고개를 푹 숙인 채 "잠깐 실례할게요"라고 말하며 화장실로 달려갔다.

개별칸에 들어가자마자 굵직한 눈물이 흘러내렸다. 마치 둑이라도 터진 것처럼 눈물이 쏟아졌다. 이게 대체 무슨 꼴인지. 항상 우월한 위치에서 재미만 보던 내가 이런 패배감에 젖게 될 줄이야. 이 내가 쓸모없다며 버려질 줄이야……. 마이코는 자기 연민에 빠져 한동안 울음을 멈추지 못했다.

"얘, 마이코?"

노크 소리가 나면서 가나가 부르는 소리가 들렸다.

"왜 그래?"

"무슨 일 있어? 속이라도 안 좋아?"

"아무것도 아니야."

마이코는 눈물을 훔치며 배에 잔뜩 힘을 줬다. 문을 연다. 마이코의 얼굴을 본 가나가 "왜 그래?"라고 걱정스러운 눈길을 보냈다. 분명 화장이 무너져서 얼굴이 엉망일 것이다.

"그러니까 아무것도 아니래도."

마이코는 힘줘 말하며 개별칸을 나섰다. 친구인 가나는 뭔가를 느꼈는지 더는 무슨 일이냐고 캐묻지 않았다.

"돌아갈 거면 내가 적당히 핑계 대줄게."

"응……."

마이코가 대답을 흐리며 거울 앞에서 화장을 고쳤다. 가나가 그 모습을 뒤에서 지켜보고 있다.

"근데 남자 중에 니혼바시에 있는 전통복 노포를 운영하는 집안 아들이 있더라. 물어봤더니 5년 동안은 은행에서 근무하다가 그 후에는 가업을 이을 거래."

가나가 그렇게 말하며 전통복 가게의 이름을 입에 올렸다.

"세상에, 거기 아주 오래된 가게잖아. 나도 거기 알아."

"그러니까 집에 가면 손해야."

"내가 집에 간다고 그랬니?" 마이코가 뒤를 돌아봤다. 눈물은 이제 다 말랐다. "전통복 가게라면 해외 근무는 없겠네. 좋았어."

"그건 또 무슨 소리야?"

"아무것도 아니야."

한껏 기합을 넣은 마이코는 다시 테이블로 돌아갔다.

이건 실연이 아니다. 어차피 조건을 따진 건 서로 마찬가지니까. 그저 승부에서 졌을 뿐이다⋯⋯. 마이코는 오늘 밤 실컷 마시기로 마음먹었다.

5

다음 주, IT 기업 경영자들이 모이는 심포지엄 사회자 일이 들어왔다. 중요한 고객이어서 사장인 나이토도 참석했다. 나이토는 수많은 관계자에게 인사를 마친 후, 마이코에게 와서 "여어!" 하고 남자처럼 인사를 건넸다.

"잘 지내는 것 같네. 피부도 좋고."

마이코의 얼굴을 들여다보며 밝은 목소리로 말한다.

"덕분에요. 그런데 사장님, 저 뭐든 다 해볼 테니까 텔레비전 일도 부탁드릴게요."

마이코가 간곡히 말했다. 지금은 경력을 더 든든히 쌓고 싶은 기분이다.

"알았어. 한번 일거리 찾아볼게. 마이코는 이제 사회도 잘 보니까."

나이토가 웃으며 말했다.

사회 보는 실력이 늘었다는 칭찬에 마이코는 기뻤다. 이제 더 높은 곳으로 올라가 보자고 결심하게 된 것은, 그간의 미련을 다 떨쳐냈기 때문이다. 유키와의 문자 연락도 더는 안 한다. 자연히 관계가 끊어지면 그것도 괜찮다는 생각이 든다.

"그런데 마이코, 하라주쿠에 있던 점쟁이한테는 안 간 거야?"

나이토가 이상한 질문을 했다.

"그게 무슨 말씀이세요?"

"내가 사흘 전에 갔어. 그래서 선생님께 우리 회사의 아사노 마이코 씨가 신세를 졌는데, 운세는 어땠냐고 물었거든. 그랬더니 선생님이 그런 사람은 안 왔다지 뭐야."

"네? 전 세 번이나 갔는걸요."

마이코는 미간을 찌푸리며 대답했다.

"어? 그게 무슨 소리야? 점쟁이가 있는 곳은 다케시타 거리의 크레이프 가게가 있는 건물 2층이잖아."

"뭐라고요? 크레이프 가게요? 그건 또 뭐예요. 사장님이 그려주신 약도에 크레이프 가게는 없었는걸요. 분명 지도에는 외길로 된 골목으로 들어가서 급한 경사 길을 올라간 곳에 있는 낡은 건물 2층으로 되어 있었는데."

"급한 경사 길? 너 대체 어딜 갔던 거니?"

이번에는 나이토가 미간을 찌푸렸다.

"간판도 없는 수상쩍은 사무실이고, 거기에 젊은 여자 점쟁이가……."

"잠깐만. 젊은 여자라고? 내가 소개한 선생님은 쉰을 넘긴 아주머니야. 마이코, 너 정말 어딜 갔던 거니?"

나이토가 말을 가로막자, 마이코는 차마 입을 떼지 못했다. 이게 어떻게 된 일이지? 혹시 자신이 착각해서 다른 점쟁이가 있는 곳을 다녔던 건가…….

"저 혹시 다른 곳에 다닌 걸지도 몰라요……."

"마이코도 참 덜렁댄다니까"라는 나이토.

"네? 아니, 그건 사장님이 약도를 하도 대충 그려서 그런 거잖아요." 마이코가 발끈해서 받아쳤다.

"남 탓을 왜 하니? 어쨌든 마이코 네가 기운이 난 것 같으니 결과적으로는 다행이지 뭐."

나이토는 쓴웃음을 지으며 "그럼 오늘 하루 힘내"라며 마이코의 어깨를 두드려준 후 자리를 떠났다.

마이코는 여우에게 홀리기라도 한 것 같은 기분이었다. 실수로 잘못 간 것인데도 그 교코라는 점쟁이는 어떻게 자신에 대해 그토록 잘 알았을까. 교코는 예전에 마이코가 미인 대회에서 우승했던 일이나 과거 경력까지 줄줄 읊기까지 했다. 점으로 맞힌 걸까? 그런 일이 가능한 걸까.

　마이코가 행복해지게 해주세요……. 교코가 했던 마지막 말이 머릿속을 울렸다.

　마이코는 일을 마치자마자 서둘러 하라주쿠로 향했다. 해가 진 다케시타 거리는 젊은이들과 외국인 관광객으로 넘쳐나고 있다.

　교코를 꼭 만나고 싶었다. 만나서 많이 대화를 나누고 싶었다. 지금 돌이켜보면, 교코에게 있는 그대로의 자신을 드러낸 덕분에 마음이 편해졌다. 교코가 무슨 말을 하더라도 더는 화도 나지 않았다.

　골목으로 들어가 경사 길을 올라가니 바로 그 낡은 상가가 눈에 들어왔다. 다만 어느 창문이든 다 깜깜하게 불이 꺼진 채였다. 그리고 입구에는 판자까지 붙어서 사람의 출입을 막고 있다. 판자에는 안내문이 붙어 있었다. 얼굴을 들이밀며 살펴보니 며칠 후에 이 빌딩의 철거 공사가 시작된다는 안내였다.

　마이코는 깜짝 놀랐다. 빌딩이 철거된다면 교코는 이사를 간 것일까. 사무실을 이전한다는 말은 한 마디도 없었다.

　마이코는 경사 길을 내려가 바로 옆에 있는 액세서리 가게로 들어갔다. 점장을 붙잡아 뒤편에 있는 낡은 빌딩은 대체 언제부터 폐쇄됐는지 물었다. 그랬더니 "3월부터였던 것 같아요"라는 도무지 믿을 수 없는 대답이 돌아왔다. 3월이라니, 자신이 처음으로 점쟁이를 방문했을 때보다 훨씬 이전이 아닌가.

뭔가 잘못된 게 아니냐며 다시 묻자, 그 빌딩은 벌써 1년이 넘도록 세입자가 살지 않아서 거의 폐가와 같다는 대답만 들었다.

"이제야 권리 관계가 정리돼서 건물을 허물게 됐다나 봐요."

점장의 말이 마이코의 귀를 그냥 스치고 지나갔다.

마이코는 다시 한번 건물 앞에 섰다. 교코가 있었던 그 사무실 창문을 올려다봤다. 자신은 무슨 환각이라도 본 걸까. 아니면 어떤 이공간에 발을 들였던 것일까.

한 가지 확실한 건, 교코가 마이코의 성격을 모두 다 꿰뚫어 보고 있었다는 점이다. 그리고 있는 그대로를 다 받아줬다. 설교는 하지 않았다. 가끔 어처구니없어해도 다 이해한다며 맞장구를 쳐줬다. 교코는 마치 마이코 자신과 같았다.

어쩌면 나는 거울에 비친 내 모습을 보고, 또 한 명의 나와 대화하고 있었던 게 아닐까. 마이코는 그런 상상을 하다가 오싹 소름이 돋았다.

남자와 달리 여자의 인생은 몇 갈래나 된다. 그래서 선택에 따라 다른 인생을 살게 되지 않았을까 하는 생각이 들었다.
그리고 또 한 명의 나 자신이 어딘가 있지 않을까 하는 생각
도 들었다.

있잖아, 교코……. 창문을 올려다보면서 마음속으로 불러
보았다. 나, 더 높은 곳으로 올라갈게. 이제 허튼 신분 상승은
꿈꾸지 않을 거야…….

저 하늘에서 웃음소리가 내려앉는 것 같았다.

코로나와 잠수복

1

다섯 살이 된 아들, 우미히코에게 신기한 능력이 있음을 알
게 된 건 바로 요 몇 주 전의 일이다. 신종 코로나바이러스라
는 전염병이 언제 발생해도 전혀 이상하지 않을 것 같은 나
라에서 갑자기 일어나 순식간에 세계 전체로 퍼지고 말았다.
그래서 인류는 필요한 용건이 있는 이가 아닌 이상, 모두 외
출 금지 혹은 자숙이라는 사상 초유의 생활 양식을 강요당했
다. 그런 중, 35세의 회사원 와타나베 야스히코도 별다른 용
건이 없어서 회사에서 재택근무 지시를 받았다. 온종일 집에
서 원격으로 업무를 보다 보니, 자연히 아들과 지내는 시간이
늘어나 지쳐 쓰러질 정도로 아이를 상대해줘야 할 일이 많아
졌다. 그러던 어느 날, 아들이 "할무니한테 스마트폰 해줘"라
고 말을 꺼냈다. 야스히코의 부모님은 본가가 있는 기후현에
살고 있다.

"할머니한테 전화하라고? 얘기하고 싶어서?"

"빨리 스마트폰이나 해!"

아들이 마치 직장 상사라도 되는 것처럼 명령하기에, 야스히코는 그 기세에 눌려 부모님에게 영상 통화를 걸었다. 얼마 전 부모님의 스마트폰에 애플리케이션을 설치해 놓은 덕분에 할아버지 할머니 모두 모두 영상 통화를 쓸 수 있었다.

전화를 받은 어머니는 손자와의 영상 통화에 활짝 웃으며 "우미히코, 잘 지내니?"라고 반갑게 인사했지만, 아들은 이에 대답하지 않고 그저 "할무니, 오늘 나가면 안 돼!"라고 크게 외치기만 했다.

"어? 그게 무슨 소리니?"

"할무니, 오늘 나가면 안 돼!"

아들은 반복해서 말했다.

"야스히코, 얘가 왜 이러니? 무슨 일 있었어?"

손자에게 물었다가는 끝이 없을 것 같다는 생각에 어머니가 야스히코에게 물었다.

"글쎄, 나도 모르겠어. 우미히코가 갑자기 할머니한테 전화해달라고 해서 그냥 연락한 건데."

야스히코가 대답했다. 부모님과 대화할 때는 도쿄에 온 지 몇 년이 지나도 여전히 기후현 사투리가 나온다.

"흐음, 그렇구나. 왜 그러는 걸까." 어머니는 애들이 하는 일은 도무지 이해가 안 간다는 식으로 이상하다며 웃기만 했다. "그런데 도쿄는 어떠니? 어제도 감염자가 많이 나왔던데."

어머니가 물었다. 요즘 누구와 무슨 이야기를 하든 코로나에 관한 화제가 인사처럼 나온다.

"맞아, 도쿄는 정말 큰일이야. 다들 재택근무 때문에 집에 틀어박혀 있거든. 나도 2주일 동안 회사에 못 가."

"그러니? 그래도 너희는 그나마 낫네. 컴퓨터가 있으면 어디서든 일을 할 수 있잖아. 어멈은 집에 있니?"

"마리코는 출근이야. 구청 복지과가 직장이니 출근을 할 수밖에 없대."

"그래, 그거참 걱정이다."

어머니가 아주 근심스럽게 미간을 좁혔다. 아내인 마리코는 임신 6개월의 임산부다.

"밖에서 집으로 돌아오면 다른 건 아예 손도 대지 않고 바로 세면대로 가서 손부터 씻어. 우미히코를 안아주는 건 그다음에 하고."

야스히코가 말했다. 지금은 가족 모두가 손 씻기와 양치를 빼놓지 않는다.

"그렇구나. 하긴 그런 게 제일 중요하지."

"기후 쪽은 어때? 거기도 걱정되는데."

"여기는 그냥 평범해. 오오가키 쪽에서 감염자가 두 명 나왔지만, 그것도 벌써 2주 전의 일이야. 이 근방에서는 아무도 마스크도 안 써."

"아아, 그래. 그래도 조심해야 해."

"할무니! 내 얘기 좀 들어!"

야스히코를 밀치며 아들이 큰소리로 외쳤다.

"그래, 미안하구나. 무슨 일인데?"라는 어머니.

"오늘 나가면 안 돼!"

아들이 세 번째로 똑같은 말을 외쳤다.

"왜?"

"꼭이야!"

아들은 주먹을 꽉 쥐며 스마트폰 앞에 우뚝 섰다.

"어머니, 오늘 어디 나가?" 야스히코가 물었다.

"응, 나가라에 있는 체육관 레슨실을 빌려서 합창단 연습을 할 거야."

어머니가 난처한 표정으로 말했다.

"그거 안 가는 게 좋겠다. 아베 총리도 불필요하고 급한 일이 아니면 외출은 가능한 삼가라고 했잖아. 게다가 밀폐 공간일 테고."

"하지만 나한테는 한 달에 두 번 있는 즐거움인데. 합창뿐만이 아니라 아줌마들끼리 수다 떠는 것도 재미있고."

"안 돼. 절대로 반대야. 어머니 같은 고령자는 감염되면 중증화된다고 뉴스에서 그랬잖아. 이번에는 좀 쉬어."

"그런가……." 어머니가 망설인다.

"누구랑 얘기하는 거야?" 그때 아버지가 나타났다. 스마트폰을 들여다보며 "오오, 야스히코구나"라며 흰 이를 드러낸다. 야스히코는 사정을 설명하고, 아버지에게도 외출하지 말라고 설득했다.

"난 아무 데도 안 간다. 골프장도, 도서관도 다 문을 닫았으니까. 아이고, 우리 우미히코, 잘 지내지?"

손자를 향해 손을 흔든다.

"할아부지도 나가면 안 돼!"

"오냐, 알았다. 우리 우미히코는 참 착하기도 하지. 할아버지 할머니를 다 걱정하는구나. 할머니도 집에 있을 테니까 걱정하지 말아라."

"어머니, 집에서 쉴 거지?"라는 야스히코.

"그래, 우미히코가 그렇게 부탁하는데 어쩔 수 없지."

어쩐지 어린 아들의 우격다짐에 밀리는 형태로, 어머니는 외출하려던 걸 그만두기로 했다.

그런 대화가 오간 다음 주, 어머니가 참석하기로 했던 합창단에서 신종 코로나바이러스 감염자가 나왔다. 게다가 그 참가자의 가족한테서도 감염자가 다수 속출해서 집단 감염까지 발생하고 말았다.

그때 깜짝 놀란 어머니한테서 전화까지 왔다.

"우미히코가 나가지 말라고 하지 않았더라면 나까지 코로나에 걸릴 뻔했어."

어머니가 구사일생으로 목숨을 건졌다는 듯 흥분한 어조로 정신없이 말했다. 그것도 감염자가 모두 아는 사람들이어서, 한번 만나면 한두 시간은 기본으로 수다를 떠는 사이였단다. 즉, 그 자리에 참석했다면 상당히 높은 확률로 어머니도 감염됐을 거라는 뜻이다. 그리고 "근데 우미히코가 어떻게 내가 외출할 걸 알았던 걸까?"라고 당연한 질문을 입에 올렸다.

"그냥 우연 아니야?"라는 야스히코.

"아니야. 타이밍이 너무 딱 맞잖아. 한 시간이라도 더 늦었다면 난 나갔을 거야. 이건 신의 뜻이 분명해. 신이 우미히코한테 내려서 우릴 구해준 거야."

"그런가?"

야스히코는 어머니의 과한 반응에 쓴웃음을 지었지만, 자신도 그런 오컬트 같은 상상을 품은 건 사실이었다. 할머니한테 스마트폰으로 전화를 걸라고 외친 아들의 표정은 뭔가에 씐 것처럼 아주 절박했기 때문이다.

신기한 일은 그 이후에도 이어졌다.

외출을 자제하라고 해도 어린아이가 하루 종일 집에서만 지내는 건 매우 어려운 일이다. 야스히코는 딱 1시간만 아들을 밖에서 놀게끔 했다. 그러던 어느 날 매번 가던 공원으로 데리고 가 놀이기구로 놀게 하고 있는데, 철봉 앞에 선 아들의 얼굴에서 미소가 싹 사라지더니 아예 그 자리에서 움직이려 하지도 않았다.

"우미히코, 왜 그래? 철봉으로 안 놀 거야?"

야스히코가 물었다. 아들은 철봉에서 거꾸로 매달리기는 아직 못 하지만, 자기 키보다 큰 철봉에 매달려 몸을 이리저리 흔드는 놀이를 매우 좋아했다.

"싫어. 안 해."

"왜?"

"안 할 거야!"

아들은 높은 철봉을 마치 나쁜 괴물이라도 보는 것처럼 노려보며 빽 소리를 질렀다.

야스히코는 도무지 상황을 이해할 수 없었다. 다른 아이들은 신나게 철봉에 매달려 잘만 노는데. 하는 수 없이 미끄럼틀로 데리고 가자, 거기서는 다른 아이들과 어울려 즐겁게 놀았다. 천진하게 웃는 얼굴과 질러대는 환성은 평소와 똑같은 우미히코의 모습이었다.

그리고 근처 벤치가 비어서 거기에 앉으려고 걸음을 옮기려고 하는데, 아들은 미끄럼틀 위에서 "안 돼!"라고 크게 외쳤다. 무슨 일인가 해서 주변 아이들과 부모들까지 그쪽을 돌아보았다.

"아빠, 거기 앉으면 안 돼!"

야스히코는 그 황급히 낯빛을 바꾸는 아들의 태도를 본 적이 있다. 기후현에 사는 할머니한테 당장 전화를 하라고 했던 때와 똑같은 얼굴이었다.

아들은 미끄럼틀을 타고 내려와 야스히코가 있는 곳까지 후다닥 달려와 팔을 붙잡았다.

"이제 집에 갈래."

"집에 간다고? 온 지 얼마 안 됐잖아."

"아무튼 나 집에 갈래!"

아들이 온몸의 체중을 실어 야스히코의 팔을 잡아끌었다. 야스히코는 어쩔 수 없이 아들의 말대로 집으로 돌아가기로 했다. 대체 우리 아들은 언제부터 이렇게 고집이 셌던 걸까. 군이 따지자면 우유부단한 성격이어서 "아무거나 괜찮아"라는 말이 입버릇이었던 아이였는데. 그리고 다음 날, 공원 바로 옆 원룸 맨션에서 신종 코로나바이러스 감염자가 나왔다……

문제의 그 맨션은 많은 외국인 관광객이 드나드는 민박 시설로, 밤만 되면 외국인 젊은이들이 공원에서 맥주를 마시며 떠드는 일이 잦아서 인근 주민의 112 신고로 몇 번이나 경찰이 출동하기도 했다. 바로 그 외국인 중에서 감염자가 나왔단다. 그래서 곧바로 보건소 직원이 달려가 공원의 놀이기구와 벤치를 꼼꼼히 소독한 후, 사용 금지 명령을 내렸다.

야스히코는 그 소식을 듣고 나서 온몸에 소름이 쫙 돋았다. 철봉과 벤치는 그 감염된 외국인이 만졌던 게 아닐까. 아들은 순간적으로 그걸 알아차렸다……. 어머니 일도 그렇고, 공원 일도 그렇고, 우연이라고 치부하기에는 너무나도 딱딱 맞아떨어지는 부분이 많다. 혹시 우리 아들한테는 신종 코로나바이러스를 탐지할 줄 아는 초능력이 있는 게 아닐까.

아내한테 그 말을 했더니, 현실주의야말로 지성이라고 믿는 그녀는 대번에 "뭐라고?" 하고 미간을 좁히며 남편을 무슨 신기한 생물이라도 보는 듯한 눈초리를 했다. 물론 그 자리에 없었던 사람에게는 믿기 어려운 이야기일 것이다. 오히려 아내는 남편이 걱정되는지 "매일 집에 있어서 힘들구나?" 하고 야스히코의 얼굴을 들여다보며 물었다.

"아니, 우미히코와 이렇게 오래 함께 시간을 보내는 것도 처음이고 요리도 안 힘들어. 은근 재밌더라."

"아, 그래? 하지만 무리는 하지 마. 재택근무 때문에 노이로제에 걸리는 사람이 제법 많다고 하니까. 매일 아무하고도 말을 하지 않으면 사람은 불안해지는 법인가 봐."

"아니, 난 괜찮은데. 솔직히 다른 사람을 대하는 스트레스가 없어서 더 좋다고나 할까……."

"하지만 코로나 때문에 인간의 본성이 다 드러나는 것 같아. 우리 직장에서도 창구 업무를 아르바이트 직원에게만 맡기고 자신은 서류도 안 건드리는 과장에다가, 자기만 자가용 차량 통근을 하면서 주차비를 경비에 슬쩍 끼워 넣는 부장에다가. 그런 비겁한 사람이 얼마나 줄줄이 나오고 있는데. 난 코로나만 잠잠해지면 바로 그걸 따질 생각인데 말이야."

아내는 야스히코의 이야기는 듣지도 않고, 직장에서 쌓인 불만만 잔뜩 늘어놓을 뿐이었다.

어쨌든 진상은 알 수 없어도 우미히코가 할머니와 아버지를 신종 코로나바이러스로부터 지켜냈다는 건 분명한 사실이었다.

"우미히코, 코로나가 뭔지 아니?"

야스히코의 물음에 되돌아온 대답은 "응! 초코가 들어간 나팔 모양 빵이야"였다. 평소 같으면 그건 코르네(소라빵)라고 정정해줬겠지만, 상대는 다섯 살 아이여서 그냥 그만두었다. 코로나에 대한 인식은 전혀 없는 듯했다.

2

재택근무가 일상이 된 야스히코의 나날은 매우 단조롭다. 아침 6시에 일어나 아내가 차려준 아침 식사를 먹고 나서 뒷 정리를 한다. 아내는 아침의 통근 지옥을 피하기 위해 7시에 는 집을 나선다. 많은 기업이 직원의 출근을 제한하고 있어서 수도권 통근 인구가 반감된 상황이지만, 그래도 조금이나마 감염의 위험을 줄이고 싶은 모양이다.

야스히코는 아내를 배웅한 후, 빨래와 청소를 했다. 나 홀로 자취 생활이 길어서 집안일은 별로 힘들지 않다. 아마존 뮤직으로 밀톤 나시멘토의 음악 등을 랜덤 재생해 놓고 콧노래를 부르며 빨래를 널고 있자니, 자신은 은근 전업주부 체질이 아닌가 하는 생각을 했다.

유치원도 휴원한 상황이어서, 집안일을 마치고 나면 아들과 단둘이 보내는 시간이 된다. 우선 텔레비전을 켜서 아침 와이드쇼에 채널을 맞춘다. 신종 코로나바이러스가 세계를 뒤덮고 나서부터 텔레비전만 켜면 코로나 이야기만 나온다. 야스히코도 평소 같으면 별로 보지 않는데, 재택근무를 시작하면서부터 계속 텔레비전만 보게 됐다.

당연히 아들은 와이드쇼에는 관심도 없어서 아침부터 장난감 상자를 꺼내 호빵맨 조립 DIY를 가지고 혼자 놀고 있다.

"너무 어지르지는 말고."

"알았어."

아들은 만들기에 열중하는 어린이 같았다. 그런 면은 아내보다 자신을 더 닮았다.

텔레비전을 보면 항상 불안에 사로잡힌다. 감염 확대는 멈추지 않고, 음식점과 관광업은 고통스럽게 비명만 지른다. 정말 큰일이구나……. 야스히코는 매일 누군가를 동정했다.

오전 9시가 되자, 식탁에 노트북을 올려놓고 재택근무를 시작했다. 우선 같은 부서의 직장 동료들과 화상 회의를 한다. 말이 회의지, 제대로 집에 머물고 있는지를 과장이 확인하는 작업이어서 간단한 업무 연락만 끝나면 다들 각자의 일을 시작했다. 야스히코는 가전제품 제조회사의 상품 기획부에 소속되어 있다. 시장 조사 등의 실무도 있지만, 기본적으로는 아이디어를 내는 일이어서 컴퓨터를 통한 원격 업무라도 작업에 큰 지장은 없었다. 회사도 이 점을 깨닫고 코로나가 종식된 후에도 텔레워크를 추진할 셈인 듯했다.

야스히코는 컴퓨터 앞에 앉아 기획서를 썼다. 어릴 때부터 글짓기를 잘했기 때문에 지금의 부서 배치는 매우 만족스러웠다. 사실 입사해서 처음은 영업부 소속이었지만, 상대방의 품에 파고들 줄 아는 적극성과 사교성 부족이 금방 드러나 바로 부서의 발목만 잡는 직원이 되고 말았다. 당시 상사가 내린 '적성 없음'이라는 인사 고과는 지금도 트라우마다. 그 때 "아니, 와타나베는 가끔 툭툭 내뱉는 그 말이 재미있는데" 라고 평가해준 과장이 있어서, 기획부로 바로 이동하게 됐다. 회사라는 곳은 참으로 잘 짜인 조직이다. 야스히코가 작성한 기획서를 읽는 것까지 기대하는 임원도 있을 정도여서 "자 네, 아예 작가로 나서지 그러나" 하는 말까지 들었다.

집에는 아들만 있어서 업무에 집중하기에 딱 좋았다. BGM 으로 브라이언 이노의 앰비언트(Ambient) 음악 같은 걸 틀 어놓으니 잡념이 싹 사라지면서 더욱 집중력이 올라가는 느 낌이 들었다. 게다가 상사가 시키는 잡일을 할 일도 없고, 다 른 부서에서 전화가 걸려오는 일이 없어서 회사에 있을 때보 다 일이 더 잘될 정도였다. 아들은 장난감 놀이에 질리면 그 림을 그렸다. 장인어른이 사준 외국제 고급 크레파스 세트를 가지고 자유분방하게 그림을 그리고 있다.

그리고 순식간에 점심시간이 되어 아버지와 아들 둘이서 점심을 먹는다. 메뉴는 매일 소면이다. 국회에서 일본인의 점 심 식사는 소면으로 정했다고 가르쳐줬더니, 아들은 그걸 대 번에 믿었다. 아마 유치원이 다시 시작되면 아들은 아빠가 거 짓말쟁이라며 화를 낼 것이다.

점심을 다 먹고 다시 텔레비전을 봤다. 코로나 소동이 터진 후, 정신을 차리고 보니 일본의 텔레비전 방송은 아침부터 밤까지 와이드쇼만 나오고 어느 채널로 돌려도 다 똑같은 내용뿐이었다. 등장하는 해설자도 거의 같다. 전염병 전문가들은 설마 자신이 유명세를 치르게 될 날이 올 줄은 상상도 못 했으리라.

오후 1시가 돼서 아들과 함께 외출했다. 원래라면 업무 시간이어서 업무를 빼먹고 노는 꼴이지만, 특별히 잘못된 행동이라는 생각은 들지 않았다. 분명 다른 직장 동료들도 적당히 숨을 돌리며 일할 것이 분명하다.

정부의 도쿄도 지역 외출 자숙 요청을 거부하는 게 되지만, 사람이 밀집된 곳만 피하면 괜찮다는 생각이었다. 다섯 살 아이를 데리고 온종일 집에만 있으라는 것 자체가 무리다. 넓은 정원이 있는 단독주택이라면 모를까, 야스히코가 사는 곳은 주방, 거실, 다이닝룸이 딸린 방 두 칸짜리 맨션이다.

매번 가던 공원의 놀이기구가 사용 금지됐기에, 자동차로 연안 구역까지 가보기로 했다. 어차피 아무도 없을 테니까 남의 눈을 신경 쓸 필요도 없다. 그리고 오늘은 구름 하나 없는 맑고 쾌청한 하늘이었다.

총각 시절 때부터 타고 다니던 중고 볼보로 도쿄의 거리를 달렸다. 오봉이나 정월 등의 명절 때보다 더 길이 한산해서 마치 SF 영화 속 세계처럼 보였다. 밖을 돌아다니는 사람도 거의 없고, 가끔 보이는 건 휴교로 지루해져 나다니는 아이들

뿐이었다.

수도 고속도로를 타고 상하좌우로 구부러진 차선을 주행했다. 야스히코는 타르코프스키 감독의 영화《솔라리스》의 유명한 장면을 떠올리며, 더욱 현실감이 옅어짐을 느꼈다. 설마 자기 인생에서 이런 광경을 보는 날이 올 줄은 꿈에도 몰랐다. 제2차 세계대전 이후 처음으로, 현재 가장 세계적이고 엄청난 사건이 일어나고 있다.

다이바에서 수도 고속도로를 빠져나와, 매립지 위에 세워진 인공도시를 달린다. 상업 시설 모두가 휴업 중이어서 그야말로 무인 도시였다. "와아아!" 하고 야스히코는 저도 모르게 외쳤다.

"우미히코, 우리 둘이 여기 전세 낸 것 같다."

"전세가 뭐야?"

"다른 사람이 없다는 뜻이야."

"저기 있잖아."

아들이 손가락으로 가리킨 곳에 경비원이 서 있었다.

"한 명 정도는 괜찮아."

"저기에도 있어."

그곳에는 택배 배송업자가 있었다.

"말꼬리 잡지 마."

"말꼬리는 뭐야?"

아들과의 대화는 의외로 마음이 편안하게 놓인다.

주차장도 폐쇄되어 있어서 길가에 차를 세우고, 인공 모래 해안까지 걸었다. 동네 주민으로 보이는 가족이 몇 명이나 보였는데, 다들 거리를 두면서 물놀이를 하고 있다. 우미히코도 물가에 가보고 싶다고 해서, 신발을 벗겨 파도치는 가장자리에서 놀게 했다. 만을 사이에 둔 도쿄의 빌딩 무리가 보이자, 새삼스럽게 거대 도시의 위용에 압도됐다. 이것을 창조해낸 인류의 지혜는 얼마나 대단한 것인지. 그리고 시선을 더 올리다가, 새파란 하늘을 보고 경악했다.

그래, 차가 다니지 않으니 배기가스가 발생하지 않아 원래 하늘의 색깔을 되찾은 거구나. 그렇게 생각하니 코로나의 세계적 감염은 지구를 한번 깔끔하게 갈아엎으려고 신이 짠 계획이 아닐까 하는 상상까지 샘솟았다. 야스히코는 이 아름다운 창공을 눈에 새겨두자고 마음먹었다. 평생 한 번 보는 푸른 하늘일지도 모른다.

긴 점심시간을 마치고, 오후 3시에 집에 돌아왔다. 우선 세면대로 가서 손을 씻고 양치부터 한다. 이제 완전히 습관이 되어 빼먹는 일도 없다. 그 후, 아들은 낮잠을 자고 야스히코는 다시 컴퓨터 앞에 앉는다. 조용해지니까 한층 더 집중력이 높아졌다. 그리고 오후 5시가 되자 다시 화상 회의가 시작되어, 동료들과 업무 연락을 교환했다. 업무 이야기는 기껏해야

10분 정도일 뿐, 나머지는 코로나가 주된 화제였다. 야스히코의 회사에서는 영업부에서 감염자가 한 명 나와서, 같은 부서의 직원은 모두 자가격리 중이었다. 이제 코로나는 남의 일이 아니라 가까운 곳에 있는 위기였다.

화상 회의가 끝나면, 오늘의 재택근무도 종료된다. 이에 딱 맞추기라도 한 것처럼 아내가 퇴근한다. 출근이 빠른 만큼 퇴근도 이르게 하는 모양이다.

아내가 주방에서 저녁 준비를 하는 동안, 야스히코는 거실에서 저녁 뉴스를 봤다. 저녁이 되면 궁금해지는 것이 바로 오늘의 도쿄 신규 감염자 수다. 곧 속보 자막이 나왔다. 저도 모르게 몸을 내밀었다. '201명'이라는 숫자가 나와, 야스히코는 충격을 받았다. 이제까지 중 최대 인원수였다.

"여보, 오늘 201명 나왔대."

주방에 대고 외치자 아내는 요리를 중단하고 거실로 달려나왔다. 텔레비전 화면을 보더니 하아 하고 탄식을 흘린다.

"역시 얼마 전에 3일 연휴 때문에 다들 마음이 느슨해졌던 거야. 그때는 아직 위기의식이 없었으니까."

아내가 말했다. 신종 코로나바이러스의 잠복 기간은 최대 2주일이다. 오늘 확인된 감염자는 2주간 이내에 감염된 사람들인 것이다.

"이제 이 나라는 어떻게 되려나." 야스히코가 걱정 섞인 혼잣말을 했다.

전염병은 자기 책임으로만 끝나지 않는 일이어서 남의 행동에까지 신경을 써야 했다. 텔레비전에서는 휴업 요청에 응하지 않는 파친코 가게와 그곳에 쇄도하는 손님들을 연일 보도했다. 그걸 볼 때마다 야스히코와 아내는 둘이서 속을 끓였다.

그때 장난감을 가지고 혼자 놀던 아들이 텔레비전 앞으로 타박타박 걸어와 화면 속 뉴스 앵커를 향해 "집에 있지 않으면 안 돼!"라고 소리쳤다.

"이 사람은 일을 해야 하잖아. 그래서 외출 자제 대상에 해당하지 않는단다."

야스히코가 어차피 아들은 모르겠거니 하는 생각을 하면서도 설명했다.

"집에 있지 않으면 안 된다니까!"

손가락으로 화면 속 얼굴을 가리키면서 다시 외쳤다.

"그래, 알았어. 자, 어서 저녁 먹자."

팔을 끌어당기자 아들은 발로 버티며 저항하면서도 앵커의 얼굴을 주시했다. 대체 언제부터 이렇게 고집스러워졌는지. 다섯 살 아이의 생각은 도저히 알 길이 없다.

그리고 며칠 후, 놀라운 뉴스가 흘러나왔다. 아들이 텔레비전을 보며 소리쳤던 방송의 뉴스 앵커가 신종 코로나바이러스에 감염됐다는 사실이 드러났기 때문이다. 보도에 따르면, 그 뉴스 앵커는 발열과 심한 피로감에 시달리는 바람에 병원에서 검사를 받았더니 양성 진단이 나왔다고 한다. 유명인이어서 세간은 더욱 떠들썩해졌다. 야스히코는 소름이 돋는 걸 느끼는 동시에 확신했다. 우미히코는 그걸 다 알고 텔레비전을 향해 경고를 보낸 게 아닐까. 우리 아들은 이 전염병에 대해 어떤 예지와 감지 능력을 갖고 있는 게 분명하다…….

아내에게 그 말을 하자, 전보다 더 눈살을 찌푸리며 잠시 생각에 잠겼다. 이런 오컬트 같은 이야기를 아들과 연관시키고 싶지 않은 심정은 충분히 이해할 수 있다.

"우연 아닐까. 우미히코는 평범한 애라고."

"그건 그렇지만 텔레비전 보면서 애가 한 행동은 당신도 봤잖아. 우연이 세 번이나 이어지면 뭔가 운명이라고 해야 하지 않을까…….'

"운명이라니?"

"우미히코는 신이 우리에게 내려준 인류의 구세주가 아닐까?"

"저기, 어디 가서 그런 얘기 하지 마."

"그거야 뭐 지금은 얘기할 사람도 없는걸…….'

아내는 야스히코의 이마에 손을 얹더니 "열은 없는데" 하

고 혼잣말을 한 다음, 자리를 뜨고 말았다. 한동안은 아버지
와 아들 사이의 비밀로 놔두는 게 좋을 것 같다.

3

　감염자 수가 도무지 줄어들지 않자 결국 정부가 긴급 사태
선언을 발령했다. 총리가 텔레비전으로 국민에게 호소한 내
용은 상업 시설의 영업 중지, 타인과의 접촉을 80퍼센트 정
도 줄일 것, 다른 지역으로의 이동 금지 등 현대인의 일상을
근본부터 뒤집어엎는 요청이었다. 그에 따라 경제는 큰 타격
을 입어 실업자가 속출했다. 뉴스에서는 암울한 이야기만 보
도되었다.

　야스히코의 회사도 텔레워크 지속 방침이 나와서, 벌써 한
달 이상 동료들의 얼굴을 보지 못했다. 매일 화상 회의로 나
누는 이야기는 그저 '이제 앞으로 어떻게 될까'라는 불안감
에 대한 것이었다.

　"하지만 우리는 그나마 낫지. 실업은 면했으니까."

　여섯 개로 분할된 컴퓨터 화면 중 한 칸에서 동료 한 명이
말했다.

　"그래, 텔레워크를 할 수 있는 것도 특권 같은 거잖아."

"동감이야. 공장 근무를 하는 사람들은 매일 출근해야 한다는데, 전철에 타는 것 자체가 감염 위험이 크지 않겠어?"

다들 저마다 동의한다. 매일 텔레비전으로 고생하는 사람들을 봐서 그런지, 자신들의 불편은 별 것 아닌 것으로 느껴지는 모양이다. 재택근무를 할 수 있는 것만으로도 감사한 마음이 샘솟는다.

"그런데 ××사의 새로운 소프트웨어 강습을 슬슬 받으러 가야 하는데, 누구 갈 사람 없나?"

과장이 자못 거북하다는 듯 말을 꺼냈다.

"이 시기에 그걸 한다고요?" 모두가 이의를 제기했다.

"지난달에 한 번 취소했고, 저쪽에서도 빨리 끝내고 싶다더군. 주말이라도 좋으니까 강습을 받으라고……."

아무도 쉽사리 대답하지 못했다. 오래 집에 머무르다 보니 외출하는 게 더욱 두려워진 것이다. 야스히코도 벌써 한 달 이상 전철은 타보지도 못했다.

"그럼 가위바위보로 정하지."

다들 과장의 제안을 어쩔 수 없이 따랐다. 난생처음으로 하는, 화상 회의를 통한 가위바위보다. 가위, 바위, 보! 야스히코가 졌다.

"그럼 와타나베, 부탁하지. 코로나가 끝나면 점심 살 테니까."

과장이 두 손 모아 합장하며 부탁했다. 야스히코는 "그럼 장어로 사주세요"라고 얄밉다는 듯 대꾸하며 화상 회의 스위치를 껐다.

텔레워크로 인해 달라진 점이라면, 놀랍게도 직장 사람들의 인간관계가 더 끈끈해졌다는 것이다. 분할된 화면 속의 과장 등 뒤로 그와 똑같은 얼굴을 한 초등학교 6학년 아들이 "아빠, 거기서 뭐 해?"라고 컴퓨터를 들여다봤을 때는 직원들 모두의 웃음보가 터지고 말았다. 생활상이 엿보이자 어쩐지 친근감이 생겼다. 코로나 덕분에 오늘날 일본인은 온갖 새로운 발견을 하고 있다.

일요일, 아내에게 아들을 맡기고 새로운 소프트웨어 강습을 들으러 갔다. 인근 역에서 민영 철도 노선에 올라, 시부야에서 지하철로 갈아탔다. 밖을 돌아다니는 사람은 나날이 적어져서 마치 시간이 멈춘 것만 같았다. 야스히코는 일본인의 성실함에 감탄했다. 정부가 요청하기만 했는데도, 대다수 국민이 그걸 착실히 따른다. 텔레비전 뉴스에서는 인도 경찰관이 밖을 돌아다니는 국민을 채찍으로 때리는 장면이 나왔다. 물론 그건 그것대로 통쾌했지만.

강습이 열리는 회사에 도착하여 안내를 받아 들어간 곳은 좁디좁은 회의실이었다. 창문도 안 열리는 밀폐 공간이다. 야스히코의 불안감이 부풀어 올랐다.

"안녕하십니까. 쉬는 날에 죄송합니다."

곧 나타난 담당자는 마스크를 끼고 있지 않았다. 통통한 몸집의 청년이 이마에 잔뜩 땀을 흘리고 있다. 게다가 말도 많았다.

"이번 소프트웨어는 다이어그램이 아주 충실해서 기획서 등에 유용한 네트워크 구조도나 조직도 등을 간단히 작성할 수 있습니다. 게다가 그 외에도 ……." 담당자는 쉴 새 없이 말을 쏟아냈다.

목소리가 크다. 둘이서만 하는 회의니까 조용히 말해도 되지 않나. 야스히코는 주의를 주고 싶었지만 타이밍을 놓치고 말았다.

그리고 바로 옆자리에 바짝 붙어 앉아 몸을 밀착시킬 것만 같은 거리에서 키보드 조작 시범을 보이기까지 했다. 어? 당신과 같은 키보드를 만지라고? 이 말도 차마 하지 못했다.

"이제 아시겠죠? 코딩한 내용을 브라우저로 확인하면서 진행할 수 있으니까 실수를 줄일 수 있다는 장점이 있어서……."

아니, 거리가 너무 가깝잖아. 지금은 젊은 아가씨가 곁에 오는 것도 무서울 지경인데. 야스히코는 몸을 반대 방향으로 기울였다.

"초보자한테는 어려울지도 모르겠지만, 고객님 같은 전문가라면 별 어려움 없이 사용하실 수 있습니다. 에러도 다 체크했으니 전혀 문제없습니다. 네, 하하하하."

이봐, 지금 웃을 때가 아니잖아. 방 곳곳에 당신이 뿌린 비말이 날아다니고 있다고. 야스히코는 저도 모르게 숨을 참았다. 왜 세상은 이렇게 무신경한 사람이 일정 수 이상 존재하는 것일까⋯⋯.

1시간 정도의 강습을 마치고, 야스히코는 얼른 근처 편의점으로 뛰어들어갔다. 생수 두 병을 사서 밖에 나와 한 병으로는 손을 씻고, 또 한 병으로는 입을 헹궜다. 야스히코의 가슴 속에서 안 좋은 예감이 고개를 치켜들었다. 아까 담당자는 자각하지 못한 감염자가 아닐까. 땀도 많이 흘렸고, 은근 기침도 많이 했는데⋯⋯.

그렇게 생각이 미치자 등골이 서늘해졌다. 도내의 감염자 수만 해도 현재 5천 명 정도지만, 그건 검사 수가 적어서 그렇지 사실은 10만 명 이상이 감염됐을 수도 있다고 인터넷 뉴스에 나온 적이 있다. 100명 중 1명은 감염자라고 봐도 좋다. 한마디로, 한 번 밖에 나가면 상당히 높은 확률로 감염자와 접촉하게 되는 것이다.

야스히코는 재빨리 귀가를 서둘렀다. 가끔은 밖에서 라멘이라도 먹고 싶었지만, 지금은 그럴 마음이 싹 사라졌다.

집에 도착하자마자 현관에서 욕실로 직행했다.

"여보, 갈아입을 옷 좀 가져와 줘."

안쪽 방을 향해 소리 높여 외쳤다.

"왜 그래?" 아내가 무슨 일인가 해서 밖으로 나왔다.

"가까이 오지 마. 옷에 바이러스가 붙어 있을지도 모르니까."

"무슨 일 있었어?"

"강습 받으러 갔다가 남의 비말을 잔뜩 뒤집어썼거든."

"어머나, 큰일이네."

아내는 쓴웃음을 지으며, 야스히코의 속옷을 가지고 왔다.

샤워를 한 후, 새 속옷과 실내복으로 갈아입은 다음에 거실로 가보니 아들은 텔레비전 게임에 푹 빠져 있었다.

"우미히코, 아빠한테 다녀오셨어요, 하고 인사해야지"라는 아내. 아들이 야스히코 쪽을 돌아본다. 게임 컨트롤러를 내려놓고 일어서서 뛰어오려고 하다가 갑자기 걸음을 멈췄다.

"왜 그러니?"

야스히코가 아이를 꼭 안아줄 셈으로 두 팔을 벌렸지만, 아들은 응하지 않았다. 그리고 2미터 정도 떨어진 곳에서 "아빠, 나가면 안 돼!"라고 소리쳤다.

"아빠는 지금 집에 왔는데? 이제 집에 있을 거야."

"나가면 안 돼!" 아들은 강한 어조로 그 말만 반복했다.

야스히코는 정신이 번쩍 들었다. 아들의 그 표정은 지금까지 세 번이나 코로나를 감지했을 때와 똑같은 얼굴이었던 것이다.

몸에서 핏기가 싹 가셨다. 자신은 신종 코로나바이러스에 감염된 것일까……?

"여보, 저녁은 카레면 되겠어? 다른 거 뭐 먹고 싶으면 해줄게."

아내가 바로 뒤에서 말했다.

"저리 가."

"응? 왜 그래?"

"저리 가라고. 곁에 오면 안 돼!"

야스히코는 저도 모르게 고함을 질렀다가 놀라 손으로 입을 막았다. 임신 중의 아내가 비말을 뒤집어쓰면 안 된다.

"왜 그러는데?"

의아해하는 아내를 두고, 야스히코는 방 안을 둘러봤다. 한시라도 빨리 아내와 아이를 다른 공간으로 보내고, 자신을 격리해야 한다.

"물러서, 물러서."

아내에게 손짓으로 뒤로 물러서라고 지시한 후, 야스히코는 서둘러 거실을 나왔다. 복도를 따라 나아가서, 우미히코와 둘째 아이의 방이 될 예정이지만, 지금은 창고처럼 쓰고 있는 10평짜리 방으로 들어가 문을 닫았다.

"아니, 여보, 무슨 일인데 그래?" 복도에서 아내가 묻는다.

"나 코로나에 걸린 것 같아."

"뭐라고? 그걸 어떻게 알아?"

"우미히코가 감지했어. 그래서 내 곁에 안 온 거잖아."

"······정말 괜찮아?"

"괜찮지 않아. 앞으로 나는 코로나 잠복 기간인 2주일 동안 자가격리에 들어갈 테니까 절대로 방 안으로 들어오지 마."

"여보, 일단 진정하는 게 어때?"

"나는 지금 진정한 상태야. 우선 이 방문 손잡이부터 얼른 소독해. 지금 내가 만졌어. 그리고 어디서 방호복과 고글 좀 사 와. 앞으로 이 방을 나갈 때는 화장실에 갈 때라도 방호복을 입을 테니까."

"방호복을 어디서 사? 뉴스에서는 그런 물건은 전부 품절 중이라고 나오던데."

"그럼 우비라도 괜찮아. 어쨌든 방호복을 대신할 게 필요해."

야스히코의 절절한 호소에 아내는 잠시 침묵하다가 "알았어. 그럼 방에 가만히 있어. 우미히코를 데리고 괜찮은 게 없나 찾아볼 테니까"라며 메마른 목소리로 말했다.

야스히코는 도저히 가만히 있지 못하고 좁은 방 안을 우왕 좌왕했다. 정말 큰일이다. 내일부터 어떻게 살면 좋을까. 아내는 일 때문에 집에 있을 수 없다. 두 사람 모두 부모님 집은 멀리 있어서 아들을 맡길 곳도 없다. 그러니 자신이 방호복을 입고 아들에게 밥을 먹이면서 산책을 시키는 수밖에 없다.

그뿐만이 아니라 발병했을 때도 걱정해야 한다. 뉴스 보도에 의하면 30대가 감염자가 중증화되는 경우는 적다고 하지만 그 가능성은 제로가 아니란다. 폐렴이 되면 입원은 피할 수 없으리라. 아니, 그보다 중요한 건 임신 중인 아내와 아들을 감염시키지 않는 일이다. 어떻게든 가족을 지켜야 한다. 인생 최대의 위기였다.

야스히코는 떨리는 몸을 좀처럼 가라앉힐 수가 없었다.

1시간 후, 아내와 아들이 돌아왔다.

"저기, 대형 마트와 슈퍼마켓을 다 돌아봤는데 방호복은커녕 우비도 다 팔리고 없어. 그래서 돌아가는 길에 중고용품 가게가 보여서 거길 잠깐 봤더니 대신할 만한 걸 찾아서 일단 사오긴 했는데……."

문 너머로 아내가 다소 머뭇거리는 어조로 말했다.

"알았어. 일단 문 앞에 두고 가. 그리고 밥도 같이 못 먹을 테니까 앞으로는 복도에 그냥 둬. 미안하지만 부탁할게."

"알았어……."

털썩 하고 뭔가 놓이는 소리가 난다. 아내가 저 멀리 간 것을 발소리로 확인한 후, 야스히코는 문을 열었다. 발밑을 보니 그곳에는 옛날 영화에 나올 법한 구식 잠수복 세트가 있었다. 잠시 멍해지고 말았다.

그래, 이거면 됐지 뭐. 비상사태니까 어쩔 수 없다.

4

아무래도 아내가 사 온 잠수복은 예전에 바닷속에서 건설 작업을 할 때 쓰는 용도인 듯했다. 상하의가 붙은 범포 재질의 옷에 고무 방수가 된 것으로, 그 외에도 둥그런 유리창이 붙은 둥근 헬멧도 준비되어 있었다. 시험 삼아 입어보니 마치 우주복 같았다. 그리고 뜻밖에도 보기보다 무거워서 다리가 후들거렸다. 부력이 있는 바닷속 사용을 전제로 해서 만들어졌기 때문에 경량화할 필요가 없었나 보다.

자가격리를 시작한 다음 날, 야스히코의 잠수복 차림을 본 아내는 인상을 쓰며 뭐라고 말했다.

"어? 뭐라고? 안 들려."

밀폐식 헬멧이어서 무슨 말을 하는지 소리가 잘 안 들렸다.

"답답하지 않아?" 아내가 큰 목소리로 묻는다.

"괜찮아. 뒤통수 쪽에 산소를 들여보내기 위한 통풍관이 있으니까 숨은 쉴 수 있어."

"굳이 헬멧까지 쓸 필요가 있을까? 그냥 마스크면 충분할 텐데."

"아니, 마스크로는 완전히 비말을 차단할 수 없어. 그보다 난 마스크까지 꼈는데 회사에서 쉴 새 없이 떠들어대는 남자 때문에 코로나에 옮고 말았잖아."

"아직 감염됐다고 보기에는 어려울 듯한데……. 그보다 열이나 피로감도 아직 없잖아?"

"이제부터 올 거야."

야스히코가 진지하게 호소하자, 아내는 작게 코웃음을 흘렸다.

"그럼 난 이제 출근할 테니까 우미히코 좀 부탁해. 뭐 필요한 건 없어?"

"요강이 필요해. 화장실에 갈 때마다 잠수복 입는 게 너무 귀찮아서."

"……알았어. 오리발은 안 필요해?"

"오리발?"

"그게 있어야 그 패션이 완성될 거 아니야."

야스히코는 발끈했지만, 일부러 대꾸하지는 않았다. 만약 지금 아내의 심기를 거슬렸다간 더욱 생활이 불편해질지도 모른다.

"엄마, 나도 저거 입고 싶어."

한편 아들은 잠수복이 아주 마음에 든 눈치였다.

"안 돼. 어린이용은 없어."

"에잉, 뭐야, 그게."

그렇게 말하며 아들은 야스히코의 잠수복을 잡아당기기도 하고 툭툭 때리기도 했다. 태연하게 잘 만지는 걸 보니, 방호하고 있는 덕분에 감염 위험이 없다고 감지한 모양이다.

격리된 방에 컴퓨터를 들고 들어와, 우선 아침 화상 회의부터 시작했다. 직장 동료와 상사에게 말해야 하나 망설였지만, 무슨 도움을 얻을 수 있지 않을까 하는 기대도 있어서 솔직히 밝혔다.

처음에는 동료들 모두 걱정스러워했지만, 과장이 "괜한 착각 아니야?"라고 하자 다른 이들도 동감이라는 듯 고개를 끄덕였다.

"다들 걸린 게 아닐까 의심하고 있으니까."

"그래, 아직 접촉자라고 결정이 난 것도 아니잖아."

저마다 타이르는 말을 한다. 야스히코는 아들의 초능력에 대해 말하려다가 그만뒀다. 정신은 괜찮냐고, 다른 사람의 쓸데없는 걱정까지 살 것만 같기 때문이다.

"와타나베, 조금은 밖에 나가서 기분 전환이라도 하는 게 어때?"라는 과장.

결국 아무 일도 아니라는 취급을 받고 말았다.

일도 손에 잡히지 않아서 격리된 방에서도 컴퓨터로 텔레비전만 봤다. 와이드쇼는 연일 코로나 일색인 데다, 바로 며칠 전에 인기 탤런트가 코로나에 감염되어 사망한 것도 있어 방송마다 그 일을 보도하기 바빴다. 유명한 사람이 희생되면, 국민은 곧바로 사건을 자기 일처럼 받아들이게 된다. 야스히코도 충격을 받아, 가슴 아파했다.

"아빠, 밖에서 놀자."

아들이 문을 노크하며 말했다.

"게임은 안 하니?"

"이제 질렸어. 공원에서 축구 할래."

이렇게 된 이상, 아들을 상대해주는 수밖에 없다.

"알았어. 그럼 조금만 기다려."

야스히코는 서둘러 잠수복을 입었다.

신기하게도 이 꼴로 밖을 나다니는 것에 아무런 저항감이 없었다. 지금은 긴급 사태니까 어쩔 수 없다는 당당함과 방역이라는 대의명분이 있다. 헬멧도 제대로 썼다. 손에는 고무장갑을 끼고, 발에는 긴 부츠를 신었다.

맨션 입구에서 마주친 관리인이 깜짝 놀랐다. 아들이 평소처럼 "안녕하세요!"라고 인사해서 누군지 간신히 알아본 모양이다. 그는 대답도 없이 그냥 멍하게 바라볼 뿐이었다.

5분 정도 걸어서 평소의 공원에 갔다. 놀이기구는 사용할 수 없지만, 잔디밭이 있어서 아이들이 그곳에서 공을 가지고 놀고 있었다. 야스히코가 잔디밭 쪽에 들어서자 사람들의 눈길이 쏠리며 어른도, 아이도 모두 움직임을 멈췄다. 그러나 아이를 데리고 있는 덕분에 경계하는 분위기는 아니었다.

야스히코는 아이와 둘이서 축구공을 패스하며 놀았다. 다른 아이들은 흥미진진한 눈빛으로 주변을 둘러싸고 있다. 완전히 구경거리다. 그리고 10분 정도 지나자 경찰차가 나타나더니 경찰관이 두 명 내렸다. 누군가가 신고했나 보다. 당연하다면 당연하다. 아이들이 더욱 몰려들었다.

"죄송합니다. 잠시 괜찮으십니까?" 나이 지긋한 경찰이 말을 걸었다.

"네, 괜찮습니다."

"이상한 옷차림을 한 사람이 공원에 침입했다고 경찰 신고가 들어왔거든요."

"침입이라니 무슨 범죄자라도 된 것처럼 들리네요……."

야스히코는 화가 나서 대답했다.

"저기, 괜찮으시면 그 금붕어 어항처럼 생긴 것 좀 벗고 말씀을 나누고 싶은데요."

"금붕어 어항이라니……. 이거 헬멧이에요."

"그럼 헬멧을 좀 벗으시고……."

"그건 안 됩니다. 왜냐면 저는 신종 코로나바이러스에 감염됐을 가능성이 크니까요."

코로나라는 말을 듣고 경찰관들은 저도 모르게 한 걸음 뒤로 물러섰다. 안색이 점점 변한다.

"이 아이는 선생님의 아들이 맞습니까?"

"네, 맞아요."

"얘, 이분이 아빠 맞니?" 경찰관이 허리를 굽히며 물었다.

"응, 아빠예요." 아들이 천진하게 대답했다.

경찰관들은 서로 얼굴을 마주 보며 고민에 빠졌다. 제정신이 아닌 주민도 다 있구나, 하고 생각하는 모양이다.

"선생님, 뭔가 신분을 증명할 만한 것을 가지고 계십니까?"라는 경찰관.

"면허증은 있어요."

야스히코가 장갑 낀 손으로 벨트 파우치에서 지갑을 꺼내 안에서 운전면허증을 꺼내 보여줬다.

"잠시 확인 좀 해도 되겠습니까?"

"그러세요. 아, 장갑 있으세요? 맨손으로 만지면 감염될지도 모르니까요."

야스히코의 말에 경찰관은 뻗었던 손을 황급히 빼내더니,

주머니에서 흰 장갑을 꺼내 두 손에 끼웠다.

"그럼 잠시 빌리겠습니다."

한 명이 면허증을 손에 들고 경찰차로 돌아간다. 남은 경찰관 한 명이 질문했다.

"저기, 아까 코로나에 감염됐다고 하셨는데, 혹시 병원에서 검사를 받고 양성 반응이 나왔습니까?"

"아니요, 병원에는 가지 않았습니다. 그럴 가능성이 큰 단계죠."

"그럼 감염자와 밀접 접촉을 했기 때문에 관할 보건소에서 자가격리를 하라고 요청을 받았습니까?"

"아니요, 그런 건 아니고……. 뭐라고 해야 하나, 설명하기 좀 복잡한데 제 아들한테 신종 코로나바이러스를 알아차리는 능력이 있어서요. 아무래도 아들이 저를 감염자로 감지한 것 같아서……."

"아, 그렇군요……."

경찰관이 더욱 미간을 좁히며 아들과 야스히코를 번갈아 쳐다보았다. 그때 면허증을 조회했던 경찰관이 되돌아왔다. 두 사람이 뭔가 소곤소곤 이야기를 나눈다.

그때 야스히코는 갑자기 현기증을 느꼈다. 시야가 하얗게 흐려지더니 그 자리에 털썩 주저앉고 말았다.

"선생님, 괜찮으십니까?"라는 경찰관.

"아니, 좀 어지러워서. 열사병에 걸린 것 같아요."

정신을 차리고 보니 잠수복 안은 땀으로 범벅이 된 상태였다. 초여름 태양 아래에 이런 꼴로 운동을 하면 누구라도 몸이 안 좋아질 수밖에 없다.

"그거야 이런 무거운 걸 입고 있으니까 그렇죠. 헬멧이라도 좀 벗는 게 어떠십니까?"

"아니, 남에게 병을 옮길 수는 없으니까요."

야스히코가 거절하니 경찰관들은 서로 마주 보며 다시 수군수군 이야기를 나눴다. 그리고 돌아보며 통보했다.

"선생님, 이 문제는 사건성이나 사고성 모두 없는 것으로 보이니 저희는 물러가겠습니다. 그러니 선생님도 빨리 집으로 돌아가십시오. 감염되셨다고 하니 집에서 나가지 마시고요. 아셨죠?"

"네, 말씀대로 하겠습니다."

경찰관들의 당연한 말에 야스히코는 힘없이 고개를 끄덕였다.

"그럼 저희는 이만."

두 경찰관은 경례하고 그 자리를 떠났다. 경찰관의 눈에는 어딘지 모르게 연민의 빛이 담겨 있었다. 아무래도 이 일로 야스히코는 동네의 수상한 인물로 등극한 모양이다.

잠시 가만히 있으니 현기증이 가라앉아서 나무 그늘로 이동하여 그 아래에 앉아 몸을 쉬게 했다. 여전히 아이들은 야스히코 주변에 몰려들었고, 어른 몇몇은 스마트폰 렌즈를 갖다 대기도 했다. 그야 그럴 수밖에, 하며 혼잣말을 했다. 인터넷에 자신의 동영상이 올라오는 것도 이제 시간문제처럼 여겨졌다.

열사병을 통해 교훈을 얻은 야스히코는 앞으로 여름 더위에 대한 대책이 필요함을 깨닫고, 얼음 재킷이라는 것을 인터넷으로 찾아 구입했다. 부속으로 딸린 보냉제를 냉장고에서 얼려서 재킷 주머니에 넣어서 착용하면, 가슴과 등을 서늘하게 해주는 건설 현장에서 쓰이는 용품이다. 한번 써보니 참으로 시원해서, 그 위에 잠수복을 입어도 찜통 같은 더위는 느껴지지 않았다.

바로 산책할 때 입고 나가봤다. 공원은 사람이 많아서 최근 며칠은 아들을 놀게 할 장소를 강변으로 바꿨다. 걸어서 10분 이상 걸리는 곳이지만, 잠수복을 입고 걷는 것도 이제 익숙해져서 별로 힘들지 않았다.

아들은 잠수복 차림의 아버지와 나란히 걷는 게 즐겁기만 한지 항상 기분이 좋았다. 공을 주우러 갈 때는 아버지한테 "어서 가!"라고 명령까지 해대는 걸 보니, 마치 시키는 건 뭐든지 다 하는 로봇이라도 손에 넣은 듯한 기분일지도 모른다.

여기서도 야스히코는 오가는 사람들의 주목을 한몸에 받았다. 특히 아이들은 아무런 거리낌이 없어서, 이미 소문이 쫙 퍼졌는지 멀리서 구경을 오는 초등학생도 있었다. 몇 명이나 자전거를 타고 와서 "와아, 정말 있네!"라며 기쁨의 환성까지 지르곤 했다.

이날은 텔레비전 방송국에서 취재까지 나왔다. 중계차가 둑 위에 멈추더니 텔레비전 카메라를 짊어진 취재진이 내려와 허락도 받지 않고 렌즈부터 들이밀었다.

예의도 모르는 것들이네……. 야스히코는 기분이 나빠 그 자리를 떠나려 했지만, 슈트를 입은 젊은 남자가 황급히 따라왔다. 리포터인 듯했다.

"실례합니다. CBK의 〈고고이치〉 방송에서 나왔습니다. 잠시 말씀 좀 나눌 수 있겠습니까?"

"사양하겠습니다."

야스히코는 즉시 답했다. 텔레비전에 나가면 더욱 구경꾼들을 부르는 꼴이 된다.

"그렇게 거절만 하지 마시고요. 얼굴은 안 내보내겠습니다. 목소리도 변조할게요."

"싫습니다."

"부탁 좀 드립니다. 시청자 제보가 있었다고요. 공원과 강가에서 잠수복을 입고 다니는 이상한 주민이 있다고 말이죠."

"이상한 주민이라니!"

"네, 저도 그렇게 생각합니다. 그러니 자신은 수상한 사람이 아님을 제대로 해명하는 것이 좋지 않을까 싶습니다만……."

리포터가 물고 늘어진다. 어느새 그의 손에는 마이크가 들려 있고, 그 뒤로는 촬영진이 카메라를 돌리고 있었다.

"저기, 당신들, 이거 강압 취재 아니에요?"

"죄송합니다. 선생님께 나쁘게 보도는 안 할게요. 코로나로 인해 전 국민에게 외출 금지 요청이 내려진 와중에 그걸 무시하고 밖을 다니는 사람도 있지 않습니까. 그런데 선생님은 잠수복이라는 완벽한 방호복을 입고 외출을 하십니다. 이건 감염 대책으로 하시는 겁니까? 아니면 코스플레이 같은 것인지……."

"코스플레이라니, 전 그렇게 한가하지 않습니다. 이건 감염 대책이라고요."

"오, 그렇게나 각별한 주의를 기울이시다니."

"전 감염자일지도 모릅니다. 그렇다면 남에게 옮기면 안 되잖아요. 아이도 있으니까 어쩔 수 없이 이렇게 한 겁니다."

"아니, 그 마음가짐은 매우 훌륭하다고 생각됩니다. 이런 시국에도 다른 사람들은 파친코 가게 앞에 잔뜩 줄을 서기도 하는데 말입니다. 그런 사람들을 어떻게 생각하십니까?"

"저한테 그런 걸 물어서 어쩌겠다는 겁니까? 제 문제만으로도 버거워요."

"참고로 그 잠수복은 어디서 구입하신 겁니까?"

"아내가 중고용품점에서 사 왔어요. 방호복도, 비옷도 전부 매진됐다는데 어쩌겠습니까."

"사모님은 뭐라고 말씀하십니까?"

"딱히, 별말 안 해요."

"얘, 아빠가 이런 모습을 하고 다니는 기분이 어떠니?"

리포터가 아들에게 마이크를 들이댔다.

"멋져요." 아들이 수줍게 대답한다.

"아니, 아이는 찍지 마세요."

"괜찮습니다. 모자이크 처리를 할 거니까요."

결국 억지 춘향으로 인터뷰를 하게 되어, 5분 이상이나 취재진을 상대하는 꼴이 되고 말았다.

"저기요, 이 영상, 마음대로 내보내지 마세요."

야스히코가 리포터에게 말했다.

"그렇게 말씀하지 마시고요. 이것도 다 뉴스 보도 아닙니까."

"거짓말하지 마세요. 이거 와이드쇼잖아요."

"보도 형식으로 내보내면 다들 주목할 겁니다. 그러니까 아마 저녁 뉴스에도 방송되지 않을까요."

"잠깐만요!"

항의의 목소리를 높이는 야스히코에게는 눈길조차 주지 않고, 텔레비전 방송 취재진은 얼른 그 자리를 떠났다. 정신을 차리고 보니 또다시 구경꾼들에게 둘러싸여 있었다. 다들 스마트폰 렌즈를 자신에게 향하고 있다. 야스히코는 자포자기의 심정이 되어, 허리에 손을 댄 채 슈퍼맨 포즈를 취해 보였다.

5

잠수복을 입고 지내는 것도 이제 익숙해졌다. 탈착에도 1분이 채 안 걸려서, 택배 배달원을 오래 기다리게 하는 일도 없다. 배달원도 처음에는 깜짝 놀랐지만, 나중에는 익숙해졌는지 "힘내세요"라고 응원까지 해줬다. 야스히코가 텔레비전 뉴스로 보도됐기 때문이다. 어지간히 흥미로운 장면이었는지, 이런저런 프로그램에서 몇 번이나 방영되어 감염에 대한 두려움으로 떠는 시민의 상징 같은 취급을 받았다.

인터넷은 더욱 상황이 심각했다. 무려 야스히코의 이름과 주소까지 드러났는지, 아내가 불안한 얼굴로 "맨션 앞에서 고등학생들이 아예 기다리고 있던데"라고 말했다. 다만 인터넷에서는 비방보다는 격려의 말이 더 많은 모양이다. 다들 그저 재미있어하는 듯하지만 말이다.

야스히코는 잠복 기간이 무사히 지나길 기도했다. 자가격리 생활도 벌써 일주일을 지나려 한다. 무증상이라면 체내에 항체가 생겨 자연 치료가 된다. 인터넷으로 조사했더니 그렇게 적혀 있었다.

그런 중, 지역 보건소에서 전화가 왔다. "×월 ×일, 어디 계셨습니까?"라는 물음에, 야스히코는 달력을 살펴보다가 그만 얼어붙었다. 소프트웨어 강습을 받은 바로 그날이었기 때문이다.

"××사 직원이 신종 코로나바이러스에 감염됐다는 사실이 어제 PCR 검사로 밝혀졌습니다. 그래서 해당 직원의 이력을 조사한 결과, 일요일에 와타나베 야스히코 씨가 거의 1시간 동안 회의실에서 일대일로 강습을 받았다는 신고를 받았고요. 이 사실이 맞습니까?"

"아, 네. 맞아요."

야스히코는 떨리는 목소리로 대답했다.

"와타나베 씨는 현재 몸에 어떤 이상을 느끼고 계십니까?"

"아니요, 별로……"

"체온은 몇 도입니까?"

"보통이에요. 딱히 재보진 않았지만요……."

"피로감 같은 건 안 느껴지세요?"

"아니요, 전혀……."

"그렇군요. 같이 사시는 가족분도 계신가요?"

보건소의 질문이 이어졌다. 야스히코는 그 질문에 하나하나 대답했다.

"그럼 와타나베 씨는 밀접 접촉자에 해당하므로 한동안 자가격리를 해주시길 바랍니다. 아시겠죠?"

"물론입니다. 사실 일주일 전부터 영 예감이 안 좋아서 아무도 안 만났고, 가족과는 별도의 방에서 지내고 있습니다."

"그렇군요. 그럼 일주일 더 격리하실 수 있겠습니까?"

"네네, 할 수 있어요."

야스히코는 수화기를 든 채로 마치 딱따구리처럼 고개를 끄덕였다.

전화를 끊자 다시금 몸이 떨려왔다. 역시 아들의 초능력은 진짜였다. 아들이 감지하지 않았더라면, 지금쯤 자신은 아들과 임신 중인 아내까지 감염시켰을 게 분명하다.

곧바로 이번에는 회사 총무부에서 전화가 걸려왔다. 보건소에서 문의했는지, 밀접 접촉자인 게 사실인지 확인하기 위해 온 연락이었다. 야스히코가 사실이라고 하자, 식료품 등 물자를 보내줄 테니 집에서 대기하라는 지시가 떨어졌다. 물론 이의는 없다. 다섯 살 아이가 있으니 과자도 부탁드립니다, 하고 말했더니 흔쾌히 승낙해줬다. 업무 중에 생긴 일이어서 회사도 다소 책임을 느끼는 듯했다.

이어서 야스히코는 아내에게 전화하여, 보건소에서 온 연락에 대해 보고했다.

"세상에, 정말?" 이번만큼은 아내도 크게 놀랐다.

"내일부터 일을 쉬고 집에 좀 있으면 안 될까? 나 방에서 못 나갈 것 같은데."

"글쎄. 직장에 폐를 끼칠 것 같은데."

"지금 그런 말 할 때야? 우리 집의 위기라고."

"하지만 밀접 접촉자가 꼭 감염자도 아니고……."

"우미히코가 코로나를 감지했을 때, 당신도 그 자리에 있었잖아."

"……알았어. 상사와 상의해 볼게."

전화를 끊자 갑자기 속이 답답해졌다. 증상이 나타나면 자신은 어떻게 될까. 30대의 중증화 가능성은 거의 없다고 하지만 안심할 수는 없다. 실제로 사망자도 속출하고 있다.

"아빠, 밖에서 놀자." 아들이 문을 두드리며 말했다.

"오늘은 외출 금지야. 국회에서 그렇게 정했어." 강한 어조로 말하자, 아들은 순순히 그 말을 듣고 물러갔다.

기분이 심하게 울적했다. 코로나는 걸리면 유행성 감기보다 몇 배나 더 고통스럽단다. 발병하면 입원은 할 수 있을까. 텔레비전에서는 환자가 거의 40도나 되는 고열이 나는데도 보건소에서 자택 대기만 하라는 말만 들었다는 사례가 몇 번이나 보도되고 있다.

깔아둔 이불 위에 누워 불안한 마음으로 천장만 올려다보고 있자니 곧 몸 전체가 나른해지기 시작했다. 안 좋은 예감이 든다. 1시간이 지나자 이번에는 팔다리 관절이 욱신거렸다. 이게 바로 그 심한 피로감이라는 게 아닐까.

체온을 재보니 36.8도였다. 후생노동성의 코로나 진단 가이드 라인에 나왔던 37.5도 이상에는 해당하지 않지만, 야스히코는 평열이 35.8이기에 이건 미열에 해당하는 수치였다. 점점 공포감이 밀려오면서 온몸에서 땀이 솟구쳤다.

그때 아내가 집으로 돌아왔다.

"조퇴했어. 과장님한테 사정을 말했더니 내일부터 텔레워크로 일해도 된대."

문 너머로 대화를 나눈다.

"오오, 역시 구청이야. 일 처리가 빠르네."

"그게 아니라 남편이 밀접 접촉자라면 나도 위험하니까 나오지 말라는 거야. 그래서 몸은 좀 어때?"

"막 피곤해. 그리고 열도 나. 각오하는 게 좋을 것 같아."

아까 잰 체온을 말해주자, 아내는 아무 대꾸 없이 "그럼 우선 안정부터 취해"라는 말만 남긴 채 거실에서 아들을 돌봐 줬다. 야스히코는 아내가 너무 냉정한 것 같아서 불만이었다.

다음 날이 되자 나른함은 더더욱 심해졌다. 마치 긴 여행에서 돌아온 것처럼 몸을 휘감는 무거운 피로감이 가시지를 않았다. 불안해져서 얼른 보건소로 전화를 걸었지만 "뚜우, 뚜우" 하는 신호음만 울릴 뿐 아예 연결도 되지 않았다.

그전에 병원부터 갈까. 후생노동성도 우선 주치의와 상담부터 하라고 권하고 있으니 말이다. 그러나 30대나 된 자신에게 주치의 같은 건 없다. 그저 종종 가는 동네 소아과가 전부다.

점점 더 불안감이 치밀었다. 코로나는 제대로 치료를 할 수 있는 병일까. 텔레비전에서는 기저 질환자에게 특히 위험하다고 했다. 야스히코에게 특별한 지병은 없지만 어릴 때는 소아 천식 때문에 쌕쌕거리며 숨을 쉰 적이 있다.

그 기억을 떠올리고 있자니 목이 간질간질한 느낌이 들었다. 기침을 하니 목에 가래가 걸렸다. 안 좋은 예감이 머릿속을 스쳤다. 그리고 10분 후에는 쿨럭거리는 큰 기침이 튀어나왔다. 소아 천식은 유치원생 시절의 일이다. 왜 지금 와서 그게 다시 시작되는가.

"여보, 점심은 여기 놔둘게."

복도에서 아내가 말했다. 이불에서 기어 나와 문을 열었다. 소면이었다. 딱히 불만은 없었지만 하다못해 유부초밥이라도 곁들이면 어디가 덧나냐는 말이 목구멍을 맴돌았다.

5분 만에 점심을 다 먹어치우고 그릇을 내놓은 다음, 또 이불 속으로 들어갔을 때 문득 그런 생각이 들었다. 아까 먹을 때 맛을 느꼈던가? 소면에 특별한 맛은 없지만, 소면 국물은 진한 맛이 난다. 그런데 그 맛을 느낀 기억이 없었다.

침이 목구멍을 꿀꺽 넘어가며 손이 파르르 떨렸다. 드디어 증상이 시작된 모양이다. 코로나 감염의 특징은 심한 피로와 발열, 기침과 미각 마비다. 이미 전부 나타난 병세다.

야스히코는 심한 초조함에 사로잡혀 스마트폰으로 보건소에 전화를 걸었다. 아직도 연결이 되지 않았다. 차라리 구급차를 부를까 했다. 아니, 미열이라고 상대도 안 해줄 것 같다. 고열에 시달린다고 해도 병원만 이리저리 전전하게 된다는 이야기를 뉴스로 몇 번이나 들었다. 현 정부는 의료 붕괴 저지부터 우선하느라 국민을 버리려고 한다.

"저기, 여보." 두려움에 사로잡혀 아내를 불렀다.

"왜 또?" 아내가 복도에서 대답했다.

"소금 좀 가지고 와봐."

"갑자기 왜? 뿌리려고?"

"아니야. 핥아보려고. 점심 먹을 때 아무 맛이 안 났어. 분명 미각 마비가 시작된 거야."

"……그럼 아예 양파를 통째로 깨물어 보는 건 어때?"

"당신, 이 상황에서 무슨……."

야스히코는 양파를 싫어한다. 그래서 샐러드에 양파 슬라이스를 넣느니 마느니 하는 것 때문에 언제나 아내와 말다툼을 벌인다.

"잠깐만 기다려."

복도를 걷는 소리가 들리더니 소금 병이 복도에 놓였다. 문을 여니 아내와 눈이 마주쳤다. "안색은 나쁘지 않은데"라는 아내. 야스히코는 "저리 가 있어"라고 작게 외치며 아내를 휘휘 쫓았다.

문을 닫고 소금을 손바닥에 뿌려 맛을 보았다.

미묘했다. 짜다면 짠데 평소보다 좀 싱거운 느낌이 들었다.

"맛이 느껴져?" 하고 복도에서 아내가 물었다.

"잘 모르겠어. 근데 정상이 아닌 것 같아. 여보, 어디 진찰 가능한 병원은 없나 좀 찾아줄래?"

"알았어……."

아내가 문 앞을 떠나갔다. 야스히코는 이불을 뒤집어쓴 채 누웠다. 그러자 온몸에서 땀이 샘솟으며 금방 속옷과 잠옷이 축축하게 젖었다. 속옷을 갈아입고 이불에 들어가니 또 땀이 났다. 평소 같으면 감기 증상이라고 치부하겠지만, 코로나 때문에 자꾸 불안하기만 했다.

"여보, 나가타 선생님께 전화해서 물어봤는데."

아내가 문밖에서 말했다. 나가타 선생님은 동네 소아과 의사다.

"열이 없으면 그렇게 걱정할 것 없다고 하던데."

"그럼 내과 병원을 찾아서 다시 물어봐."

"나가타 선생님도 의사잖아. 며칠 동안 고열로 앓게 되면 종합병원을 소개해주겠대."

"알았어……."

야스히코는 깊은 한숨을 내쉬었다. 머리까지 이불을 푹 뒤집어쓰고 나니 머릿속에는 온갖 나쁜 상상만 왔다 갔다 했다. 혹시 전국의 병원이 정부의 지시에 따라 몰래 입을 맞추고 외래 환자를 거부하는 게 아닐까. 정부는 이미 몇만 명이나 되는 희생자 발생을 각오하고 있는 게 아닐까. 나라는 간혹 그런 짓을 벌이기도 하니 말이다.

그런 생각이 들자 가만히 있는 것조차 괴로웠다. 몸을 뒤척일 때마다 온몸의 관절이 욱신거렸다.

다음 날, 체온이 37.5도에 달했다. 야스히코는 마침내 올 것이 왔구나 하는 참담한 심정이었다. 이제 중증화될 가능성도 있다. 어쩌면 폐렴까지 각오해야 할지도 모른다.

"저기, 여보." 문 너머로 아내를 불렀다.

"응, 무슨 일이야?"

"열이 올랐어. 37.5도야. 병원 가야 할 것 같아."

"……저기, 우선 감기약부터 먹는 게 어때? 일단 그렇게 상황을 좀 지켜보자."

아내가 타이르듯 말했다. 야스히코는 문을 열고 버럭버럭 소리라도 치고 싶었다. 내가 코로나로 죽어도 좋겠느냐면서…….

"그럼 아침 식사 준비할 테니까 식후에 약 먹어."

"됐어. 식욕도 없다고. 어제는 한숨도 못 잤단 말이야."

"그래, 그럼 좀 자."

아내는 금세 물러갔다. 이제는 아내마저 정부에서 보낸 사람이 아닌가 의심이 들 지경이었다.

야스히코는 딱히 할 일도 없어서 컴퓨터로 텔레비전을 봤다. 어느 채널을 돌려도 코로나 뉴스 일색이고, 인적이 거의 없는 주요 도시의 중심가나 번화가 장면만 내보내고 있었다. 이제 세상은 어떻게 되는 건지 암담한 기분만 들었다. 우미히코는 내년에 초등학교에 입학할 수 있을까. 원격 수업이 표준화되어 친구도 못 사귀고, 자신은 책가방도 사줄 수 없을 것이다. 그런 상상이 연이어 이어지는 바람에 더욱 우울해졌다.

점심때가 되자 아내가 점심밥을 가지고 왔다.

"점심 먹어. 샌드위치를 좀 만들었어."

여전히 식욕은 없었지만 체력이 약해지면 큰일이라는 생각에 먹기로 했다.

햄 샌드위치를 집어 베어 물었다. 아삭한 소리가 나면서 입 안으로 양파 맛이 확 번졌다. 아내가 샌드위치 안에 양파 슬라이스를 넣었던 것이다. 야스히코는 벌컥 화가 나서 방 안에서 고함을 쳤다.

"여보! 양파는 왜 넣은 거야!"

복도를 뛰어가는 소리가 나면서 아내가 "미안, 미안" 하고 대수롭지 않게 사과했다.

"근데 맛은 나나 보네. 미각 마비는 이제 끝난 모양이야."

"아니, 이건⋯⋯." 야스히코는 할 말을 잃었다. 정말로 맛이 났다.

"여보, 체온 좀 재보지 그래?"

"갑자기 왜?"

"아무튼 재봐."

야스히코는 치미는 분을 삭이면서 체온을 쟀다. 아침과 똑같이 37.5도였다. 그 결과를 문 너머로 전했다.

"봐. 이래도 기분 탓이야?"

"알았어. 그럼 다시 한번 병원을 찾아볼게."

아내가 떠나갔다. 야스히코는 이불을 덮고 몸을 웅크렸다.

아내는 왜 저렇게 느긋하기만 한지. 원래 여자는 임신하면 담이 커지는 걸까. 자신이 워낙 걱정이 많은 성격이어서 그런지, 더더욱 속이 터질 지경이었다.

식후에 감기약을 먹자 곧 잠이 오기 시작했다. 몸은 여전히 뜨끈했다. 관절도 아팠다. 다음에 눈을 떴을 때는 어쩌면 폐렴까지 증상이 진행되고 있지 않을까. 아직 인류가 해명하지 못한 신종 바이러스는 체내에서 끊임없이 변화를 거듭한다고 한다. 그래서 용태가 급변하는 환자들이 속출하며 병원의 중환자실이 만원 상태란다. 그 생각을 하니 다시 공포가 엄습했다. 차라리 일어서지 못할 정도로 열이 나면 좋겠다 싶었다. 그러면 구급차라도 부를 수 있으니까…….

야스히코는 잠 속으로 빠져들었다. 꾸벅꾸벅 졸며 의식 사이를 헤엄치고 있다.

몸이 이리저리 흔들렸다. 누군가의 목소리가 들린다. 깊은 잠 저 밑바닥에서부터 갑자기 끌려 올라가는 감각이 느껴졌다. 그래도 아직도 의식은 제대로 돌아오지 못했다.

"아빠, 밖에서 놀자!" 아들의 목소리였다.

깜짝 놀라 정신이 번쩍 들었다. 바로 눈앞에는 아들의 얼굴이 있었다. 아들이 자는 아버지 얼굴을 들여다보고 있다. 꿈인가? 아니, 꿈이 아니다. 방문이 활짝 열려 있다.

"들어오면 안 된다고 그랬지!"

저도 모르게 언성을 높이다가 다급히 손으로 입을 막았다. 큰일이다. 아들의 얼굴로 비말이 튀었다.

"엄마는?"

"없어."

"없다고?"

야스히코는 이불을 박차고 일어났다. 어쩌지, 이걸 어쩌지? 우왕좌왕한다. 일단 잠수복부터 입기로 했다. 헬멧도 쓴다. 더 이상 아들과 접촉할 수는 없다.

"우미히코, 얼른 양치부터 해. 당장!"

아들의 팔을 잡아끌고 세면대 앞으로 갔다.

"양치는 밖에서 돌아온 다음에 하는 거잖아"라는 아들.

"부탁이니까 지금 해. 그리고 세수도 하고."

그때 아내가 돌아왔다. "다녀왔어. 어머나, 당신 뭐 하는 거야?" 세면장을 들여다보며 묻는다.

"우미히코를 놔두고 어딜 간 거야?"

"그렇게 화내지 마. 애가 낮잠을 자고 있길래 그 틈에 얼른 물건 좀 사러 다녀온 거라고. 근데 무슨 일 있어?"

"우미히코가 내 방에 들어왔어. 나를 만졌고, 비말도 튀었다고. 그래서 밀접 접촉자가 됐어."

"아, 그래?"

아내는 크게 당황하는 기색도 없이 뭔가 생각에 잠긴 얼굴로 야스히코와 아들을 번갈아 쳐다봤다.

"이게 얼마나 큰일인지 알아? 우미히코가 감염되면 당신도 감염돼. 그렇게 되면 어떡할 거야?"

"저기, 일단 헬멧부터 한번 벗지 그래?" 아내가 말했다.

"뭐? 벗으면 비말이 튀잖아." 야스히코가 대꾸했다.

"조금 정도는 괜찮다고."

"그럴 수는 없어. 그보다 당신은 왜 그렇게 느긋해?"

"그래, 알았어. 그럼 방으로 돌아가. 문 너머로 얘기하자."

아내의 재촉에 야스히코는 방으로 돌아가 잠수복을 벗었다. 아내가 문 너머로 말했다.

"내가 나가타 선생님과 통화를 했는데, 감염자가 반드시 남을 감염시키는 것도 아니고, 설령 감염됐다고 하더라도 대부분은 무증상 상태로 항체가 생겨서 자연 치유가 된대. 중증자 이외는 그렇게까지 당황하지 않아도 된다고 그러셨어. 지금 전국의 병원은 자기가 코로나 감염이 된 게 아닐까 의심하는 환자들이 밀려들어 의료 대란이 일어났다더라."

"의심이라니. 난 감염자와 밀접 접촉한 사람이고, 보건소도 그걸 인정했다고."

"그건 나도 알아. 어쩌면 감염되지 않았을지도 모르잖아. 하지만 지금은 자연 치료가 됐다고. 이제는 확실히 알겠어."

아내가 확신한 듯 말한다. 야스히코는 이해가 가지 않았다.

"뭐라고? 뭘 근거로 그렇게 단언하는 건데?"

"그거야 우미히코가 방에 들어와서 당신보고 밖에서 놀자고 그랬잖아."

"그러니까 그게 뭐."

"우미히코한테는 코로나를 감지할 수 있는 초능력이 있다며? 당신한테 가까이 간 것도 이제 당신 몸에서 코로나가 사라졌다는 뜻 아니야?"

"……!"

야스히코는 말문이 막히고 말았다. 순간 머릿속이 새하얘진다. 그 말대로 아들은 아무 경계도 하지 않고 방 안으로 들어와 아버지를 깨웠다. 코로나에 대한 예지와 감지 능력이 있는 아들이 아버지에게 다가와 몸을 만졌다. 그렇다면…….

"여보, 체온 한번 재봐." 아내가 말했다.

야스히코는 그 말대로 체온을 재봤더니 평열로 되돌아가 있었다.

"자, 이제 발열도 사라졌어. 이제 피로 증상만 남았는데 아직도 나른하고 그래?"

"아, 아니……. 별로 그렇지도 않은 것 같아."

야스히코는 목을 이리저리 좌우로 굽혀봤다. 살짝 피곤하긴 하지만 그건 누워 있기만 해서 그런 것이리라.

"여보, 당신은 자기 암시에 잘 걸리는 성격이니까. 걱정도 많고."

"자기 암시 때문에 열도 나나?"

"충분히 나. 상상 임신도 있을 정도인걸. 약에는 플라세보 효과도 있잖아?"

야스히코의 몸에서 힘이 쭉 빠져나갔다. 한 번 숨을 내쉬었다. 아까까지의 동요가 거짓말이었던 것처럼 이제 마음은 평정심을 되찾았다.

"그럼 문 열게." 아내가 격리된 방의 문을 열었다. "이제 나와. 저녁밥은 같이 먹자."

"그전에 밖에서 놀 거야."

아들이 야스히코에게 매달리며 안겼다. 아내를 쳐다보자 그렇게 하라는 표정이었다.

"그럼 이제 공원에 갈까?"라는 야스히코.

"잠수복!" 아들이 잠수복을 손가락으로 가리켰다.

"아니, 이건 안 입어도 되는데……."

"잠수복이 더 좋아." 아들이 떼를 썼다.

야스히코는 잠시 고민하다가 그냥 입기로 했다. 이게 마지막일지도 모른다는 생각을 하니, 각별한 정감마저 느껴졌기 때문이다.

현관 거울에 비친 모습을 새삼스레 가만히 살펴보니 이 잠수복은 마치 호빵맨 인형 옷 같았다. 아하, 그래서 아이들이 좋아했던 거구나.

한 달 후, 야스히코는 신종 코로나바이러스 항체 검사를 받았다. 회사가 전 직원을 대상으로 검사를 시행했기 때문이다. 주목받기를 좋아하는 사장이 정부에 검사 데이터를 제공하겠다며 대대적으로 공언하여 실행으로까지 이어진 일이긴 했지만, 야스히코 입장에서는 환영할 만한 시책이었다. 정말로 어떻게 됐는지 궁금했으니 말이다.

검사 결과는 양성이었다. 즉, 야스히코는 신종 코로나바이러스에 감염됐다가 무증상 상태에서 자연 치료가 됐고, 이제 몸속에 항체도 생성됐다는 뜻이다. 야스히코는 그 사실을 알았을 때 온몸에 소름이 쫙 돋았다.

아내에게 말하자 그녀는 "오호" 하고 마치 부엉이 같은 소리를 내더니 "우미히코의 초능력은 진짜였나 보네"라며 다소 흥분한 태도로 말했다.

"그러니까 내가 자가격리를 하길 잘했지. 우미히코는 우리 집 구세주야. 이걸 못 알아차렸다면 가족 모두가 감염됐을지도 몰라."

"그러게. 우미히코한테 고마워해야겠는걸."

"근데 난 아직도 신기한데 말이야. 당신은 왜 그렇게 태연해? 임산부니까 남들보다 더 무서웠을 거 아냐."

"응? 그러네." 아내가 의미심장하게 미소를 지었다.

"뭐야."

"아니, 아무것도 아니야."

"궁금하게 왜 그래. 무섭지 않았어?"

야스히코가 재차 묻자 아내는 잠시 뜸을 들이다가 "당신은 말해도 못 믿을지도 모르겠지만" 하고 입을 열었다.

"배 속의 아이가 다 알려줬어. 아빠는 괜찮다고."

"뭐?"

"잘 설명은 못 하겠는데, 그렇게 느꼈어. 위험한지 안전한 지 배 속의 아이가 전부 알려주니까. 그래서 난 매일 평온하게 지낼 수 있었지."

부부는 몇 초 동안 서로를 바라봤다. 서로 미소를 나누었다. 자, 이제 어떻게 할까. 아내의 말을 믿어야 하나.

"아이들은 이번 바이러스에 잘 안 걸린다잖아. 그러니까 인류는 멸망하지 않아. 영장류인 인간은 은근 강하다고. 괜히 몇만 년이나 자손을 이어온 게 아니야."

"어쩐지 철학자 같네."

"당신도 임신하면 알게 돼."

"그러게. 그럼 나도 언젠가는."

부부가 서로 키득거리며 웃었다.

우리 집에는 작은 구세주가 두 명이나 있다. 그중 한 명은 곧 지상에 모습을 드러내게 된다. 인류의 사슬이 또 하나 이어진다. 그렇게 생각하니 행복감으로 가슴이 그득하게 찼다.

판다를 타고서

1

작은 광고 회사를 창업하고 어느덧 20년, 올해 55세가 되는 고바야시 나오키는 사장으로서 나름대로 최선을 다한 자신에게 주는 선물로 두 번째 차를 사기로 마음먹었다. 두 아이가 차례로 대학을 졸업하고 취직해서 집을 떠나 독립하게 된 것도 큰 원인이다. 이제 아이들에게 책임도 다했다. 그렇게 생각하니 마음이 가벼워지면서, 이제 좀 더 돈도 쓰면서 편하게 살기로 했다.

아무리 두 번째 차라고 해도, 산과 들을 달리기 위한 4WD나 고갯길을 내달리는 스포츠카 같은 차량에는 관심이 없다. 사려고 하는 차는 초대(初代) 피아트 판다다. 이 이탈리아제 콤팩트 카는 1980년에 데뷔했고, 명장 주지아로의 손길을 거친 심플하고 사랑스러운 외형 덕분에 곧바로 세계적으로 큰 히트를 친 왕년의 인기 모델이었다. 나오키는 젊은 시절 이 차를 너무나도 갖고 싶었다. 참고로 평소에 모는 차는 매우 평범한 혼다 어코드다. 다시 말해, 딱히 자동차 마니아에 해당하지도 않는다는 뜻이다.

인터넷에서 중고차를 찾아보니 역시나 초대 판다, 그것도 초기 모델은 매물이 거의 나오지도 않는 데다, 나오키가 사는 도쿄 근교에는 하나도 검색되지 않았다. 나오키도 그 결과에는 순순히 수긍했다. 안 그래도 일본에서는 드문 이탈리아제 자동차이기 때문이다. 그렇지만 타는 사람이 좀처럼 없기에 꼭 갖고 싶었다.

그래도 포기하지 않고 찾아보니 니가타의 중고차 판매점 홈페이지에 실린 판다 한 대가 검색됐다. 84년제로, 차체 색상은 빨간색. 850cc의 4기통 엔진. 4속 매뉴얼. 지붕은 개폐식의 캔버스 톱. 주행 거리는 불명. 보증서 없음. 가격은 상담에 따라 결정. 문의 메일을 보내보니 백만 엔이면 거래가 가능하다는 회신을 받았다.

너무나도 대강 가격을 정하는 것 같아 경계심마저 들었지만, 그 후 몇 번 메일을 주고받으면서 제대로 된 업자라는 인상을 받았다. '저희 회사는 지역에서 부모님 때부터 영업해 온 중고차 판매점으로, 나름대로 신뢰를 얻는 곳이니 안심하셔도 좋습니다'라는 사장의 소박한 글귀를 보고 믿기로 했던 것이다. 그리고 가격이 백만 엔이다. 만약 실패하더라도 그렇게 속앓이를 할 정도의 금액은 아니다. 아내의 반응은 마음대로 하라는 식이었다.

구매 시에 자동차 증명서와 인감 증명서가 필요하다고 해서 우편 발송을 하니, 2주 후에는 번호판을 받을 수 있다는 연락이 왔다. 그리고 백만 엔을 입금하고 연락을 기다리니 2주도 채 안 돼서 "준비가 다 됐으니 언제든 가지러 오십시오"라고 사장이 직접 전화를 걸어왔다. 목소리도 참 소박한 느낌이었다.

나오키는 잔뜩 기대에 부풀었다. 니가타까지 36년이나 된 중고차를 사러 간다. 이 색다른 체험이 오랜 세월 열심히 일해온 중년을 위한 기쁜 선물이 될 것이다.

이제까지 니가타와는 인연이 없어서, 그곳에 가는 것도 처음이었다. 가는 건 신칸센 열차로 2시간 정도 걸린다. 돌아올 때는 고속도로로 거의 4시간. 평일이라면 길도 막히지 않을 테니 하루 만에 충분히 오갈 수 있는 거다. 나오키는 초가을 어느 날, 회사를 쉬고 니가타로 출발했다.

"괜찮겠어? 낡은 차라며. 고속도로에서 엔진이 멈추기라도 하면 어떡해?"

아내는 남편이 무사히 못 돌아올까 봐 그걸 더 걱정했다.

"괜찮아. 믿을 만한 업자로 보이던데. 차량 정비도 제대로 다 한 것 같아."

나오키는 그렇게 대답하면서도 내심 불안했다. 예전부터 일본에서 라틴계 차량은 잘 망가진다는 말이 많았다. 자신 역시 지금도 그렇게 생각한다.

물론 막상 문제가 터지면 JAF(일본자동차연맹)의 서비스를 불러 이용하면 될 일이다. 이 일본에서 차 고장으로 길을 못 가 도로에서 허둥댈 일은 없다.

아침 일찍 신칸센 열차를 탔기에 니가타역에는 오전 중에 도착했다. 목적지인 중고차 판매점은 시내에 있어서 택시를 타고 30분 정도 간 도로 가장자리에 있었다. '야마다 모터스'라는 거무스름하게 때묻은 간판의 글자가 꾸준한 세월의 흐름을 느끼게 한다.

손님을 맞으러 나온 야마다 사장은 나오키와 동년배 정도로 보이는 얼굴로, 기름으로 더러워진 오버롤 차림이었다. "먼 곳에서 오시느라 고생하셨습니다"라고 모자를 벗으며 고개를 숙인다. 아마 사장 자신도 수리공이리라. 나오키는 더욱 믿을 만하겠다며 안심했다.

"그럼 바로 차를 보러 가실까요."

안내받은 차고로 들어가니 정성 들여 닦아 광택을 뿜어내는 빨간 판다가 마치 기다리라는 명령을 받은 개처럼 그곳에 다소곳이 세워져 있었다. "와아" 하고 나오키는 저도 모르게 탄성을 질렀다. 그토록 동경하던 차가 지금 눈앞에 있다…….

"정비 기록이 없어서 어떤 사정이 있는 차인지는 모르겠습니다. 하지만 시트에 찢어진 곳도 없고, 클러치에도 별 이상이 없는 걸 보니 한 주인이 오래 탔던 차인 것 같아요. 주행 거리는 6만 킬로미터로 되어 있지만, 이것도 아마 한 번 초기화한 숫자겠죠. 두 번까지는 아니겠지만……."

야마다 사장이 보닛을 열고 설명을 이어나갔다. 처음 듣는 니가타 사투리가 마치 노래처럼 듣기 좋았다.

"엔진도 깔끔합니다. 고속도로를 포함해서 30킬로미터 정도 시운전을 해봤는데 액셀도 잘 밟히고 이상한 소음도 안 나는 걸 보니 별문제도 없습니다. 보증서가 없긴 하지만, 손님은 도쿄에서 오신 분이니 거기서 잘 관리해주실 수 있겠지요."

"괜찮습니다. 도쿄에는 구형 차량 전문점이 있으니까요. 그보다 옛날 자동차는 구조가 단순하잖아요."

나오키는 실물을 보고 완전히 흥분한 상태였다. 이런 좋은 차가 백만 엔이라니 이렇게 이득을 보는 구매가 다 있는지. 판다를 여러 각도에서 살펴본다. 얼마나 귀여운 디자인인지. 이것이야말로 이탈리아인의 장난기다.

"그럼 차량 내부도 보시죠."

재촉을 받아 좌핸들 운전석에 앉아본다. 황량할 정도로 심플한 계기판이 참 마음에 들었다. 나오키는 필요 최소한의 미학을 다시금 통감했다. 현대 공업 제품은 하나같이 전부 장식이 과하다. 시험 삼아 엔진을 켜봤다. 부르릉 하는 경쾌한 소리가 울렸다. 어쩐지 그리운 옛날식 엔진 소리다. 문득 오른쪽으로 눈을 돌려보니 판다의 인테리어에 어울리지 않는 자동차 내비게이션이 붙어 있었다.

"아아, 그거요. 빼버릴까 고민하다가 아직 쓸 만하기에 그대로 뒀습니다. 어떻게 하시겠습니까. 지금 빼드릴까요?"

내비게이션은 상당히 오래된 제품으로 최신 도로 정보가 업데이트되어 있긴 한 건지 의심스러워 보이는 물건이었다.

"아니, 됐어요. 한 번 써보고 빼든지, 아니면 새것으로 바꿀지 결정할게요."

"그럼 이대로 두지요."

사무소에 들어가 매매 계약서에 사인했다. 차량 등록증 등 일체를 전부 받고, 덤으로 엔진 오일도 한 캔 받았다.

"아, 맞다. 점심을 아직 못 먹었는데, 이 근방에 맛있는 라멘 가게가 있으면 알려주시겠습니까."

나오키가 묻자 야마다 사장은 잠시 고민하더니 "인기 많은 소바 가게라면 있죠"라고 대답했다.

"아아, 그거 괜찮네요. 저 소바도 좋아하니까요."

라멘 가게라고 말한 건 그냥 제일 먼저 머릿속에 떠올라서 한 말일 뿐이지, 맛있는 음식이라면 뭐든 다 좋다.

"판다의 내비게이션에 찍어둘 테니 그 지시에 따라가시면 됩니다."

야마다 사장은 친절하게도 주소까지 입력해줬다.

"그럼 도쿄까지 안녕히 가십시오."

배웅을 받으며 야마다 모터스를 뒤로했다. 도로로 나가 자 내비게이션이 '음성 안내를 시작하겠습니다'라고 고했다. 그때 카 라디오에서 웸!의 〈Wake Me Up Before You Go-Go〉가 흘러나왔다. 오오, 완전 80년대 분위기네. 나오키는 저도 모르게 웃었다. 딱히 좋아하는 곡도 아니지만, 판다의 출발을 축하해주는 것 같은 느낌이 들었다.

판다의 주행은 경쾌했다. 차체가 가벼워서 움직임 하나하 나가 날렸다. 좌핸들로 된 차는 처음 운전해보지만, 별로 위 화감은 들지 않았다. 요즘 시대의 경차보다 더 콤팩트해서 차 량 감각을 잡기가 쉬웠기 때문이다.

'이 앞으로 길을 따라 6킬로미터 이동하세요'라는 내비게 이션의 음성. 그렇게 가야 하나 의문이 들었지만 불만은 없었 다. 처음 온 곳이어서 눈에 비치는 지역 곳곳의 경치도 신선 했다.

제법 교외로 나갔을 때, 다음 지시가 나왔다.

'300미터 앞, 우회전입니다.'

이제 다 왔나 보네. 길 너머로 산이 보인다.

'이 앞으로 길을 따라 5킬로미터 이동하세요.'

그 사장은 대체 어디에 있는 소바 가게를 입력한 건지……. 나오키는 어처구니가 없었다. 보통 가게를 소개해주면, 근처에 있는 걸 알려주지 않나.

판다는 산길로 들어섰다. 간신히 스카이라인이라는 표지판이 눈에 들어왔다. 이리저리 구부러진 오르막길을 판다가 힘차게 달려 올라간다. "오오!" 나오키는 또 탄성을 내질렀다. 겨우 850cc 엔진이라고 보기 어려울 정도로 활기찼다. 핸들링도 훌륭하다. 이것이야말로 라틴계 자동차의 주행이다. 그 사장은 이 길을 달리게 하고 싶어서 일부러 멀리 있는 가게를 알려준 걸까. 그런 엉뚱한 추측까지 하고 만다.

'목적지까지 앞으로 300미터입니다.'

이제 슬슬 도착하는 모양이다. 고갯길 도중에 확 뚫린 땅과 함께 건물이 하나 보였다.

'음성 안내를 종료합니다.'

여기구나. 가게 주차장에 차를 세우고 간판을 올려다보았다. 그곳에 있는 글자는 '카레와 파스타 가게'였다.

으응? 나오키는 얼이 빠지고 말았다. 소바 가게는 어디 있지? 주변을 둘러보지만 다른 건물은 없었다. 그 사장이 날 놀리나? 아니, 그런 사람으로는 보이지 않았다. 그럼 내비게이션에 에러가 났나. 아니면 소바 가게가 폐업하고 다른 가게로 바뀌었나.

잘 보니 간판이 제법 낡았다. 그렇다면 아주 오래전부터 있던 가게다. 역시 내비게이션에 에러가 난 거구나.

그래, 좋다. 카레도 좋아한다. 나오키는 마음을 바꿔 차에서 내렸다.

가게에는 몇 명의 손님이 있었다. 물론 이 동네에 사는 손님이리라. 젊은 커플의 모습도 보였다.

"어서 오십시오."

나이 지긋한 점주가 나오키를 보고, 이어서 창밖의 판다에도 시선을 줬다. 나이도 많은 사람이 특이한 차를 타고 다닌다는 생각이라도 하는 걸까.

메뉴판을 보니, 포크 카레가 맛있을 것 같아 주문했다. 곧 음식이 나왔다. 한 입 먹어보고 깜짝 놀랐다. 너무 맛있었다. 게다가 옛날식 카레다. 너무 고급스럽지 않으면서 차분한 느낌마저 든다. 나오키는 은근 기쁘기까지 했다.

5분 만에 다 먹고 여운에 잠겼다. 우연이라고는 하지만 이 가게를 만난 건 행운이다. 다음에는 아내를 데리고 다시 찾아오고 싶을 정도다.

계산대에서 돈을 내고 가게 바깥으로 나가는데, 무슨 일인지 가게 주인도 따라 나왔다. 나오키의 판다를 보면서 "이거 손님 차입니까?"라고 묻는다.

"네, 그런데요."

가게 주인은 번호판을 보더니 "판다를 타고 도쿄에서 오셨나요?" 하고 감탄과 놀라움이 섞인 어조로 말했다.

나오키는 미소만 지을 뿐 사실은 말하지 않았다. 아까 니가타 시내에서 샀다고 굳이 남에게 말할 필요는 없다.

"허허, 판다라니 참으로 오래간만이네. 역시 이 차는 빨간색이 제일이지."

가게 주인은 판다에 무슨 추억이라도 있는지 한숨을 내쉬며 중얼거렸다.

"잘 먹었습니다. 너무 맛있어서 또 올 것 같네요."

"그렇군요. 감사합니다."

인사를 나누고 판다에 올라탔다. 이번에는 내비게이션에 도쿄의 집 주소를 입력했다. 도쿄까지 4시간 반 정도 걸릴 테니까 도착은 아마 해 질 녘이 되어야 할 것이다. 곧 '음성 안내를 시작하겠습니다'라고 내비게이션이 말했다.

출발하고 나서 백미러를 보니 가게 주인은 도로까지 나와서 판다의 뒷모습을 지켜보고 있었다. 너 정말 인기가 많구나. 나오키는 마음속으로 판다에게 장난스럽게 말을 걸었다. 그때 조수석 주변에서 '하하' 하는 웃음소리가 들린 것 같았지만, 당연히 잘못 들은 걸 테니 크게 마음에 두지 않았다.

온 길을 되돌아가는 줄 알았더니 내비게이션은 반대 방향을 지시했다. 대체 어떻게 된 일인지 알 수 없지만, 초행길이니 지시를 따를 수밖에 없다. 고개를 넘어 내려가기 시작하자 눈앞에 바다가 펼쳐졌다. 대단한 절경이 아닐 수 없다. 나오키는 시선이 완전히 사로잡혀, 자동차 속도를 낮췄다. 이런 장대한 바다를 보는 게 몇 년 만인지. 아이들이 초등학생일 때, 가족 여행으로 쓰루가와 도진보에 간 적이 있다. 그 이후니까 아마 7, 8년 만이다.

'길을 따라 이동하세요.'

내비게이션은 이 말만 반복했다. 하여간 길 안내에 조금도 도움이 되지 않는 내비게이션이었지만, 그래도 화는 나지 않았다. 망가진 내비게이션 덕분에 맛있는 카레도 먹고 바다 구경도 했다. 에둘러 멀리 돌아가는 길이긴 했지만, 서둘러야 할 여행도 아니다.

산길을 내려가자 그곳은 작은 항구 마을이었다. 기왕 이렇게 온 김에, 부둣가에 차를 세우고 바다를 향해 두 팔을 펼친 채 공기를 들이마셨다. 바다 냄새가 향기롭다. 분명 신선한 해산물을 많이 잡을 수 있는 곳이리라.

부두에 세운 판다의 모습은 참으로 그림 같았다. 바다가 배경이어서 그런지 마치 여행자처럼 보이기도 한다. 나오키는 조금 떨어진 곳에서 각도를 바꾸어 스마트폰으로 몇 장 정도 사진을 찍었다. 차는 첫눈에 반한 게 제일이다. 벌써 친구처럼 느껴진다.

다시 차에 올라 바닷가 길을 따라 달리는데 서킷 간판이 보였다. 이런 곳에 서킷이 다 있다니. 곁눈질만 하며 지나치려고 하는데 갑자기 내비게이션이 '목적지에 도착합니다'라고 알렸다.

여기가 목적지라고? 나오키는 쓴웃음을 지을 수밖에 없었다. 이 내비게이션은 역시 고장 난 게 분명하다.

하지만 이렇게 온 김에 한번 둘러보기로 했다. 그보다 서킷 같은 곳에는 와본 적도 없다. 차를 타고 가까이 가보니, 서킷은 산의 움푹 팬 땅을 이용하여 만든 세로로 긴 형태의 코스였다. 그렇게 규모가 크지는 않지만 레이스를 개최할 만큼 제법 본격적인 시설인 것 같다. 평일이어서 사람도 없었다.

그때 사무소에서 한 남자가 나왔다. 당직 관리인일까. 판다를 가만히 응시한다. 나오키는 차를 세우고 창문을 열어 인사했다.

"죄송합니다. 바로 나갈게요."

"아니, 그건 괜찮은데……. 그 판다, 선생님 차인가요?"

관리인이 이상한 질문을 한다. 마치 소유자를 의심하는 것처럼. 나오키는 그러고 보니 아까 카레 가게 주인도 이와 똑같은 어조로 물었던 것이 기억났다.

"네, 제 차 맞는데요." 차에 탄 채로 대답한다.

"그렇군요. 아니, 하도 오래간만에 보니까 그리워서……. 시나가와 번호판인 걸 보니 도쿄군요."

"네, 그렇습니다."

"판다로 장거리 드라이브 중인가 봐요?"

관리인은 활짝 웃으며 판다를 여러 각도에서 살펴봤다.

"이거 몇 년 식이에요?"

"1984년식이에요."

"오오, 그럼 34모델이겠네. 850cc의 직렬 4기통 엔진. 데뷔했을 때는 공랭 2기통이었으니까, 이건 업그레이드한 거네요."

"그래요? 전 그렇게 자세히는 몰라서……."

"와아, 이거 정말 그립네."

관리인은 자못 기쁘다는 듯 미소를 지었다. 그리고 "괜찮으시면 잠시 여기를 달리다 가시는 건 어때요?"라는 귀를 의심할 만한 말을 꺼냈다.

"아니, 하지만……."

나오키는 대답을 망설였다. 왜 그렇게 갑자기 친절을 베푸는 건지. 그리고 서킷은 달려본 적도 없다.

"아무도 없으니까 마음껏 달리셔도 돼요. 전체 길이 2킬로미터, 업다운도 적어서 그렇게 어려운 코스도 아니거든요."

관리인이 그렇게 말하며 오른손으로 재촉하는 몸짓을 보인다. 나오키는 잠시 생각에 잠겼다가 그 제안을 받아들이기로 했다. 마치 농담처럼 일이 흘러가고는 있지만, 이것도 여행의 묘미라고 보면 되겠다.

게이트가 열리자, 나오키는 패독을 통과하여 판다를 코스 안에 들였다.

"그럼 한 바퀴만 돌겠습니다."

"네네, 그러세요."

눈앞의 거친 아스팔트를 달리자, 타이어의 그립감이 핸들을 통해 전해졌다. 아하, 이게 바로 차를 직접 조종한다는 느낌이구나. 첫 경험에 마음이 들떴다.

운전 솜씨에 자신이 없어서 시속 80킬로미터 정도로 주행했다. 그래도 마냥 즐겁다. 헤어핀 커브에서는 판다가 있는 힘껏 버티며 라인을 유지하려고 한다. 이렇게 되면 차는 기계라는 존재를 넘어 마치 단짝과 같아서, 나오키는 마음속으로 '힘내라, 힘내라' 하고 응원까지 보냈다.

곧바로 한 바퀴를 다 돌고 패독으로 돌아왔다. 기분이 매우 상쾌했다.

"아아, 정말 재밌었습니다. 감사합니다."

"별말씀을요. 아니, 아주 예전에 이런 빨간색 판다를 타던 지인이 있었는데, 그 생각이 나서 말이죠. 그 녀석은 일요일에 열리는 주행회에 자주 참석해서 판다를 달리게 했습니다. 똑같은 차라서 그런지, 꼭 옛날로 돌아간 것 같네요."

나오키는 관리인의 이야기를 듣다가 문득 그런 생각이 들었다. 혹시 카레 가게 주인도 똑같은 기억이 있어서 자신에게 말을 건 것이 아닐까. 서로 거리도 가깝고, 두 사람 모두 나이도 비슷하다.

"그게 언제 적 이야기죠?" 나오키가 물었다.

"벌써 30년이 넘었죠. 모두 20대일 때 시절이요."

"그렇군요……."

"그럼 조심히 가십시오."

관리인이 웃으며 손을 흔들었다. 좀 더 사정을 물어보고 싶었지만, 시간을 빼앗는 것도 미안해서 그만두었다. 그리고 벌써 오후 2시가 넘었다. 이제 슬슬 돌아가지 않으면 밤늦게 도착할 것 같다.

판다를 출발시켜 바닷가 길로 돌아가니 내비게이션이 '음성 안내를 시작하겠습니다'라고 말했다. 어? 나오키는 말문이 막히고 말았다. 이번에는 아무것도 입력하지 않았는데.

'약 3킬로미터, 길을 따라 이동하세요.'

도무지 영문을 알 수 없었다. 하지만 달리 길도 없어서 나오키는 액셀을 밟았다. 판다는 서킷 주행으로 컨디션이 좋아지기라도 한 것처럼 더욱 날랜 속도로 달렸다. 카 라디오에서 티어스 포 피어스의 〈Everybody Wants To Rule The World〉가 흘러나왔다. 오늘은 무슨 80년대 특집이라도 하는 모양이지? 왼편으로는 넓디넓은 바다가 펼쳐져 있다.

2

다음에 도착한 곳은 니가타대학이었다. 내비게이션을 따라 바닷가 길을 30분 정도 달렸더니 우회전을 하라는 지시가 나왔다. 시가지에 들어서기에 이제야 집으로 돌아갈 수 있겠거니 하고 안심한 순간, '다음은 좌회전입니다'라고 하기에 깜짝 놀랐지만 하는 수 없이 지시를 따랐더니 대학 캠퍼스에 들어서게 됐던 것이다. 문이 열려 있어서 저도 모르는 사이에 학교 안으로 들어간 모양이다.

이게 어떻게 된 일일까. 이렇게까지 내비게이션에 휘둘리니까 화가 나기는커녕 오히려 재미가 있었다. 이 판다는 새로운 주인을 놀리기라도 하는 걸까. 그런 말도 안 되는 상상을 하며 마음속으로 쓴웃음을 지었다.

니가타대학은 녹음이 풍부한 캠퍼스였다. 나오키는 도시의 답답한 캠퍼스에서 4년을 보냈기 때문에 이런 환경은 마냥 부러울 따름이다. 널찍한 주차장이 있어서 거기에 판다를 주차했다. 차에서 내려 주변을 걸어본다. 학생 몇 명과 마주쳤지만, 나오키한테는 눈길도 주지 않는 걸 보니 이곳은 개방된 캠퍼스인 모양이다. 그러고 보니 니가타대학은 국립 구(舊)1기교*에 포함되어 있었다. 그 당시 자신은 입학하기 어려운 대학이었다는 생각을 하니, 학생들이 모두 영리해 보였다.

20분 정도 캠퍼스의 경치를 즐기며 산책하고 나서 주차장으로 돌아가니 한 남자가 판다 근처에 서 있었다. 자신과 나이도 비슷한 것을 보니 이 대학의 교수나 직원인 듯했다. 남자는 나오키를 보고 친근한 미소를 지으며 "이 판다는 선생님 차입니까?"라고 물었다.

나오키는 그 자리에서 굳어버렸다. 벌써 세 번째다. 이건 우연이 아니다…….

"네, 제 차 맞아요…….."

"그렇군요. 도쿄에서 오셨어요?"

"아, 네……. 근데 저는 이 대학 관계자가 아니라 잠시 일이 있어서 니가타에 왔다가 길을 헤매서 여기에 들어온 거라서요."

"아니, 그런 건 괜찮습니다. 그보다 하도 오랜만에 본 차가

---

* 국립 구 1기교 및 국립 구 2기교는 1949~1978년까지 실시한 일본의 국립대학 입시제도 구분 방식.

와 있길래 잠시 살펴보았습니다. 참고로 저는 여기 직원입니다. 수상한 사람이 아니에요."

남자는 흐뭇한 눈으로 계속 판다를 바라본다.

"저어……." 나오키는 조심스럽게 물었다. "혹시 예전에 지인이 이런 차를 탔었나요?"

"네, 맞아요. 잘 아시네요."

남자가 깜짝 놀란 듯 얼굴을 돌렸다.

"아니, 사실은 아까 저쪽 해안에 있는 서킷에서 관리인처럼 보이는 분도 똑같은 말을 하셨거든요. 예전에 지인이 이걸 탔다고요. 하도 그리운 마음에 저한테 말을 거셨다고……."

나오키가 그 방향을 가리키며 말했다.

"아아, 알겠다. 마제 서킷 말이죠? 그렇다면 저도 압니다. 제 옛날 지인이 판다로 그 서킷에 자주 가서 차를 달렸거든요. 아하, 그런 일이 있었군요."

"그리고 저 고갯길의 카레 가게 사장님도 똑같은 말씀을 하셨죠."

"하하, 카레와 파스타 가게 말이죠? 거기도 알아요. 그 녀석이 거기 카레를 참 좋아했으니까요. 그런데 그거참 대단한 우연이네요."

"그 지인이라는 분은 지금 어디 계세요?"

나오키가 묻자 남자는 순간 표정을 굳히며 "이미 세상을

262

떠났죠"라고 대답했다.

"벌써 30년도 훨씬 전의 일입니다. 이 지역에서 공업 디자이너 일을 했는데, 백혈병과 그 합병증으로 고생하다가 그만……. 겨우 스물다섯 살이었는데."

"그랬군요……."

나오키는 소름이 쫙 돋았다. 그리고 또 한 가지 상상이 머릿속에 떠올랐다. 어쩌면 이 판다는 그 사람이 아끼던 차가 아닐까 하고…….

"참고로 그 친구는 도미타 유이치라는 이름이었는데 이 대학 출신이었어요. 저와 같은 학년이었고, 동아리도 같았죠. 그리고 그는 졸업 후에 이 지역 기업에 취직해서 사무용 기기 디자인을 했고요……. 예전부터 자동차를 참 좋아했는데, 판다를 산 건 사회인이 된 지 1년째 되던 때였어요. 5년 할부라면서 쓴웃음을 짓던 게 아직도 기억에 생생하네요. 친한 친구라고 절 몇 번이나 조수석에 태워주곤 했죠."

남자가 창문 너머로 차 안을 들여다보며 감회에 젖어 있다.

"저기, 사실은 말이죠……."

나오키는 이 차를 입수한 경위를 말해보기로 했다. 예전 동급생의 의견을 들어보고 싶었다.

"이 판다는 몇 시간 전에 니가타 시내에 있는 중고차 판매점에서 납차(納車) 받은 거예요."

"어, 그래요?" 남자가 깜짝 놀라 외쳤다.

"저는 도쿄에 사는 사람이지만, 예전부터 이 초대 판다를 꼭 갖고 싶었거든요. 그래서 인터넷으로 검색해봤더니 니가타 시대의 중고차 판매점에 이 차가 있지 뭡니까. 그래서 문의를 하고 구매 상담까지 하고 나서 오늘 이 차를 받으러 온 겁니다."

"그랬군요……." 남자가 미간을 찌푸리고 있다.

"그런데 말씀을 들어보니 어쩌면 이 판다는 친구분이 소유하셨던 게 아닐까 하는 생각이 문득 들더군요."

"아하, 그럴지도 모르겠네요. 하긴 니가타에서 판다라니 그 시절에 도미타밖에 타지 않았으니까요. 우리 동네에서 판다만 보면 도미타라는 걸 바로 알 정도였어요."

남자는 옛 기억을 떠올렸는지 더욱 그리운 눈빛으로 판다를 바라봤다.

"아아, 이게 도미타의 판다였구나. 그래, 그랬던 거였어."

남자가 흐뭇하게 웃으며 혼잣말을 한다. 그의 머릿속에서는 옛날의 추억이 단번에 되살아나고 있는 모양이다.

"하지만 어떻게 이런 우연이 다 있담. 그래도 마지막으로 봐서 다행이네요. 이제 곧 이 판다를 도쿄로 데리고 가실 거잖아요?"

남자가 자연스럽게 판다를 의인화해서 말했다.

"네, 데리고 돌아가야죠."

나오키가 쓴웃음을 지으며 대답했다. 정말로 살아 있는 생물처럼 느껴졌다.

"그럼 소중히 잘 다뤄주세요. 도미타를 대신해서 잘 부탁드립니다."

남자가 머리를 숙이자, 나오키도 똑같이 인사했다. 순간 저 신기한 자동차 내비게이션에 대해서도 말할까 하다가, 이런 오컬트 같은 이야기를 처음 만난 사람에게 하는 것도 이상할 것 같아서 그만두었다. 그리고 이제 완전히 이 차가 좋아진 터라, 함부로 말을 막 하고 다니는 것도 실례일 것 같다는 생각까지 들었다.

"그럼 조심히 돌아가십시오."

남자가 손을 들며 인사하더니 그 자리를 떠났다. 나오키는 판다에 올라타 시동을 걸었다. 내비게이션을 바라본다. 모니터에 지도가 뜨면서 몇 초 후에 '음성 안내를 시작하겠습니다'라는 목소리가 흘러나왔다.

그래, 알았어. 오늘은 네 여행에 끝까지 동행해줄게. 나오키의 가슴에 다정하고 훈훈한 마음이 깃들었다.

가방에서 스마트폰을 꺼내 우선 회사에 전화를 걸었다. 업무에 무슨 문제가 없는지 그것만 확인하고, 내일 저녁까지는 회사에 가기 어렵다고 전했다. 곧이어 아내한테도 연락했다.

"납차 수속에 좀 시간이 걸려서 아직 니가타 시내에 있어. 밤에 고속도로를 달리기도 힘드니까 오늘은 여기서 하루 자고 갈게."

나오키가 적당한 이유를 갖다 붙였다. 아내는 "그래? 그럼 난 유미라도 불러서 외식이나 해야겠다"며 학창 시절의 친구 이름을 꺼내 들었다.

"그것도 괜찮네. 그렇게 해."

"그럼 당신도 니가타에서 편히 쉬다 와."

부부도 결혼 생활이 25년 정도 지나면 업무 연락만으로도 용건이 끝난다.

전화를 끊은 후에 "자, 그럼 다음은 어디야?" 하고 판다에게 물었다.

'우회전입니다.'

나오키는 판다를 출발시켰다.

다음에 도착한 곳은 오피스 아트라는 사무기기 제조회사였다. 멋들어진 외관의 사무동과 공장이 늘어서 있다. 그렇구나. 이곳이 아까 예전 대학 동급생이 말했던, 도미타가 근무했던 회사인 모양이다. 나오키는 이제 그렇게 확신했다. 이 판다에는 도미타의 유령이 붙어 있다.

모처럼 여기까지 왔으니 누군가 인연이 있는 사람이 차를 알아봐주길 바라는 뜻에서 정문 앞에 차를 세우고 드나드는 차와 사람을 바라보고 있는데, 금세 초로의 경비원이 찾아와 "여기에 차 세우지 마세요"라고 주의를 줬다.

"죄송합니다. 곧 나가겠습니다."

나오키는 판다의 엔진에 시동을 걸었다. 그리고 창문을 열어 혹시나 하는 마음으로 물어봤다.

"30년 전 일인데요, 여기에 근무했던 도미타라는 사람을 아시는 분 없을까요. 젊은 나이에 돌아가신 분인데요."

경비원은 도미타의 이름을 듣고 바로 표정을 바꿨다.

"도미타라면 혹시 도미타 유이치 씨를 말하는 건가요? 병으로 돌아가신 그."

"아세요?"

"네, 저는 원래 여기 부공장장으로 일했는데, 퇴직 후에 경비회사에 재취업을 했거든요. 그리고 이제는 옛 직장의 경비를 맡게 됐죠. 아니, 이 회사가 예전부터 가족처럼 단란한 사풍이어서 퇴직한 사람도 어떤 형태로든 남을 수 있도록 재취업 자리도 마련해주고 있죠. 그래서……."

경비원이 바로 경계심을 풀며 친근하게 거리를 좁혀 왔다.

"근데 이거 참 오래간만에 그 이름을 듣는군요. 혹시 친척분이십니까?"

"아니요, 그게 아니고. 예전에 좀 인연이 있어서……."

나오키는 거짓말을 했다. 그보다 어떻게 설명을 해야 좋을지도 모르겠다.

"안 그래도 저 이 차를 딱 본 순간 그런 생각이 들더군요. 그러고 보니 도미타 씨가 빨간색 미니를 타고 다녔지."

"아니, 미니가 아니라 판다예요. 피아트 판다요."

"아, 그래요? 전 차에 대해서 잘 몰라서."

경비원이 구김살 없이 밝게 웃자, 나오키도 따라서 웃었다. 차에 관심이 없는 사람한테 작은 외국 자동차는 전부 미니에 해당할 것이다.

"그럼 이건 도미타 씨가 몰던 차인가 봐요?"

"네, 그래요. 어쩌다 알게 돼서 물려받았는데……. 사실 저는 도쿄에 사는데, 내일 이 차를 타고 돌아가야 해서 마지막으로 이 차와 인연이 있는 곳을 둘러보려고요……."

"그렇군요. 그럼 안으로 들어가세요. 도미타 씨를 아는 사람을 불러올 테니까."

"아니, 그렇게까지는……. 일하시는 중일 텐데."

"그런 사양은 하지 마세요. 자자, 어서 들어가세요."

경비원이 앞장서며 손짓한다. 나오키는 차마 거절하지 못하고 정문 안으로 차를 타고 들어갔다. 그대로 사옥 현관까지 안내를 받았다.

"차는 여기에 세워두세요. 곧 사람을 불러올 테니까."

경비원이 서둘러 안으로 들어갔다. 도미타는 모두의 사랑을 한몸에 받았던 인물인 모양이다. 벌써 세상을 떠난 지 30년이나 지났는데.

잠시 후, 풍채가 좋은 중년 남자 한 명이 내려왔다. 처음에는 의아한 표정을 짓다가 판다를 보자마자 몸을 젖히며 흰 이를 씩 드러냈다.

"도미타의 친구라고요? 아하, 당신이 판다를 물려받으셨군요?"

남자가 총총히 다가오며 말했다. 경비원이 나오키를 도미타의 친구라고 설명한 모양이다.

"이 차, 참 오랜만에 보네. 지금은 좀처럼 이런 차를 볼 수 없죠. 그래, 이 지붕이 열리는 거였지. 도미타 그 녀석, 날씨가 좋은 날에는 차 지붕을 활짝 열고 달리곤 했는데. 폐차되지 않고 이렇게 친구 손에 넘어가다니 참 다행이네요. 선생님은 도미타와 어떤 사이였습니까?"

그가 하도 기뻐하기에 나오키도 그냥 말을 맞추기로 했다.

"저는 고바야시라고 하는데, 예전에 니가타대학에서 서로 같이 아는 친구가 있어서……."

"그러셨군요. 저는 도미타의 동기로, 지금도 회사에 남아 일하고 있습니다."

그렇게 말하며 명함을 내밀기에, 나오키도 자기 명함을 건

넀다. 남자의 직함은 대표이사였다.

"임원이시군요."

"하하, 도미타가 들으면 깜짝 놀라겠네요. 입사했을 때만 해도 그 녀석이 더 실력이 있었는데. 일 때문에 자주 싸우곤 했어요. 그 녀석이 워낙 고집스러워서. 저어, 이렇게 서서 말씀하시게 두는 것도 예의가 아니니 안에 들어오세요. 시원한 음료라도⋯⋯."

"아니요. 그렇게 마음 쓰실 건 없습니다."

나오키는 다른 볼일도 있다면서 정중히 사양했다. 그리고 너무 오래 이야기를 나누면 정체를 들킬지도 모른다.

"그런데 도미타의 본가는 어떻게 됐답니까?" 하고 임원이 물었다.

"아니, 저는 잘 모릅니다."

"벌써 다 철거했으려나. 하긴 어머님이 돌아가셔서 살 사람도 없으니까."

"죄송합니다. 저는 도미타의 가족에 대해 잘 몰라서⋯⋯."

"그렇군요. 고바야시 씨는 도쿄에 사시니까요. 도미타의 아버님은 5년 전에 돌아가셨고, 본가에는 어머님이 혼자 사셨죠. 그런데 그 어머님도 올해 초에 돌아가셔서⋯⋯. 여동생은 산조시 쪽으로 시집을 가서, 이제 그 집은 텅 비었던 모양이더군요. 많이 낡기도 했으니 철거할 수밖에 없었을 겁

니다. 제가 마지막으로 찾아간 것도 13주기 기일이었으니까
요……"

임원이 하늘을 올려다보며 손가락을 꼽았다.

"벌써 18년 전이네요. 제가 이제 다음에 뵙는 건 마지막인
33주기 기일이겠다고 말씀드리니까, 부모님 모두 그때는 자
기들도 이 세상에 없을 거라며 웃으셨죠. 판다는 그때 차고에
세워져 있어서 아직도 가족은 이 차를 떠나보내지 못하고 있
구나, 하고 생각했던 게 아직도 기억이 납니다."

"그러셨군요."

"그럴 수밖에요. 아들의 유품이니 어떻게 팔겠어요."

임원이 한숨을 쉬며, 다시 한번 판다를 빤히 바라보았다.

"하지만 친구분이 가져간다면 아무도 불만은 없겠죠."

임원은 손을 뻗어 판다의 보닛을 어루만졌다.

나오키는 이제야 사태를 이해했다. 이 판다는 도미타의 부
모님이 아들의 유품으로 보관하고 있었다. 그래서 주행 거리
6만 킬로미터는 미터기에 찍힌 그대로의 숫자이리라.

"성묘는 하셨습니까?"라는 임원.

"이제부터 가려고요."

대화의 흐름에 맞춰 거짓말을 했다.

"한 가지 궁금한 게 있는데, 도미타의 기일에 맞춰 묘지에
가면 꼭 싱싱한 빨간 꽃이 바쳐져 있더군요. 무덤가에 바치

기에는 좀 어울리지 않는 붉은색 꽃이요. 그건 옛 연인이 바친 게 아닐까 그런 상상을 계속했어요…… 너무 로맨틱한가요?"

"도미타한테 연인이 있었나요?"

"아, 모르셨어요? 꽃집 외동딸인 시호였는데. 직장 꽃놀이 때 데리고 온 적도 있어서, 다들 언젠가 둘이 결혼할 거라고 생각했죠."

"그러고 보니 그런 얘기를 들은 것 같긴 하네요. 하도 옛날 일이어서 기억이 잘 안 나서."

나오키는 기억을 더듬는 흉내를 내며 말을 맞췄다. 이제 그렇게 하는 게 예의처럼 느껴졌다.

"판다 조수석은 시호의 지정석이었습니다. 이 판다를 보면 아마 펑펑 울지 않을까요. 시호는 지금 어떻게 지내는지. 우리랑 동년배였으니까 이제 손자를 봐도 이상할 게 없죠."

임원은 절절한 어조로 말했다.

"여러 가지로 알려주셔서 감사합니다. 앞으로 판다는 소중히 다루며 탈 테니 걱정하지 마세요."

"저야말로 감사합니다. 도미타의 판다를 볼 수 있어서 정말 다행이에요. 어쩐지 젊은 시절의 추억이 떠올라서 막 눈물이 다 나네요."

그렇게 말하며 웃음을 짓는 임원의 눈가는 정말로 촉촉이 젖어 있었다.

나오키는 판다에 올라타 도미타가 예전에 일했던 회사를 떠났다.

내비게이션이 침묵을 지키고 있어서 우선 아무 곳으로 대강 길을 달렸다. 이봐, 판다, 왜 그래? 마음속으로 부르자 잠시 후, 내비게이션에서 '음성 안내를 시작하겠습니다'라는 목소리가 흘러나왔다. 뭐야, 혹시 너도 감상에 젖어 있었던 거야? 나오키는 더욱 판다가 사랑스럽게 느껴졌다.

3

판다는 니가타 시내를 벗어나 내륙 지역으로 향했다. 이제 슬슬 해가 지려고 한다. 나오키는 조금 불안해졌다. 지금쯤 숙소를 찾지 않으면 아예 잘 방을 잡지 못할 수도 있다. 뜻밖의 여행이기도 하니 비즈니스호텔이 아니라 고급 호텔에 묵고 싶다. 그리고 맛있는 음식도 먹으면 좋겠다.

내비게이션을 보니 현재 아가노시라는 곳을 달리는 중이었다. 나아가는 곳에는 산이 있었는데, 아무래도 차는 그곳을 향하는 듯했다. 잠시 후 '데유 온천에 어서 오세요'라고 적힌 게이트가 나타났다. 여기서 하루 묵으라는 거니? 판다를 따라가기로 했으니 지시에 따를 수밖에 없다.

산기슭에 펼쳐진 온천 마을은 유서 깊은 탕치장(湯治場)인 모양이었다. 막다른 곳에 절이 있고, 쇼와 시대의 풍취를 남긴 온천 여관이 즐비하게 늘어서 있다. 내비게이션을 따라 달리다 보니 곧 한 펜션 앞에 도착했다. 낡긴 했지만 멋들어진 서양식 건물이다. 주차장에 판다를 세운 다음, 차에서 내려 이리저리 둘러보고 있는데 나이가 마흔 전후쯤 되어 보이는 남자가 요리사 복장으로 현관에서 나왔다.

"무슨 일이십니까?"

남자가 밝은 목소리로 묻는다. 이 펜션 주인인가 보다.

"실례합니다. 예약도 안 하고 숙소를 찾고 있는데, 빈방이 있나요?"

그 물음에 주인의 의아한 표정으로 판다와 나오키를 번갈아 쳐다보았다.

"혼자 오셨습니까?"

"네, 그렇습니다. 저기, 수상한 사람은 아니에요. 제가 오늘 니가타 시내에 볼일을 보러 도쿄에서 왔습니다. 원래는 하루 일정이었는데, 일이 좀 길어져서 이렇게 숙소를 찾고 있습니다. 니가타 시내의 호텔에 묵어도 되는데, 지도를 보니까 온천도 좋아 보여서요……."

"그러셨군요……."

남자는 뭔가 생각에 잠긴 눈치였다.

"저희 펜션에는 대욕탕 같은 건 없지만 그래도 괜찮으시겠습니까?"

"네, 괜찮아요."

"그리고 대학생 동아리가 합숙 중이어서 좀 시끄러울지도 모릅니다."

주인이 말하는 중에도 건물 안에서 학생들이 떠드는 소리가 들렸다.

"네, 괜찮습니다."

사실은 조용한 곳을 찾고 싶었지만, 판다가 여길 원하니 어쩔 수 없다.

"그럼 안내해드리겠습니다. 온천은 바로 근처에 공동 욕탕이 있으니 거길 쓰시면 됩니다. 동네 사람과 하루 일정으로 묵어가시는 손님들이 찾으시는 곳이죠. 그리고 방은 별채가 있으니 거기로 준비해드릴까요? 숙박 요금은 좀 올라가긴 하지만요."

"네, 괜찮아요. 거기로 부탁드립니다."

별채가 있다는 걸 알고 나오키는 안심했다. 느긋한 밤을 보낼 수 있을 것 같다.

지도를 보니 근처에 편의점이 있어서 일단 차로 온천 마을을 빠져나와 속옷과 양말, 타월 등을 샀다. 그리고 펜션으로 돌아가 방을 안내받고 보니 그곳은 중정(中庭)이 내다보이는 조용한 오두막이었다. 젊은 연인들에게 잘 어울릴 것 같은 방이었다.

이제까지의 흐름을 생각해보면 이 펜션도 도미타의 추억의 장소일 것이다. 시호라는 연인과 여길 찾았던 걸까. 그런 상상을 하면서 걷다 보니 곧 공동 욕탕이 나왔다. 평일이어서 그런지 아무도 없어서 마치 전세라도 낸 것 같은 상태였다. 설마 이런 날이 올 줄이야……. 그렇게 속으로 중얼거리며 쓴 웃음을 지었다. 그러나 낯선 땅에서 신기한 체험을 하면서 나오키 자신도 어딘지 모르게 마음이 잔잔해지는 것을 느꼈다. 자신과 비슷한 나이의 도미타는 25세의 젊은 나이로 세상을 떠났다. 주변 사람들이 얼마나 슬퍼했을까. 그와 인연이 있는 사람들에게 도미타를 잠시나마 추억할 수 있게 해준다면 자신도 조금은 도움이 될 것 같다.

홀로 온천에 몸을 담그는 것도 제법 괜찮은 시간이었다. 가끔은 나 홀로 여행을 떠나는 것도 나쁘지 않다.

펜션 식당의 테이블 한구석에 앉아 저녁밥을 먹었다. 대학 동아리 학생들이 테이블 대부분을 점거했기 때문이다. 주인은 조금이라도 거리를 벌릴 수 있도록 학생들이 앉은 간격을 좁혀줬다. 학생들도 다른 손님을 배려했는지 크게 떠들지는 않았다.

저녁 식사로 나온 건 프랑스 요리로, 맛이 참 좋았다. 혀가 자미 그릴 구이 같은 것은 간도, 구워진 정도도 전문 레스토랑 뺨칠 정도였다. 서빙을 하는 펜션 주인의 아내에게 맛있다고 칭찬하자 그녀는 크게 기뻐하며 남편이 도쿄의 프렌치 레스토랑에서 요리 수행을 한 적이 있다고 알려줬다. 나오키도 기분이 좋아져서 레드와인 한 병을 주문했다. 술이 남으면 방으로 가지고 돌아가서 천천히 마셔도 괜찮다.

메인 디시인 송아지 크림 스튜를 다 먹고 나자, 주인이 나와 "어떠셨습니까? 양은 부족하지 않으셨어요?"라고 말을 걸었다.

"딱 적당했습니다. 참 맛이 훌륭하더군요. 또 오고 싶을 정도입니다."

"감사합니다. 아내가 저 신사분은 미슐랭 심사위원일지도 모른다며 얼마나 흥분하던지."

"하하, 설마요." 둘이서 가볍게 웃음을 터뜨렸다.

"바깥의 빨간색 판다를 타고 도쿄에서 오셨습니까?" 주인이 물었다.

"네, 차종을 잘 아시네요. 옛날 차인데."

"여기에 좀 추억이 있어서요."

"어떤 추억인데요?"

"제가 초등학생 때 여기 단골손님 중에 빨간색 판다를 탄 형이 있었거든요. 자주 저와 놀아주곤 하던 형이어서, 잠시 그 기억이 났습니다."

또 이렇게 됐구나, 하고 나오키는 온몸에 소름이 돋는 걸 느꼈다. 역시 이 펜션도 도미타의 추억의 장소였다.

"그 형 이름이 혹시 도미타였나요?"

"엇, 아세요?"

주인은 나오키보다 더 깜짝 놀라 눈을 동그랗게 떴다.

"좀 인연이 있어서요……. 저 판다는 사실 도미타가 타던 차였어요. 그가 죽은 후, 부모님이 보관하셨는데 그분들도 돌아가시면서 제가 사게 됐거든요……."

"그랬군요. 도미타 형과 아는 사이셨다니. 어떻게 이런 일이……."

주인은 잠시 할 말을 잃은 채 입만 떡 벌렸다.

"혹시 도미타와 얽힌 무슨 추억이라도 있나요?" 나오키가 물었다.

"그 형이 그림을 참 잘 그렸어요. 제가 자동차 그림을 그려 달라고 몇 번이나 졸라댔죠. 그리고 매미도 잘 잡았고……. 그때 전 초등학생이었는데, 여름방학만 되면 여길 찾아서 같이 놀아주는 좋은 형이었죠. 아버지가……, 그 당시만 해도 여긴 아버지가 경영하던 곳이었거든요. 아버지가 도미타라고 친근하게 부르길래 저도 친척 형처럼 잘 따르곤 했어요. 참고로 우리 부모님은 이 펜션을 저한테 물려주시고 은퇴하셨는데, 지금은 니가타 시내에 있는 맨션에서 지내세요."

"여름만 되면 여기에 왔군요."

"네, 처음에는 대학생 때 동아리 합숙으로 왔는데……." 주인이 뒤에 있는 학생들 무리를 턱짓으로 가리켰다. "저 애들도 니가타대학 학생들인데, 저런 식으로 매년 찾아와서 그게 졸업 후에도 이어졌던 거죠."

"졸업 후에는 여자친구와 같이 왔나요?"

"네, 맞아요. 이름이 뭐였더라……."

"시호."

"아, 그래요. 시호!"

주인이 얼굴을 붉히며 몇 번이나 고개를 끄덕였다.

"아아, 정말 그립네요. 벌써 30년 전의 일이에요……. 아, 맞다. 사진이 있으니까 가지고 올게요. 개업 이후부터 보관하는 손님 사진 앨범이 있거든요."

주인이 안쪽으로 달려간다. 나오키는 뜻밖의 일에 가슴이 뛰었다. 도미타의 사진을 볼 수 있을 줄은 상상도 못 했다.

5분도 채 지나지 않아 주인이 앨범을 가지고 돌아왔다.

"여기 있네요. 아버지가 수집벽이 있어서 뭐든 다 잘 보관하시거든요. 가족들은 뭘 그렇게 쌓아두냐고 싫어했지만 가끔 이렇게 좋은 일도 하네요."

주인은 맞은편 테이블에 앉아 앨범을 펼쳤다.

"이게 그 빨간색 판다와 도미타 형입니다."

그 사진에는 붉은색 판다를 배경으로 20대 중반의 남녀와 그 사이에 초등학생 소년, 소녀가 나란히 찍혀 있었다.

"이게 저고요, 옆에는 여동생입니다. 동생은 지금 니가타 시내에서 사는 전업주부예요. 그리고 이게 도미타 형이고 이쪽이 시호 누나."

나오키는 자신을 가만히 들여다보았다. 그래, 네가 도미타구나. 이제야 만났네.

도미타는 예상대로 다정한 인상의 남자였다. 파마머리와 옷깃을 세운 폴로 셔츠가 옛 시대를 느끼게 한다. 제법 잘생긴 청년이다.

시호는 흰 블라우스와 검은색 스커트 차림으로, 양장점 여직원 같은 느낌이다. 굵직한 눈썹이 도드라진 화장에서 시대감이 느껴졌다. 이 아가씨도 귀엽게 생겼다.

그래, 80년대 후반에 이런 패션을 한 젊은이들이 있었지. 나오키는 자신의 앨범을 펼쳐보고 있는 듯한 착각에 빠졌다. 이 두 사람과 자신은 동년배다. 같은 시대에 비슷한 청춘을 보냈던 것이다.

"시호는 그 후에 어떻게 됐는지 아세요?" 나오키가 물었다.

"아니요. 도미타 형이 백혈병으로 세상을 떠난 이후로는……. 당시에 전 초등학교 4학년이었는데, 부모님한테서 도미타 형이 죽었다는 소식을 듣고 충격을 받았지만 솔직히 잘 기억이 안 나요. 애들이라는 게 다 그런 거니까요……. 사실 오늘 저 빨간색 판다를 보고 기억이 대번에 되살아났지 뭡니까. 그래서 저녁부터 계속 도미타 형 생각만 했어요."

"그렇군요. 그럼 여기까지 온 보람이 있네요."

"감사합니다. 근데 어떻게 저희 펜션을 알게 되셨어요?"

주인이 당연한 질문을 한다.

"으음? …… 그건 판다가 여기까지 절 데리고 와줬거든요."

나오키가 벌게진 얼굴로 대답하자, 주인은 농담으로 받아들였는지 조용히 웃었다.

디저트로 나온 딸기 타르트를 다 먹고 나서, 반쯤 남은 와인을 들고 방으로 돌아갔다. 펜션답게 방 안에는 텔레비전도 없어서 조용하기만 한 공간이었다. 중정에서 우는 방울벌레 소리가 다정하게 울린다. 이따금 식당에서 학생들의 떠들썩한 웃음소리가 들려왔다.

도미타, 내일은 도쿄로 돌아가게 해줘. 나오키는 마음속으로 중얼거리다가 아니, 이 말은 판다한테 해야 할 말이 아닌가 하고 술에 취해 혼란스러운 머리를 이리저리 굴리다가 결국 생각을 그만두기로 했다. 그저 기분이 무척 좋았다.

4

다음 날, 펜션을 출발할 때 주인의 부탁으로 판다를 배경으로 해서 셋이 나란히 기념 촬영을 했다.

"30년 만에 판다와 기념 촬영을 하다니."

주인은 감회에 젖어 있었다. 판다는 여러 곳에 있는 많은 이들의 기억의 문을 열고 있는 듯했다.

날씨가 좋아서 캔버스 톱으로 된 차 지붕을 열었다. 해방감을 참을 수 없다. 차를 출발시키자 곧 '음성 안내를 시작하겠습니다'라고 내비게이션이 말했다. 자, 이제는 어디일까. 단 오전까지만 이렇게 여행하는 거야. 나도 바쁜 몸이라고. 판다에게 그렇게 말을 걸었다. 구름 한 점 없는 푸른 하늘 아래, 붉은 보닛이 반짝반짝 빛났다.

니가타 시내로 돌아가서, 어디인지 알 수 없는 주택가를 달리다가 곧 목적지에 도착했다. 70평 정도 크기의 빈터에 철책이 둘러져 있다. 구석에 '매매 중'이라는 간판이 서 있고, 거기에 부동산 회사 이름과 전화번호도 함께 적혀 있었다.

아무래도 이곳이 도미타가 태어나 자란 집이 있던 장소인 모양이다. 그러고 보니 예전 직장 동료였다는 임원이 그랬다. 부모님이 돌아가시고 나서 홀로 남은 여동생이 본가를 처분했을지도 모른다고. 역시나 집은 철거됐던 것이다.

이봐, 판다, 안타깝지만 이건 어쩔 수 없는 일이야. 나오키는 그렇게 말을 걸며 차에서 내렸다. 주변을 둘러본다. 일본의 어느 지방 도시에도 있을 법한, 중류층 가정이 사는 주택가였다. 비슷하게 생긴 이층집이 이곳저곳 많이 늘어서 있다.

도미타의 생가가 있던 장소라는 확신은 들었지만 제대로 확인하고 싶어서 나오키는 이웃집에 가서 물어보기로 했다. 지은 지 30년은 넘어 보이는 집을 보니 아마도 예전부터 사는 주민인 것 같다. 대문 초인종을 누르니 "누구세요?" 하는 대답이 들려서, 옆집이 있던 빈터에 대해 여쭤보고 싶은 게 있다고 말하자 초로의 부인이 의아한 얼굴을 한 채 현관에서 나왔다.

"죄송합니다. 좀 궁금한 게 있어서요. 여기 옆에 있던 집은 언제 철거됐나요?"

나오키가 물었다.

"올봄에요. 거기 주인 아주머니가 돌아가신 게 겨울이었으니까."

부인이 그렇게 대답하면서 대문 쪽으로 다가왔다. 그리고 그곳에 세워둔 빨간색 판다를 보자마자 깜짝 놀라 나오키를 똑바로 쳐다보았다.

"혹시 도미타 씨의 친척이신가요?"

"아니요, 저는 도미타 유이치의 옛 지인입니다. 인연이 있어서 도미타가 타던 차를 제가 받게 됐고요. 그래서 본가가 어떻게 됐는지 궁금하여 이렇게 찾아왔습니다……."

"어머나, 그러셨군요……."

부인은 꽃이 활짝 피는 것처럼 표정을 누그러뜨리더니 문을 열고 자신도 밖으로 나왔다.

"안 그래도 이 차를 보고 혹시 유이치의 친구가 아닐까 했어요. 아마 살아 있다면 당신 정도의 나이일 테니까요."

"그렇군요. 도미타에 대해 잘 아시나 봐요."

"물론이죠. 이웃 사이니까요. 전 유이치와 네 살 차이가 나지만, 어린이 모임도 같았고 집단 등교를 하면서 그 애를 돌봐준 사이거든요. 그 외에도 봉오도리 춤이나 가을 축제 같은 행사가 열리는 날이면 아이들 모두 다 같이 놀곤 했죠. 그래서 병으로 세상을 떠났다는 소식을 들었을 때, 전 동생을 잃은 것처럼 슬퍼했어요……."

부인이 판다를 바라봤다. "어머나, 시나가와 번호판이네요"라며 놀라기에, 나오키는 "제가 지금 도쿄에 살아서요" 하고 마치 예전에는 니가타에 산 적이 있다는 식의 표정을 지었다.

"벌써 이렇게 클래식카가 다 됐네요. 유이치가 그렇게 아끼던 차였는데. 세상을 떠나고 나서는 어머님이 대신 타고 다

넜죠."

"그랬나요?"

"그래요. 도미타의 어머님은 자동차 면허증이 없었는데, 아들이 타던 차에 꼭 타겠다며 작심하고 쉰이 넘은 나이에도 차학(車學)에 다니셨답니다."

"차학이요?"

"아아, 자동차 교습소요. 아하, 당신은 니가타 사람이 아니라고 그랬죠? 말씨도 다르니까."

"네, 도쿄입니다. 도미타와는 대학 시절에……."

"아아, 니가타대학 친구였군요?"

부인이 고개를 끄덕였다. 이제 거짓말을 한다는 감각조차 없었다.

"그럼 이 차는 도미타의 어머님이 타고 다니셨군요?"

"가끔이었지만요. 전 그 당시만 해도 결혼해서 집을 떠났을 때여서, 전부 부모님한테서 들은 이야기예요. 아아, 오늘은 어머니를 돌보려고 왔지만요."

이야기를 나누고 있는데, 집에서 고령의 노파가 밖으로 나왔다. 부인의 어머니인 모양이다. "무슨 일이야? 누군데?"라고 딸에게 묻는다.

"이분이 도미타 씨 댁의 유이치와 대학 동기였대. 유이치의 차를 물려받았는데, 그 집이 어떻게 됐는지 궁금해서 여기까지 찾아왔다지 뭐야."

"그래?" 노파가 눈을 빛내며 대화에 끼어들었다. "집을 철거할 때 동생인 가즈코가 인사하러 왔었지. 아주머니, 안녕히 계세요, 라면서 말이야. 도미타 씨 가족은 우리 집과 50년 이상 서로 알고 지낸 사이여서 이별할 때 얼마나 눈물이 나던지. 그래, 유이치가 살아 있다면 자네 나이쯤 되겠어. 결혼하고 가정을 꾸려서 벌써 손자까지 있을지도 모르지."

노파는 감회가 깊다는 듯 나오키를 올려다봤다. 나이 든 할머니여서 그런지 말투에 니가타 사투리가 진하게 배어 있다.

"그러고 보니 유이치에게 예쁜 여자친구가 있었지, 아마?" 라는 부인.

"그래, 나도 기억이 나는구나. 매년 기일이 되면 그 아가씨가 향을 올리러 왔어. 그래서 도미타 씨가 이제 아들은 잊고 다른 사람이랑 결혼하라고 그랬지. 그랬더니 그 아가씨가 어찌나 펑펑 울던지……. 그 후의 일은 모르겠지만, 어디서 잘 사는지."

"고바리에 있는 꽃집 외동딸이라고는 들었는데."

모녀가 옛 추억을 꺼내 이야기를 나눈다. 두 사람은 판다를 지긋이 바라보며 "그래, 이제 도쿄로 가는구나" "그래, 잘됐구먼" 하고 한숨을 섞어가며 말했다.

"실례지만, 도미타의 묘지에 가고 싶은데 거기 장소가 어디였나요?"

나오키가 물었다. 이렇게까지 얽혔으니 자신도 성묘를 가는 게 좋겠다는 생각이 들었다. 그리고 무덤가에 바칠 꽃은……

"난조지 절이야. 이 앞에 국도로 나가서 북쪽으로 똑바로 가면 나오네."

노파는 등을 쭉 펴며 손가락으로 방향을 가르쳐줬다.

"감사합니다. 그럼 저는 이만 가보겠습니다."

나오키는 작별 인사를 했다.

"저야말로요. 유이치의 차를 아껴주세요. 새로운 주인이 좋은 분이어서 저도 기쁘네요."

부인은 촉촉이 젖은 눈으로 말했다. 판다는 모두의 기억을 되살려내고 있었다.

국도로 나와 시원하게 뚫린 길을 따라 북쪽으로 나아가다 보니 낯익은 간판이 눈에 들어왔다. '야마다 모터스'였다. 오오, 어제 판다를 샀던 중고차 판매점이다. 여기에 굳이 볼일은 없지만, 한마디 감사 인사라도 하고 싶어서 가게 앞에 판다를 세웠다. 나오키가 가게를 들여다보니 안에 있던 야마다 사장이 바로 판다가 온 걸 알아차렸다. 이게 무슨 일인가 하고 놀란 얼굴로 밖으로 나온다.

"무슨 문제라도 있었습니까?" 사장이 큰 목소리로 물었다.

"아니요, 상태는 아주 좋습니다. 어제는 데유 온천에서 하룻밤 자고 지금 돌아가던 참이었어요. 우연히 이 근처를 지나다가 인사라도 드리려고요. 정말 좋은 차를 주셔서 감사합니다."

나오키는 차 지붕 밖으로 얼굴을 내밀며 대답했다.

"그래요, 다행이군요." 야마다 사장이 활짝 웃으며 기뻐한다. "아아, 그리고 어제 소바 가게는 어땠어요? 맛있었죠?"

"아, 네. 맛있었어요."

나오키는 자연스레 말을 맞췄다. 이제 니가타에서는 완전히 배우가 다 됐다.

다시 차를 달렸다. 도중에 호쿠리쿠 자동차 도로의 고가를 지났다. 다시 도쿄로 돌아갈 때는 이 도로를 타면 되는 걸까. 나오키는 가는 길목을 알고 나서 안심했다.

다만 내비게이션이 아까부터 계속 입을 다물고만 있었다. 모니터에는 지도가 표시되어 있긴 하지만, 음성 안내는 전혀 없었다. 마침 도로 측대가 나오기에 일단 차를 잠시 세웠다.

"저기 말이야, 난 시호의 꽃집에 가고 싶은데. 아까 그 이웃집 주민이 말했던 고바리라는 곳에 있는 거 아니야? 방향은 맞는 것 같은데, 안내해주면 안 될까?"

나오키는 내비게이션에 대고 소리를 내어 말을 걸었다. 아무런 반응도 없다.

"가기 싫어? 그 심정은 이해해. 시호도 이제 나이 지긋한 아주머니가 다 됐을 테니까. 그리고 아직 거기에 사는지, 가게가 남아 있는지도 모르지. 그래도 한번 가보지 않을래? 이제 니가타도 떠나야 하는데, 안 가면 미련만 남을 거야."

잠시 침묵. 내비게이션은 여전히 입을 다문 채다.

"설령 시호가 가게에 있다고 하더라도 난 아무 말도 안 할 거야. 그저 꽃만 살 거지. 그것만큼은 약속할게. 나도 그렇게 남의 사정을 캐고 다닐 정도로 무신경하지 않고, 솔직히 남의 일에 참견하는 것도 싫어하거든……."

그러나 여전히 내비게이션은 음성을 내보낼 기미를 보이지 않았다. 이제 여기까지인 모양이다. 나오키에게도 이의는 없었다. 강요할 생각도 없고, 그럴 권리도 없다.

하늘은 맑고 푸르러서, 가을날 햇볕이 기분 좋게 쏟아지고 있었다. 나오키는 크게 숨을 들이마시며 클러치를 밟고 기어를 넣었다. 자, 그럼 이제 돌아가 볼까……. 그때 내비게이션이 말했다.

'음성 안내를 시작하겠습니다.'

오오, 고맙다. 나오키는 가슴이 뜨거워졌다. 이제 판다는 절친한 친구다.

도착한 곳은 주차 공간이 있는 중간 규모의 꽃집이었다. 점

포 건물이 새로운 걸 보니 최근에 다시 지어진 것 같다. 즉, 장사가 잘된다는 뜻이다.

밖에서 보기만 해도 나오키는 심장이 쿵쿵 뛰었다. 마치 첫 데이트를 위해 약속 장소로 나가는 중학생이라도 된 기분이다.

차에서 내린다. 가게 안에서 한 중년 여자가 식물이 심어진 화분을 늘어세우는 중이었다. 여자가 뒤를 돌아본다. 눈이 딱 마주쳤다. 나오키는 그 사람이 바로 시호임을 확신했다. 왜냐 하면 여자가 빨간 판다를 보자마자 곧바로 안색이 변했기 때 문이다.

주차 공간에 차를 세우고 운전석에서 내렸다. 나오키는 그 자리에서 멍하게 서 있는 여자의 왼손 약지를 살폈다. 자연히 눈길이 갔던 것이다. 그곳에는 은빛 반지가 자리한 걸 보니, 시호는 결혼한 모양이다. 어쩐지 안심이 됐다. 그 감정이 적 절한지는 사실 알 수가 없었다.

"어서 오세요."

여자가 설마……, 하는 표정으로 인사했다. 새파랗게 질린 낯빛이었다.

"안녕하세요. 꽃을 좀 사려고 하는데요."

나오키가 말했다. 괜히 이쪽까지 목소리가 드높아졌다.

"네, 어떤 꽃을 찾으세요?"

"무덤에 바칠 꽃이면 됩니다."

"네, 그럼 안으로 들어오세요."

여자는 표준어로 말했다. 나오키의 말씨를 듣고 이 지역 사람이 아님을 바로 알아차린 듯하다.

가게 안은 꽃향기로 가득했다. 꽃집을 찾은 것도 하도 오래간만이어서 마치 전혀 다른 공간에 뛰어든 것 같은 착각마저 들었다.

"국화 몇 종류와 카네이션, 도라지꽃 등으로 꾸민 꽃다발을 준비하고 있습니다. 물론 주문에 따라 다른 꽃으로도 꾸밀 수 있습니다만."

여자가 선반에 늘어놓은 꽃다발을 가리키며 설명했다. 나오키는 마음을 굳게 먹고 물어봤다.

"빨간 꽃은 좀 이상할까요?"

그렇게 묻고 나니 더욱 가슴이 뛰었다.

여자도 동요했는지 대답을 제대로 못 했다. 1미터 정도 거리를 두고서 서로를 바라봤다.

당신이 시호로군요. 물론 그렇게 물을 수는 없다. 펜션에서 봤던 그 사진 속 얼굴은 별로 남아 있지 않았다. 그럴 수밖에 없다. 벌써 30년도 훨씬 전의 일이니까.

"아니요, 이상하지 않아요."

여자는 살짝 떨리는 목소리로 대답했다. 뭔가 느낀 것일까.

"그럼 그렇게 해주세요."

"두 다발이면 되나요?"

"네."

그때 가게 안쪽에서 장화를 신은 젊은 여자가 나왔다.

"엄마, 창고에 있던 플라워 베이스 수가 좀 부족한데."

그렇게 말하다가 나오키가 있는 걸 알아차리고 "어서 오세요"라며 한 옥타브 높은 목소리와 함께 사랑스러운 미소로 인사했다.

"그럼 알아서 주문해." 여자가 대꾸한다.

"알았어."

젊은 여자는 그렇게 말하며 다시 안으로 들어갔다. 이쪽이 더 사진 속 시호와 닮아 있었다. 아니, 쌍둥이라고 해도 과언이 아니리라. 시호의 딸임을 확신했다.

여자가 작업대에서 솜씨 좋게 꽃다발을 만든다. 완성된 그 것은 사랑하는 사람에게 보내는 꽃다발처럼 보였다.

"샐비어와 산다화, 장미로 꾸몄습니다. 어떠세요?"

"정말 멋지네요. 감사합니다."

나오키는 웃으며 감사 인사를 했다.

계산을 마치고 밖으로 나가자 여자도 배웅하러 나왔다. 나오키가 운전석 문을 열었을 때 여자가 말했다.

"이 판다는 시나가와 번호판이 붙어 있는데, 혹시 도쿄에서 오셨나요?"

"네, 친구 묘소에 인사를 하러 왔어요. 하지만 이렇게 옛날 차인데도 어떻게 판다라는 걸 알아보셨네요?"

"네, 그냥 좀."

다시 한번 서로를 마주 본다. 어느덧 얼굴에서 동요가 사라진 여자는 다정한 눈빛을 드러내고 있었다. 입가에는 슬픔, 자애, 애정과 같은 모든 감정이 담긴 미소가 흘러넘치고 있다. 지금 그녀의 가슴 속에는 어떤 추억이 오가고 있을까.

"그럼 안녕히 가세요."

"감사합니다."

나오키는 운전석에 앉아 판다를 출발시켰다. 가게에서 3미터 벗어난 곳 즈음에 이르렀을 때, 백미러를 들여다보았다. 여자는 도로까지 나와 판다의 뒷모습을 지켜보고 있었다.

갑자기 누군가가 사랑스럽게 여겨지는 감정이 봇물 터지듯 넘치면서 콧속이 찡해졌다. 아, 이런, 내가 울면 어쩌자는 거야……. 나오키는 배에 힘을 꽉 줬다.

내비게이션을 보니 영상도 꺼진 뒤였다. 그곳에는 이제 지도도 떠 있지 않고, 그저 검은 화면만 남아 있을 뿐이다. 다시 기동할 기척도 없었다. 아아, 이제 다 끝났구나. 나오키는 그렇게 생각했다.

너는 천국으로 돌아갔을까? 짧은 시간이었지만 즐거웠어. 네 인생의 추억을 되짚어갈 수 있게 해줘서 고맙다……. 나오키는 마음속으로 감사 인사를 했다.

카 라디오에서 더 폴리스의 〈Every Breath You Take〉가 흘러나왔다. 그 곡에 맞추기라도 하는 것처럼 빨간색 판다는 푸른 하늘 아래를 경쾌하게 내달렸다.

옮긴이의 말

전 세계가 코로나 19에 의한 사상 초유의 사태를 맞이하면서, 우리는 사회 곳곳에서 처절한 생존 경쟁, 갑질과 횡포, 인간관계의 단절, 빈부격차, 방역과 정치 문제 등이 일어나는 것을 매일 지켜보고 있다. 그래서 최근에는 더욱 인간의 잔혹성, 냉정함, 고독 등을 포함한 인간의 여러 본질과 사회 문제에 대해 진지하게 생각해보자는 심각한 분위기가 그 어느 때보다 크게 조성되고 있기도 하다.

그런 어두운 코로나 시대 아니, 어쩌면 삶에서 자연히 마주칠 수밖에 없는 인간의 진짜 모습을 위트 있게 그려내는 작품이 바로 오쿠다 히데오의《코로나와 잠수복》이다. 이 책은 겉으로 보기에는 마치 신기한 체험담이나 비과학적 괴담, 비일상적 판타지를 등을 담은 장르 소설처럼 보일지도 모른다.

하지만 그의 대표적인 작품《공중그네》나《남쪽으로 튀어!》처럼 이 단편집에서는 무겁게만 보일 수 있는 인간의 본성과 사회 문제의 심오함을 작가만의 경쾌함으로 풀어낸다. 그것도 어디서나 흔히 볼 수 있는 평범하기 짝이 없는 주인공들을 가지고 말이다.

특히 다섯 편의 이야기 중 〈바닷가의 집〉과 〈파이트 클럽〉에서 그런 면이 짙게 드러난다. 〈바닷가의 집〉에서는 늦깎이 이혼 직전의 위기에 처한 중년 남자, 〈파이트 클럽〉에서는 권고 해직을 당해 직장에서 목이 간당간당한 한 젊은 아버지가 주인공이기 때문이다. 둘 다 평범하고 전혀 놀라울 것 없을 정도로 흔한 인물들이다. 게다가 〈바닷가의 집〉의 주인공은 아내의 불륜으로 괴로워하면서도 기가 센 아내 앞에서 따질 용기가 없어 유책배우자도 아닌 자신이 먼저 집을 나간다.

그리고 〈파이트 클럽〉에서는 더는 쓸모가 없다고 퇴직 권고를 받은 직원들만 따로 모아놓고 회사에서 노골적으로 압박을 가하는 '위기관리부'에 속한 주인공까지 나온다. 그런 상황이 모두 부당하고 억울하게만 느껴질 텐데도, 한 주인공은 이혼을 받아들이는 것 역시 삶의 한 방식임을 깨닫기도 하고, 또 다른 주인공은 복싱을 통해 적극적으로 삶을 살기로 용기를 얻는다. 이혼과 강제 해고라는 분노와 슬픔만을 느낄 수밖에 없는 상황 속에서, 그 나약함마저 끌어안고 받아들이는 그들의 모습을 보면 고난의 극복 방법과 세상살이가 무엇인지 깨달을 수 있을 것 같다. 그렇기에 더더욱 그들이 이웃집 사람처럼 친근하고 그들 문제에 공감할 수 있다.

그뿐만 아니라 뜻밖의 놀라운 사건으로 주인공들이 복잡한 상황에서 긍정적으로 벗어나, 독자들에게 웃음과 감동의 눈물을 자아내게 하는 점 역시 재미있다. 예를 들어, 작가는 〈점쟁이〉에서는 결혼에 조건만 따지고 안온하게만 살려는 주인공을 통해 결혼할 배우자의 경제적 능력만 보려는 속물적인 근성을 예리하게 지적한다. 하지만 주인공은 잘나가는 남자친구에게 버림받을 위기에 처하게 되어 슬퍼하는 것도 잠시, 재빨리 눈물을 닦고 미팅에서 다시 좋은 집안 남자로 갈아타서 자신을 더 드높이겠다는 자발적인 태도를 보인다. 그 빠르고 약삭빠른 태세 전환을 보면 어이가 없지만, 결과적으로는 남성에게 의존적인 태도만 보이던 여성의 틀에서 벗어나는 모습에 통쾌함마저 느껴진다.

또한 표제작인 〈코로나와 잠수복〉에서는 다섯 살 난 아들이 사실은 코로나바이러스를 감지할 능력이 있다며 엉뚱한 착각을 하고 과한 걱정에 방호복 삼아 잠수복을 입고 돌아다니는 한 아버지가 나온다. 그 어처구니없지만 순진한 주인공

의 등장으로 '코로나 시대의 암울하게 바뀐 삶'을 유머러스
하게 그려내면서도 가족과 인생의 따뜻함과 가치를 되돌아
보게 한다.

마지막으로 〈판다를 타고서〉는 유난히 읽는 이의 옛 감성
과 그리움을 자극하는 단편작이 아닐 수 없다. 이야기는 우연
히 사연 있는 클래식카인 판다를 입수하게 된 주인공의 과거
와 현실을 오가는 놀라운 체험담으로 끝난다. 그러나 주인공
과 함께 라디오에서 나오는 80년대 팝송을 들으며 길을 떠나
다 보면, 코로나 19의 위기를 겪으면서 모두가 한 번은 마스
크를 끼지 않고 시원하게 살아갔던 그 옛날, 풍요롭고 평화로
웠던 그립고 좋은 옛 시절을 떠올리게 될 것이다. 특히 이 책
의 주인공들 나이와 비슷한 사람이라면 8, 90년대의 촌스럽
지만 풋풋하기만 했던 시절을 떠올리게 될지도 모른다.

이 다섯 가지 이야기는 등장인물이 겪는 환상적이고 놀라
운 경험이 가슴을 먹먹하게 하는 것도 있지만, 동시에 글 곳
곳에 아날로그 소재들이 심어져 있어 읽는 이에게 따뜻한 옛
정취와 정감을 느끼게 하는 것 같다. 그런 식으로 본격 문학
과 대중 문학의 경계를 간결한 문체로 넘나드는 크로스오버
작가 오쿠다 히데오가 세상에 전하는 메시지를 따라 읽다 보

면 이 사실만큼은 확실히 발견할 수 있을 것이다. 자칫 암울하게만 여겨질 수 있는 인생 속 고독이나 분노 같은 인간의 본질 속에도 사람다우면서도 선하고 따듯한 마음씨와 웃음이 숨어 있다는 사실을 말이다. 무엇보다 내 주변 작은 것에서부터 소소한 행복을 찾는 법이 무엇인지 되돌아보고 싶을 때 제일 먼저 손을 뻗게 될 단편집이 아닐 수 없다.

김진아

음악 목록

1. ザ・ローリング・ストーンズ/ You Got The Silver

2. Andrew Gold/ Lonely Boy

3. Booker T./ Jamaica Song

4. Robert John/ The Lion Sleeps Tonight

5. ジャクソン・ブラウン/ Late for the Sky

6. Milton Nascimento/ Catavento

7. Milton Nascimento/ Vera Cruz

8. Milton Nascimento/ Maria Maria

9. ブライアン・イーノ/ 1/1 - Remastered 2004

10. ブライアン・イーノ/ 2/1 - Remastered 2004

11. ワム！/ Wake Me Up Before You Go-Go

12. ティアーズ・フォー・フィアーズ/ Everybody Wants To Rule The World

13. ザ・ポリス/ Every Breath You Take

코로나와 잠수복

초판 1쇄 인쇄 2022년 6월 17일
초판 1쇄 발행 2022년 6월 27일

지은이 오쿠다 히데오
옮긴이 김진아
펴낸이 신경렬

책임편집 최혜빈
마케팅 박수진
디자인 박현경
경영기획 김정숙 김태희
제작 유수경

펴낸곳 ㈜더난콘텐츠그룹
출판등록 2011년 6월 2일 제2011-000158호
주소 04043 서울시 마포구 양화로 12길 16, 7층(서교동, 더난빌딩)
전화 (02)325-2525 | **팩스** (02)325-9007
이메일 book@thenanbiz.com | **홈페이지** www.thenanbiz.com

ISBN 979-11-5879-195-7 03830